La grandeza de las cosas sin nombre

Enrique Arce

La grandeza de las cosas sin nombre

la esfera de los libros

Primera edición: agosto de 2018

Avenida de San Luis, 25
28033 Madrid
Tel.: 91 296 02 00
www.esferalibros.com

ISBN: 978-84-9164-384-5
Depósito legal: M. 18.805-2018
Composición: J. A. Diseño Editorial, S. L.
Impresión: Anzos
Encuadernación: De Diego
Impreso en España-*Printed in Spain*

A ti, yaya, por todas esas cosas
que me hubiese gustado dedicarte en vida…,
tú que me dedicaste en cuerpo y alma la tuya.

«No soy un hombre,
soy un campo de batalla».

Nietzsche

1

Hacía treinta y tres años que no escuchaba la voz de mi padre. Treinta y tres largos años sin saber uno del otro. Un abismo de aceptada indiferencia, una laguna en la memoria de los afectos.

El suyo era el último de una larga lista de mensajes en mi contestador automático aquella noche; mensajes que me felicitaban por el prestigioso galardón que había recibido hacía tan solo unas horas y que trepaban por aquel altavoz como envoltorios de papel regalo sin nada en su interior, en un vano ejercicio de falsedad e hipocresía. Era también el más corto, y sin embargo logró removerme por dentro con una intensidad para la que no me hallaba preparado, como si los cimientos de aquella vida que me había construido tras salir de España hacía más de tres décadas, cuando apenas tenía doce años, se desmoronasen con la sencillez de un castillo de naipes o de arena fina.

La de mi padre en aquel mensaje era una voz débil, cansada, y en cuyos silencios se podía percibir un orgullo de acero que aún le impedía preguntar la verdadera razón por la cual mamá y yo desaparecimos para siempre aquella calurosa tarde de agosto de 1977, subidos a un avión que había de despegar hacia nuestra nueva vida en los Estados Unidos para no devolvernos jamás.

Borré todos los mensajes, incluido el suyo. Entré en mi habitación y me dejé caer sobre la cama, vestido y con la mirada perdida en un punto fijo del techo, intentando recuperar las recientes imágenes de lo que había resultado ser el momento más anhelado de toda mi carrera, ese que tantas y tantas noches, en la soledad de mi cuarto, en la intimidad de mis sueños, había visualizado una y otra vez, con ese realismo con que suele manifestarse siempre el deseo ferviente, y el trazo libre y sin censura con el que se entretiene, dibujando promesas de vida futura, la imaginación desbocada de un adolescente.

Acababa de recibir aquella misma noche el premio que me reconocía como mejor actor protagonista del año por parte de los miembros del estamento teatral de Broadway, en Nueva York: el prestigioso Tony Award, bautizado así en honor de Antoinette Perry, fundadora del American Theatre Wing, y que premiaba la excelencia en el mundo de las bambalinas y las tablas desde 1947. «Los Oscar del teatro», como les gustaba denominarlos a aquellos compañeros de profesión que siempre tenían la mirada puesta en esa tierra prometida, a menudo inalcanzable, llamada Hollywood.

Se trataba de un reconocimiento de gran prestigio que aventuraba un nuevo rumbo en mi carrera profesional, situándome, potencialmente, en la órbita de la exclusiva galaxia del cine, y a pesar de ello, me sentía vacío, huérfano de sensaciones, como si se hubieran atrofiado a un tiempo todas las terminaciones nerviosas encargadas de procesar la euforia.

Recreé cada una de las imágenes que habían quedado grabadas en mi retina desde que comenzó aquella velada: la interminable hilera de limusinas negras, avanzando con la sincronía de un desfile militar y la solemnidad de una marcha fúnebre, enfilando la Sexta avenida hasta llegar a la intersección con la calle 49, frente al Rockefeller Centre, antes de detener su marcha a la entrada del Radio City Music Hall. El griterío ensordecedor del gentío que se agolpaba en las inmediaciones del teatro tras el cordón policial de seguridad. Los cegadores flashes de la multitud de fotógrafos arracimados frente a la alfombra roja. Las protocolarias entrevistas de la prensa especializada y del resto de los medios de comunicación. Los efusivos saludos y deseos de buena fortuna antes de comenzar la ceremonia por parte de mis compañeros de profesión. El instante en el que escuché mi nombre como ganador del Tony al mejor actor protagonista del año y cómo, al avanzar por el patio de butacas en dirección al escenario, la primera imagen que me asaltó fue la de mi madre, agarrando mi mano y esbozando una última sonrisa que se le apagaba en los labios, la noche en que murió. El sonido irreconocible de mi propia voz al pronunciar las primeras palabras de un discurso de agradecimiento que no recordaba haber escrito, sobre una hoja de papel que se negaba a quedarse quieta entre mis manos. Una gota de sudor deslizándose por la sien y aterrizando sobre el atril. Un foco deslumbrándome al alzar la vista hacia la platea. El ensordecedor sonido del silencio en cada una de mis pausas. El corazón exigiendo a golpes que le permitiera escapar. Las risas, los aplausos, los flashes, la música... Un océano de sensaciones intentando hacerse hueco en un mar de dudas. Elevé hasta donde pude el volumen de mis percepciones para que me inundara como un tsunami ese anhelado sentimiento de grandeza que siempre consideré inherente al éxito que acababa de cosechar hacía tan solo unas horas. El éxito definitivo; el que me validaba y redimía; el que dotaba a mi existencia de su único sentido.

Resultó inútil.

Comprobé, muy a mi pesar en aquel instante, que la contemplación anticipada de un sueño siempre nos deja, al materializarse, profundamente insatisfechos; que la felicidad intrínseca al triunfo y a la gloria se presupone, o se imagina, pero rara vez se conjuga en el presente de indicativo; que el reconocimiento y el aplauso ajeno apenas garantizan o restituyen el respeto propio.

Tal vez fuera eso; o quizá fuese que sobre cada una de esas imágenes, que se sucedían atropelladamente en la retina de mi memoria, volvía una y otra vez a escuchar la voz de mi padre: esa que acababa de colarse por sorpresa y sin invitación previa a través de mi contestador automático, y que me decía serena pero cargada a su vez de un rencor rancio y enquistado por los años, que Sara, mi única hermana, aquella adolescente de rostro difuminado a la que mamá y yo dejamos atrás hacía ya media vida, acababa de morir en un hospital de Madrid, a la edad de cuarenta y ocho años y después de tres décadas postrada en una silla de ruedas.

2

La mirada de un niño nunca engaña: sus ojos son dos ventanas abiertas a un mundo todavía no distorsionado por el pincel caprichoso de ese mal pintor que es el tiempo y el cincel oxidado de esa escultora mediocre que es la experiencia.

Los míos, aquella lejana noche de finales de los setenta, aún somnolientos por el cansancio y por la falta de costumbre al interminable vuelo transoceánico, no pudieron evitar abrirse de par en par en el preciso instante en que aquel autobús de línea regular, que unía el aeropuerto John Fitzgerald Kennedy con la isla de Manhattan, dejó atrás la oscuridad de la noche cerrada para adentrarse en un universo de luces titilantes: una constelación de estrellas recortadas simétricamente contra el horizonte escarpado de los edificios que las albergaban. Aquella postal que tan a menudo había visto en carteles y revistas; aquella imagen repetida en cientos de películas aparecía diáfana frente a mí, como si se tratase del majestuoso despliegue de unos fuegos artificiales suspendidos en el aire. Deseaba con todas mis fuerzas abarcar aquel instante, parar el tiempo y perpetuar ese cúmulo de sensaciones que transitaban de la fascinación al hechizo, alineándose finalmente en una promesa futura: la de que en un lugar como aquel nada podría volver a salir mal. Pero, por encima de todas ellas, superpuesta y brillante como cualquiera de los rótulos de neón que cada vez se me aparecían con más nitidez ante la proximidad de la isla de Manhattan, recuerdo una sensación inexplicable de triunfo, de íntima vanidad, por el hecho de estar adentrándome en esa gran urbe convertida ya en icono, en esa Disneylandia para mayores, y de que pronto, muy pronto, yo mismo formaría parte de su palpitar.

Mamá había sucumbido al cansancio y dormía en el asiento contiguo al mío, sujetando con fuerza los dos pasaportes que nos habían permitido franquear el puesto del Servicio de Inmigración de los Estados Unidos. Durante todo el vuelo había permanecido despierta, alerta, murmurando algo entre dientes en lo que yo llegué a entrever una oración por la cadencia monótona, como de letanía, con la que me llegaba. Supervisaba mi duermevela, me acariciaba el cabello y me preguntaba cada pocos minutos si tenía sed, si quería algo, si estaba cómodo…, más para canalizar unos nervios que se la comían por dentro que por una preocupación real por mi estado. Cuando el piloto avisó por megafonía que estábamos a unos minutos de tomar tierra sostuvo mi mano entre las suyas, me peinó con delicadeza y dibujó la señal de la cruz sobre mi frente tres veces seguidas, sin reparar en que había olvidado hacer lo propio sobre la suya. Una especie de alegato inconsciente, entendí con el tiempo, de que si alguno de los dos debía ser protegido por esa divinidad en la que tanto creía, era yo.

Ahora descansaba junto a mí. Aquel autobús nocturno representaba para ella un paréntesis de paz y sosiego donde el miedo, la incertidumbre, el sentimiento de culpa y la necesidad de seguir adelante con todos sus sentidos afilados, quedaban suspendidos temporalmente.

Como un acto reflejo tiré de la manga de su vestido, ajeno a su descanso.

—¡Mamá, mira! ¡Mira, mamá…!

Ella abrió los ojos con dificultad, fijó la mirada al frente por un instante (más por no decepcionarme que porque aquella imponente visión del *skyline* de Nueva York le despertase el más mínimo interés), esbozó una sonrisa de medio lado y cerró de nuevo los ojos, unos ojos que ya no querían, o no podían, ver más.

—Es precioso, mi vida. Muy bonito, de verdad...

Y volvió a bajarse, por puro agotamiento, de la montaña rusa de sensaciones en la que yo viajaba.

Pero para mi madre aquella ciudad no representaba ninguna victoria, ninguna promesa. Para mi madre, Nueva York no era más que el destino final de una dolorosa huida hacia adelante. Pero sobre todo era una idea, una necesidad vital, una emoción y un derecho inalienable que deseaba recuperar por encima de todo para ambos: la libertad. Y estaba decidida a encontrarla en Nueva York, donde vivía desde hacía quince años su única hermana: mi tía Isabel.

Paradójicamente, en aquella ciudad donde la libertad tenía forma y nombre de mujer, mi madre lograría dejar de ser estatua.

El autobús detuvo su marcha a las puertas de la Gran Central Station, en la calle 42, bajo la gigantesca estructura de acero y cemento del edificio Chrysler. Mamá, pegada a la ventanilla, dibujaba con ambos brazos molinos de viento en dirección a mi tía Isabel, a la que yo había visto únicamente un par de veces en toda mi vida, en el entierro de mi abuelo Ismael y en las Navidades previas a su muerte.

El conductor abrió la puerta y fuimos apeándonos la docena escasa de pasajeros que en él viajábamos. Fui el último en hacerlo. Antes de cerrar las puertas y reanudar su marcha, aquel hombre me guiñó un ojo y me regaló una sonrisa cómplice.

—*Hey kid, you made it to New York City, the capital of the world. Good luck!*

Mamá se abrazaba a mi tía Isabel, dejando correr por sus mejillas un torrente de lágrimas que la limpiaba por dentro. Yo, entretanto, contemplaba abrumado la ciudad a mi alrededor.

Era la medianoche del 27 de agosto de 1977. El día en que yo, Samuel Palacios, comenzaba una nueva vida.

3

Todavía estaba tendido sobre la cama cuando me sobresaltó el sonido de la puerta. El reloj despertador sobre la mesita de noche marcaba las cinco y media de la madrugada. Había sucumbido al sueño hacía apenas un par horas. Susan entró tambaleándose. La oí avanzar en dirección al cuarto de baño, golpeando a su paso los muebles y demás objetos del recibidor. No encendió ninguna luz. Apenas unos segundos después de cerrar la puerta del baño escuché una enorme arcada, seguida de una serie de espasmos en un infructuoso intento por vomitar.

Me levanté y me dirigí al cuarto de baño. Susan estaba abrazada al inodoro, con la cara manchada de carmín, el rímel corrido, las medias rotas y el bonito vestido rojo sangre de Valentino, que había lucido en la gala de entrega de los premios Tony, completamente arrugado y descompuesto. La miré con absoluta frialdad. Hacía tiempo que se había extinguido en mí cualquier emoción que estuviera relacionada con ella o con nuestro matrimonio. Pensé, eso sí, que resultaba grotesco que un vestido tan caro y elegante hubiera tenido que sufrir los excesos autodestructivos de una alcohólica disfrazada de princesa. En sus ojos, que evitaban encontrarse con los míos, sí pude, sin embargo, percibir un poso de pesar o de vergüenza.

—Voy a preparar café. Te vendrá bien uno, cariño.

—No te molestes, Samuel —balbuceó.

Siempre me llamaba Samuel. Jamás Sam o Sammy, nombre por el que me conocían la mayoría de los amigos próximos y la gente de la profesión; tampoco amor, cariño, corazón y demás apelativos tiernos que formalizaban la afinidad entre dos personas que mantenían una relación, que la validaban, y que en los Estados Unidos, al menos en los círculos que nosotros frecuentábamos, eran condición indispensable para acallar cualquier rumor, duda o reserva que pudiera existir sobre la solidez del vínculo afectivo de una pareja. Al preguntarle un día, al principio de nuestro noviazgo, por qué le costaba tanto llamarme cariño o decirme te quiero, me respondió que era porque me amaba con locura, más allá del significado de esas dos palabras, malbaratadas tan a menudo en un vano intento de dotar de identidad a un sentimiento yermo. En el idioma en el que Susan se hablaba a sí misma, la palabra amor se pronunciaba Samuel, y era únicamente yo, tras la muerte de su madre, el destinatario universal del suyo.

Ahora no era más que una muñeca de trapo rota que caía vertiginosamente por la espiral descendente del alcohol y de las drogas.

Hubo un tiempo en que no fue así...

Nos presentaron una noche de estreno a principios de junio del noventa y cinco, en la terraza de un imponente ático del Upper West Side con espectaculares vistas sobre Central Park, propiedad de su padre, Piotr Kafelnikov, un judío ruso que años atrás había decidido permanecer en los Estados Unidos aprovechando una gira mundial del Teatro del Arte de Moscú. No dejaba de ser un actor secundario de limitado talento y peso dentro de aquella compañía de gigantes, pero poseía una gran ambición, gozaba de un carisma arrollador y disponía de un radar infalible que le permitía intuir en cada momento qué tren tomar en su obsesivo viaje hacia el éxito. Nunca llegó a dominar del todo el inglés (y dudo que jamás quisiera hacerlo), era su orgullosa manera de reivindicar que no tenía intención de adaptarse al mundo que le rodeaba, sino que haría lo que estuviese en su mano para lograr que ese mundo se adaptase a él. Piotr, o Peter, como le llamaba todo el mundo a sus espaldas, abanderaba esa generación de jóvenes apátridas hambrientos de grandeza y cegados por una ambición desmedida, fruto del odio que genera la injusticia, y que representaba, mejor que ninguna otra, la conquista del sueño americano en su más pura esencia.

Se casó muy joven con la madre de Susan, Svetlana, una adolescente de dieciséis años, aprendiz de modista de la compañía, a la que logró convencer, rodilla en tierra, de que se apeara junto a él del barco de pasajeros que había de devolver a la compañía a Rusia tras la gira por los Estados Unidos, en el único gesto genuino de romanticismo que se permitiría mostrar durante el resto de su vida. Svetlana, amante de las artes, hermosa en su sencillez, vivió a su sombra durante los siguientes treinta años, hasta que una mañana ese corazón lleno de poesía y de música, de recuerdos de la infancia en su Siberia natal y de Susan, dejó de latir. Murió pocos meses después de nuestro enlace, quizás en un arrebato de pena al ver cómo arrancaban de su lado el único bien que daba sentido a su vida; o quizá fuera la tranquilidad tras el deber cumplido como madre que entiende que se acaba una etapa de la vida y ya no se la necesita más. Aunque tras aquellos pequeños y apagados ojos grises, en uno de los escasos momentos en los que nuestras miradas se cruzaron durante la celebración, pude distinguir un halo de desesperanza ante la perspectiva terrible e inminente de quedarse sola junto a aquella omnipresencia masculina que lo invadía todo y a la que había aprendido a detestar.

A mí mismo me infundía un respeto que rayaba en el temor cada vez que sentía su proximidad. No solo era el productor teatral más importante de todo Nueva York, amén de otras empresas menos lúdicas y públicas sobre las que había escuchado todo tipo de rumores y que eran un secreto a voces; había algo en él que me producía cierta ansiedad. Quería a toda costa caerle bien, saber si le gustaba, si consideraba que tenía talento. Me producía terror la idea de cruzar de puntillas por su vida y ser uno de los muchos actores de la ciudad que habían pasado por una de sus producciones con más pena que gloria. En aquella producción de Broadway de *Como gustéis,* de William Shakespeare, que acabábamos de estrenar, yo interpretaba a uno de los caballeros del desterrado duque del Bosque; un papel ciertamente pequeño, pero lograba, con precisión matemática, arrancar carcajadas del público en las escasas frases que dirigía al personaje del melancólico Jacques.

En aquella ocasión no le vi llegar. Había permanecido en la terraza ensimismado en la contemplación de ese majestuoso despliegue de orgullo de la raza humana que es la isla de Manhattan. Escuché su voz cavernosa de barítono y su inglés de inmigrante ruso a escasos centímetros de mí.

—¡Palacios, si no me falla la memoria! —dijo, abriendo los brazos pomposamente—. El caballero del Bosque que consigue que el público vuelva a entrar en la función tras el soporífero segundo acto. Shakespeare debería estarle agradecido, pocas veces se hace diana con tan pocas flechas. Enhorabuena.

Al ir a estrechar su mano noté cómo discurría por la palma de la mía un sudor frío, que en un ataque de pánico logré atenuar secándolo en la pernera de mi pantalón.

—Muchas gracias, señor Kafelnikov... Llámeme Samuel, si es tan amable. Y no, el mérito es únicamente de Shakespeare que siempre acierta a encontrar lo bueno en lo breve, y del señor Landis, por supuesto, para el que cada pequeño detalle es tan importante como el soliloquio de Hamlet.

Kafelnikov frunció el ceño.

—Y no se olvide de mí, Palacios, que le pago el sueldo de un protagonista del Marquis para que nadie haga ese pequeño papel mejor que usted.

Sentí que me fallaban las rodillas.

—Por supuesto, señor Kafelnikov, eso lo daba por descontado —acerté a balbucear con un timbre y una entonación impropia de nadie que pretendiera ser considerado un actor serio.

—Piotr —me dijo, relajando su ademán—. Es cierto, verdaderamente tiene usted un don natural para la comedia... —apuntó, esbozando una sonrisa de tiburón—. Permítame que le presente a mi hija, Svetlana Kafelnikova. Ha puesto especial interés en conocerlo a usted tras ver la función, gran amante como ha sido siempre... de los pequeños detalles. —Y sin más, se dio la vuelta y se alejó en dirección al centro de la fiesta.

Al principio no supe cómo encajar esa observación; me sonaba a sarcasmo disfrazado de cumplido y debo reconocer que me produjo cierta inquietud. No duró más, sin embargo, que el breve lapso que tardé en encontrarme con los ojos grises de Susan.

—No le tomes en serio —sonrió—. Es el único modo en que llegará a respetarte. Le encanta la sensación de amedrentar a los demás. Se alimenta de ello, pero detesta profundamente a los que se acobardan. Es como un gran escorpión de larga cola pero sin veneno. Susan Kaffi. —Me ofreció su mano, mientras con la otra se colocaba el cabello detrás de la oreja.

—Pensaba que tu padre te había presentado como Svetlana —repuse confundido, estrechándole la mía.

—Svetlana es mi nombre de pila: el nombre de mi madre; bonito cuando se pronuncia en ruso, horrible cuando suena en boca de un americano. Decidí cambiarlo a los trece años, la edad en la que más nos preocupa la popularidad, coleccionar amigos y todo eso, y supuse que con ese trabalenguas y en plena guerra fría no me sería fácil conseguirlo. Para mi padre sigo siendo Svetlana Kafelnikova, y sigo teniendo trece años. Para el resto del mundo soy una chica neoyorkina de veinticuatro que se llama Susan Kaffi.

—¿Quieres una copa? —pregunté, más para disimular mi timidez que por pura caballerosidad.

—No, gracias —respondió con una mueca de desagrado—. Aborrezco el alcohol. Lo probé una sola vez en el Bar Mitzva de un compañero de clase de la escuela judía. Creí morir; estuve hecha un trapo durante tres días y me juré que no volvería a beber nunca más. No le encuentro ningún sentido, la verdad. Creo firmemente que el alcohol es el último reducto de la gente triste, de la que se ha dado por vencida o ha perdido la esperanza. Pero una Pepsi estaría bien, gracias.

Y me regaló junto a su comanda una sonrisa a medio camino entre la coquetería y la ternura.

Estuvimos juntos hasta el amanecer, escrutándonos bajo la luz cenital de nuestro recién estrenado interés por el otro, ajenos al incesante ir y venir de la gente. Reímos, bailamos, conversamos, y poco a poco y sin darme apenas cuenta las luces y sonidos procedentes de la ciudad, que habían inundado mis sentidos durante toda la velada, se fueron apagando por completo, como el sostenido final de una pieza de música: suavemente; y la única luz y el único sonido que llegaba a percibir con creciente intensidad procedía de los ojos grises y la voz melódica de una desconocida de veinticuatro años que se hacía llamar Susan Kaffi.

El silbido de la cafetera me trajo de vuelta, todavía buscando en mi memoria el momento exacto en el que aquella Susan de nuestros primeros encuentros, llena de vida, de luz, de optimismo, y poseedora de una sensualidad rebosante de inocencia, se transformó en el frágil pájaro de alas rotas que se vaciaba ahora por dentro en el cuarto de baño.

Entró en la cocina sin hacer ruido. Llevaba el cabello mojado y había cambiado el vestido de la fiesta por una bata de paño. Se dejó caer pesadamente sobre una de las sillas.

—¿Cómo te encuentras? —pregunté, acercándole una taza de café. No me respondió. Tenía la mirada perdida y ella misma se encontraba a cientos de kilómetros de allí—. Desapareciste de la fiesta a los pocos minutos de llegar al Sheraton —continué—. Estuve buscándote y me pareció verte salir con Michael...

—Nos fuimos a tomar una copa al Club 21 —atajó con brusquedad—. Era tu gran noche y no quería estropeártela con mi presencia. Hubiera sido más violento para tu corte de putitas desplegar todos sus encantos si yo hubiera estado allí.

—El 21 cierra a las dos de la madrugada y has llegado a las cinco y media —le reproché.

—¡Fui al apartamento de Michael y me lo tiré! —dijo, alzando la voz.

—Imagino entonces que su querido Steven estaría de viaje —repliqué, arqueando una ceja.

—¡Eres un hijo de puta! ¿Lo sabías? —exclamó, golpeando la mesa con rabia—. Ojalá pudiera ser la mitad de cruel de lo que eres tú. ¿Por qué no te limitas a actuar cuando estás encima del escenario? ¿Por qué aceptas pertenecerle a todo el mundo y te niegas a pertenecerme a mí? ¿Qué soy, Samuel? ¿Qué papel me dejas representar en tu vida? ¿Por qué solo desprecias al único ser vivo que te ha querido de verdad alguna vez?

El rostro de Susan comenzó a llenarse de surcos negros.

—Estás cansada y...

—Tú lo has dicho, Samuel —atajó—. ¡Estoy cansada! Cansada de mirarme al espejo y verme siempre a través de tus ojos: insignificante, fea, vieja, inútil... Alguien que fue importante en tu vida y que ahora no es más que un estorbo, un enfermo del que hay que cuidar para expiar la culpa, un contratiempo en tus planes de grandeza y de conquista. Alguien a quien ya habrías dado la patada de no ser la hija de quien es.

—No pongas palabras en mi boca que no son mías.

—No te preocupes, Samuel; voy a decir las últimas, que sí son tuyas pero que no has tenido aún el valor de pronunciar: se acabó. Quiero el divorcio.

Susan clavó su mirada en mí. Su voz dejó de sonar empastada a causa del alcohol y se tornó clara y llena de determinación. Su cuerpo, su rostro, su ademán…, todo en ella se relajó.

—No creo que sea el momento más adecuado para hablar de esto —dije, tratando de ocultar mi zozobra.

—Este es un momento tan bueno o tan malo como cualquier otro. Además, no hay nada de qué hablar. Me ha llevado mucho tiempo llegar a tomar esta decisión y es irrevocable. Habrá que comentárselo a papá, de lo que me encargaré yo, y a nuestros abogados, de lo que te puedes encargar tú.

—¿Y quién va a cuidar de ti? Estás enferma. Llevas años enganchada al alcohol y a los tranquilizantes…

—Mi problema con el alcohol y las drogas desaparecerá el día que desaparezcas tú. Tú eres su única razón de ser —me espetó, apartando la mirada.

—No pienso dejarte sola.

—Samuel, ya me has jodido bastante la vida; por favor, te lo ruego, no me jodas lo que me quede.

—Como quieras, pero habremos de posponer cualquier decisión a mi regreso de España. Salgo en el primer vuelo de la mañana…

—¿A España? —Susan soltó una risotada llena de rabia—. Sabía que eras todo un maestro en el arte de evadir la confrontación y los problemas, pero esto ya me parece demasiado. Huir a un país a miles de kilómetros que no has pisado en más de treinta años y del que nunca has querido saber nada me parece el colmo de la cobardía. Podías haber elegido la casa de los Hamptons; resultaría menos melodramático…

—Susan…

—¿Y a qué vas, eh? ¿A ser recibido en loor de multitudes con tu estúpido premio bajo el brazo? «La vuelta del hijo pródigo convertido en estrella del teatro». «El primer español de la historia en ganar un Tony». «Mira, papá, mira lo equivocado que estabas conmigo: tengo una vida de mierda, un matrimonio fracasado, no he sido lo bastante hombre para darle un hijo a mi mujer y estoy solo, pero esta placa que asegura que soy el mejor comediante del mundo me redime». «¡Quiéreme, papá! ¡Por favor, quiéreme…!».

—Susan… ¡Susan! —le interrumpí—. Mi hermana ha muerto esta noche.

El aire entre nosotros cobró súbitamente una espesura de acero. Por primera vez se me hizo presente el reloj de pared que colgaba a mis espaldas. Susan se movió inquieta en su silla antes de pronunciar palabra.

—No sabía que tenías una hermana —dijo, confundida.

—Hay algunas cosas de mí que todavía no sabes.

—¿Por qué nunca me hablaste de ella?

—Porque pertenece a una etapa de mi vida que decidí dejar atrás al llegar a este país; hubiera sido demasiado equipaje. No volví a pensar en ella hasta que he escuchado un mensaje de mi padre dándome la noticia.

—¿Cómo se llamaba?

—Sara. Se llamaba Sara.

Recogí su taza y comencé a fregarla junto a la mía. Podía percibir su mirada clavada en mi espalda y hasta descifrar el contenido de sus pensamientos. Me suplicaban que no me fuera, o que le pidiera que me acompañara. Pude intuir que su petición de divorcio se diluía por el fregadero junto a los restos de ese café que no había probado.

4

En el interior de aquel taxi, camino del aeropuerto, traté de relajarme, intentando vaciar mi mente de todo el ruido que acumulaba. Aquella mañana Nueva York había amanecido un día más vestida de un gris plomizo. Apenas algunas personas deambulaban como autómatas por las calles aún desprovistas de su bullicio habitual. Caras inexpresivas mimetizándose con el cemento y el acero. Pies arrastrándose en una letanía de pasos mecánicos. Me costaba imaginar qué oscuro resorte les hacía levantar cada mañana para ponerles frente al espejo de su vulgaridad.

Sentí un repentino desprecio hacia todos ellos.

Mi padre aseguraba que no había nada más cancerígeno para la sociedad que un hombre que no sabe lo que quiere. Alguien que ha perdido la capacidad para soñar —decía— tan solo es una carga para sí mismo y para su entorno, y se convierte en un probado peligro para el resto, pues lleva consigo el virus más contagioso y mortal que existe: la mediocridad. Solo hay dos tipos de hombres —repetía—: los que sueñan despiertos y los que lo hacen dormidos. La grandeza y el futuro de una sociedad dependen en gran medida de que haya una apreciable mayoría de los primeros sobre los segundos.

Me sorprendí a mí mismo al recordar aquellas palabras de mi padre. Hacía tanto tiempo que no tenía noticias de él, que no pensaba en él... Lo que más me sorprendía, no obstante, era no haber dudado ni un segundo a la hora de tomar la decisión de volver a España y estar presente en el funeral de mi única hermana, con la que no tenía ningún tipo de contacto desde hacía más de treinta años. Se trataba de una decisión visceral, no meditada, y que traicionaba todo lo que me había dicho a mí mismo en el pasado con el único fin de arrancar cualquier recuerdo que me trasladara a aquellos primeros años de vida en Madrid.

En nuestra huida hacia adelante mi madre y yo fuimos cómplices en el sacrificio voluntario de las pequeñas ataduras emocionales que se tienen ya a esa corta edad.

Recuerdo, en particular, aquel día, al poco de llegar a Nueva York, en que mi madre me llevó a Ellis Island, el islote donde se encuentra la Estatua de la Libertad. La mañana, pese a ser muy fría, de un frío irreconocible para mí y con el que tardaría años en aprender a convivir, era clara y soleada, y apenas algunas nubes ejercían de almohadones de algodón para aquella venerada dama de antorcha en mano a la que tanta gente inmortalizaba con sus cámaras desde todos los ángulos. Percibí un cierto entusiasmo en mi madre al que yo era completamente ajeno, una extraña actitud de pleitesía que siempre se produce en nosotros más por influencia o contagio de los demás que por admiración sincera. Admiramos a las celebridades, las obras de arte o los lugares notorios no por sus logros, su belleza o su relevancia histórica, sino por la fascinación que consiguen despertar en los demás. Un curioso efecto dominó de la reverencia. Pero yo no estaba dispuesto a caer en esa trampa, así que hice saber a mi madre con mi indiferencia que no me impresionaba lo más mínimo la presencia de aquel *souvenir* de proporciones gigantescas.

—¡Mira, Samuel, es la Estatua de la Libertad, el monumento más famoso del mundo!

—Me da igual, mamá. ¡A mí me parece la sota de antorchas!

Cuando entramos en la sala del museo de la inmigración ese desinterés se transformó en curiosidad, y no pude evitar soltarme de su mano y dedicarme a recorrer las salas de aquella estancia, escudriñando con creciente interés los muros y paredes infestados de nombres y de fechas. Hileras interminables de letras formando nombres y apellidos, cincelados junto a su correspondiente fecha de registro, indicando el día exacto en el que les fue permitida la entrada al país. Un batallón infinito de hormigas dibujando sobre las frías paredes de mármol una constelación de identidades olvidadas, y cargando sobre sus espaldas treinta veces el peso de su desesperanza. Alguien me contó, años más tarde, que a veces pasaban días, incluso semanas, hacinados unos contra otros en aquellas frías y húmedas estancias, prolongando su incertidumbre más allá de la desesperación. Gentes anónimas, pobres, extenuadas, aferradas a sus salvoconductos y en la mayoría de los casos a un único sueño común: la esperanza de dejar atrás para siempre las lacerantes huellas provocadas por la guerra, la miseria y el miedo. También pude ver, colgando de sus paredes, algunos retratos en blanco y negro, manifiestos silentes del precio que muchas almas pagaron como peaje en su vía crucis a través de los campos de concentración nazi. Ojos vacíos, desnudos de vida; miradas tratando de huir hacia un infinito perdido, hacia un horizonte robado; ventanas abiertas al interior del horror, al más oscuro de todos: el provocado por la crueldad terrible y descarnada de un hombre contra su igual.

Una, sin embargo, me llamó la atención por encima del resto. Un hombre junto a una mujer y un bebé recién nacido posaban en aquel daguerrotipo deteriorado por el paso de los años y la humedad. Estaban de pie, en lo que parecía ser lo alto de una colina de algún valle de Irlanda, lugar de donde procedía una gran cantidad de estos inmigrantes. En el rostro ajado de aquel hombre, que metía las manos en los bolsillos como buscando inconscientemente en ellos una última excusa para no tener que marchar, se dibujaba la sonrisa más triste que había visto en toda mi vida. A sus espaldas se distinguía una casa de piedra y caña brava, y se podía percibir con absoluta claridad, como si la escena estuviera ocurriendo en el presente y no en una instantánea capturada hacía más de un siglo, el terrible desgarro de aquel hombre tras su mueca maquillada de alegría.

Noté cómo las manos de mi madre se posaban con delicadeza sobre mis hombros y juntos, con su barbilla apoyada sobre mi cabeza, observamos durante algunos segundos y en silencio aquel paisaje de vidas anónimas capturado hacía ni se sabe cuánto.

—Algunas veces, Samuel, hay que ser fuerte y mirar hacia adelante con una sonrisa en los labios, como el hombre de la foto, aun cuando lo que de verdad te apetezca sea llorar —susurró mi madre mientras acompañaba sus palabras con tiernos besos sobre mi cabello—. No mires hacia atrás, hijo. Nunca. Nosotros no nos lo podemos permitir porque solo nos haría daño. ¿Entiendes? Como la gente de esta foto o los miles de apátridas cuyos nombres llenan de arriba abajo estas paredes.

—¿Qué son apátridas, mamá?

—Apátridas, mi vida, son aquellos que no pertenecen a ningún sitio. Aquellos que no vienen de ningún lado, ni van a ningún lugar…

—¿Vagabundos?

—«Vaga mundos», más bien.

—¿Somos nosotros apátridas, mamá?

—No, cariño, todo lo contrario. Nosotros somos viajeros valientes en busca de nuevas aventuras.

Y, a continuación, en el rostro de mi madre se dibujó una sonrisa, la sonrisa más triste que había visto en toda mi vida.

En aquel preciso instante comencé a olvidar. Mamá nunca volvió a mencionar ningún detalle de nuestra vida en Madrid; yo tampoco. Personas, lugares o situaciones que habían estado muy presentes hasta ese momento se desvanecieron de nuestras conversaciones y de nuestros recuerdos sin más, con la sencillez con la que se desmorona un castillo de naipes, arrastrando al olvido, indiscriminadamente, a todo lo demás en su caída.

—Disculpe, caballero. ¿Con qué aerolínea vuela? —preguntó el conductor del taxi, trayéndome de vuelta de mi ensoñación.

—Iberia, repuse.

—¿Es usted español? —sonrió, cambiando el inglés por su lengua materna.

La pregunta me tomó por sorpresa. Titubeé y por fin respondí que no. No mentía; en realidad, hacía siglos que no pensaba en ello. El único vínculo que me unía a mi país era el conocimiento de un idioma que apenas había tenido ocasión de practicar tras la muerte de mi madre, veinte años atrás. Escaso bagaje para que habite en uno el sentimiento de patria.

Llegamos a la terminal. Le di al taxista un billete de cincuenta dólares y le dije que podía quedarse con el cambio.

—¿Sabe una cosa? —dijo, esbozando una sonrisa—. Siempre he pensado, desde que era bien chamaco, que si no fuera mexicano me habría encantado ser español. Un gran país, sí señor.

El hombrecillo arrancó su vehículo y se evaporó, dejando tras sí el eco de su última reflexión. Permanecí unos segundos inmóvil frente a las puertas acristaladas de la terminal. Finalmente entré. Sentí una punzada de ansiedad al ver los detalles de mi vuelo sobreimpresionados en los paneles digitales. No pude evitar sonreír al distinguir, junto al número de vuelo y la hora de embarque, la expresión *on time*. Paradójicamente, aquel avión que había de devolverme al lugar de mi infancia interrumpida salía puntual. Pero para mí, lo hacía con treinta y tres años de retraso.

—¿Destino final? —preguntó la azafata de facturación.

—Madrid —respondí.

—¿Español?

—... Sí.

5

El cansancio y la resaca comenzaban a pasarme factura. No lograba entender cómo después del gran éxito cosechado la noche anterior era incapaz de sentirlo como propio y disfrutar así, no solo del reconocimiento obtenido, sino de la magnitud de las consecuencias que podía aventurar a partir de ese momento en mi carrera.

Larry Cohen, mi agente desde hacía algo más de diez años, estaba convencido de que las probabilidades de que mi nombre fuera elegido como vencedor del premio al mejor actor protagonista en aquella ceremonia de entrega de los Tony eran de tres a uno. Yo no lo tenía tan claro. Había acudido a ver cada una de las representaciones de los actores nominados que competían en mi categoría y una en particular convertía en exiguas, según mi criterio, las posibilidades de alzarme con el galardón. Nathan Lane interpretaba de manera magistral una versión moderna del *Rey Lear*, de Shakespeare, que había dado mucho que hablar en los círculos teatrales de la ciudad. Yo no podía dar crédito a lo que estaba presenciando cuando acudí a ver una de sus representaciones: la maestría en el dominio del pentámetro yámbico, la perfecta sincronía entre palabra y emoción, el dominio insultante del escenario, la hilaridad desatada en todos los espectadores que asistimos a la representación… Fue una clase magistral, la verdadera savia de la que se nutre el buen teatro. Salí con sentimientos encontrados: emborrachado por la magia de lo que acababa de presenciar y resignado, en cierto modo, porque entendí que no iba a ser yo el que saliera victorioso tras aquella exhibición de genialidad. Llamé a Larry.

—Larry. Soy yo, Sam. Olvídalo. He visto el Lear de Nathan. Es imposible que ganemos.

—Escucha, Sammy, ¿te has reído? ¡Por el amor de Dios, dime que te has reído!

—¿Que si me he reído? ¡Casi me da un ataque en el patio de butacas! ¡Ese tipo es un mago!

—¡Entonces, enhorabuena, campeón! ¡El premio es tuyo! ¿Comemos mañana...?

Tardé en entender lo que quería decir, pero cuando lo hice, comprendí que las palabras de mi agente estaban cargadas de razón.

El jurado de los Tony estaba compuesto por lo más variopinto y selecto de los círculos teatrales de Nueva York: productores, directores, actores, agentes, prensa especializada y demás adláteres del mundo de las bambalinas y las tablas, gente que gustaba de darle una dimensión sagrada al universo teatral. Aquella producción del *Rey Lear* había sido el montaje más exitoso del año, tanto de crítica como de público, pero contaba con un elemento en contra inapelable: era una versión en clave de comedia, una sátira. Desde la *Poética* de Aristóteles, San Agustín, Schopenhauer, y algún que otro de los adalides del universo de la razón, la risa no ha contado precisamente con el beneplácito de los líderes del pensamiento. Para ellos se trataba de una vulgar manifestación de la ignorancia o de la locura. El arte valioso, el arte con mayúsculas, estaba conectado por cordón umbilical con el dolor, con el sufrimiento del alma, y por muy virtuoso y memorable que resultara su interpretación del viejo monarca no iba a ser el bueno de Nathan el que se cargara, de buenas a primeras, más de dos mil años de conocimiento grabado a fuego en el inconsciente colectivo de generación tras generación. Además, se trataba de una de las cuatro tragedias de Shakespeare, quizá la más redonda, la que se empeñan en representar la mayoría de las viejas glorias cuando ven cerca su final, como una suerte de legado *ad aeternum* que hable en su nombre cuando haya caído «el último telón». El Lear de Nathan no tenía pinta de estar en el otoño de sus días y te llevaba del llanto a la risa con la suavidad con la que una madre acuna a su recién nacido, sin fisuras. Pero se trataba de Shakespeare y de su mejor tragedia, y a este noble estamento, veneradores confesos de la diosa Thespis, no les hace ninguna gracia que alguien se dedique a pintar colorines sobre sus «vacas sagradas», aunque, como en el caso de Nathan, sea con el pincel virtuoso de un auténtico Picasso de la emoción, el gesto y la palabra. Encima era un trabajo valiente, osado, transgresor..., y ninguno de ellos, en la soledad de sus frías cavernas intelectuales, otorgaría su apoyo a alguien así, puesto que a sus ojos (cegados por la envidia que siempre ha generado en la mayoría el talento desbordado de unos pocos), los valientes, los osados y los transgresores ya tienen su propio premio: atreverse a serlo.

Desde ese punto de vista y teniendo en cuenta estas consideraciones, mis posibilidades de éxito aumentaban sobremanera.

El personaje por el que estaba nominado en la obra *El camino de regreso a casa*, era Jason Bailey, un veterano del Vietnam que sufría de estrés postraumático, cuya vida cambió el día que su mujer los abandonó a él y a su hijo, un niño de nueve años, víctima de una extraña forma de autismo: el autismo de Kanner. Sin ayuda terapéutica y con una fuerza de voluntad y un coraje que solo puede surgir del instinto de protección de lo que más se quiere, logra tomar las riendas de su vida y comienza una batalla legal contra el sistema, cuando un juez se niega a acercarse a la residencia del niño, alegando razones de exceso de trabajo y falta de tiempo, para tramitar su incapacitación. Bailey, perdido en el complejo maremágnum de las leyes, la política y la burocracia, y con la colaboración de un abogado de oficio, advierte al magistrado que los autistas son tremendamente reacios a los cambios en su rutina, y que llevarle a su hijo supondría para él un riesgo incalculable ya que podría entrar en crisis o sufrir un brote psicótico. El juez se mantiene inamovible y ahí comienza la batalla a brazo partido entre un «David» de nuestros días frente a un «Goliat» de siempre, con las únicas armas de la integridad, la voluntad férrea y el amor incondicional de un padre hacia su hijo.

Al final, Bailey no solo consigue con su lucha que se le dé la razón en su caso particular, sino que a petición suya y respaldado por millares de personas conmovidas por su historia logra que se modifique una ley del Congreso en lo relativo a los procesos de incapacitación.

La crítica hablaba de una historia terriblemente conmovedora y de una interpretación memorable y llena de sutilezas. Un trabajo de cirugía cardiovascular —decía— donde «el doctor Palacios» opera a corazón abierto a todos los espectadores en cada representación, consiguiendo que vuelvan a latir con fuerza.

El personaje era uno de esos denominados en el mundo del espectáculo como *larger than life,* o «más grandes que la vida». Uno de esos tipos que a todos nos gustaría ser, un héroe de nuestros días. Un hombre que logra levantarse de nuevo con fuerza y derrotar al sistema. Soy consciente de que el premio que recibí iba destinado al personaje y no necesariamente a mi aportación. Cualquier otro actor que lo hubiera interpretado habría corrido la misma suerte que yo. Era un montaje producido por mi suegro y simplemente tuve la fortuna de haber sido elegido para darle cuerpo y voz a su alma, a su lucha, a su dolor. Por norma general, la mayoría de esos trabajos se premian no por la calidad artística o la complejidad de su construcción sino por la carga emocional y la crudeza de su contenido. De alguna manera, al hacerlo, expiamos una culpa: la falta de compromiso con la vida, con los demás, con nosotros mismos, y sentimos, a través de ese personaje de ficción, una desagradable punzada en algún recóndito lugar de nuestras conciencias que nos empuja a reaccionar, y de ese modo nos ocultamos del espejo que nos devuelve reflejada nuestra mediocridad de espíritu, otorgando ese pequeño donativo en forma de premio, de reconocimiento, de regalo de Navidad a la vanidad. Un lastimoso intento de aportar nuestro granito de arena a la hora de mejorar el mundo, aunque, como en este caso, se trate solamente de un mundo virtual.

Cuando el gran Ben Gazzara pronunció las palabras... *And the winner is...: Samuel Palacios for The way back home,* muchos de los asistentes a la ceremonia se sintieron un poco más en paz con sus conciencias. Amén.

6

—Disculpe, señor. —La voz de la azafata se coló entre las imágenes que aún se sucedían atropelladamente en mi cabeza—. ¿Desea que le traigamos la cena?

—¿Qué tienen? —pregunté, sin mucho interés.

—Solomillo al roquefort o *tagliatelle* con salsa de boletus —respondió mecánicamente.

—No. Está bien. Tráigame otro Glenfiddich doble, por favor. Disculpe, señorita, ¿cuánto queda para aterrizar?

—Unas cuatro horas, señor —respondió—. Enseguida le traigo su copa.

Y se encaminó hacia la cocina, regalándome una sonrisa de récord Guinness. Le devolví la sonrisa antes de cerrar nuevamente los ojos…

En la *suite royal* del hotel Sheraton, tras la ceremonia de los Tony, no cabía un alfiler. Yo lo percibía todo con una extraña sensación de no presencia, como si hubiese tenido una experiencia extracorpórea y pudiera contemplarlo todo desde otro plano de la realidad.

Toda aquella gente se acercaba para felicitarme, o simplemente situarse frente a mí con una sonrisa estúpida y sin pronunciar palabra. En realidad, deseaba poder disfrutar de aquellas sinceras muestras de admiración; en cambio, me encontraba tenso, incómodo, sintiendo algo parecido a la vergüenza o al pudor.

Me molestaba sobremanera que mi vanidad hubiera decidido tomarse el día libre precisamente en aquella ocasión. ¿No se suponía que ese era uno de los mayores momentos de gloria en la vida de un actor? ¿Por qué no podía tocarla con los dedos? ¿Por qué no me sentía distinto a cualquier otra noche? Acudió fugazmente a mi memoria aquel conocido poema de «Ítaca» de Constantino Cavafis y entendí que, muy a pesar nuestro, la felicidad siempre está donde la encuentras pero rara vez donde la buscas.

Me zafé como pude de uno de esos actores pesados que siempre están en todas las fiestas y que no cesan de airear los nombres de toda la gente que conoce y me fui a rellenar mi copa. Cuando levanté la vista de la improvisada barra conseguí distinguir el vestido rojo de Susan que atravesaba la habitación acompañada de nuestro común amigo Michael, dirigiéndose hacia la salida. Me dispuse a ir tras ella.

—No, no, no. Déjala marchar; es lo mejor. Últimamente Susan y tú hacéis peor pareja de baile que Gene Kelly y Cyd Charisse —dijo Larry, mi agente, interrumpiéndome el paso.

—Larry, ¿dónde estabas? No te he visto en toda la noche.

—Trabajando para ti. Escucha, ese que está hablando con Marty Goldstein en la terraza, disimula, es Doug Brown.

—¿Quién?

—Douglas Brown… *Al otro lado del paraíso.* ¡Ese Doug Brown!

Larry puso los ojos en blanco teatralmente en señal de impaciencia. Caí de inmediato.

—¿El director de cine? ¿El ganador del premio del sindicato el año pasado?

—¡Eco!

—Joder, pero si es un crío —respondí a bocajarro, ante la sorpresa de ver a un tipo que no llegaría a la treintena.

—Ya, pues a ese crío le llevo dando papilla de la marca «Palacios» toda la noche. No ha visto la obra, ni puta falta que hace, pero ha oído cosas muy buenas sobre ti y te juro que no han salido de mi boca. Además, ha estado en la ceremonia y te ha visto ganar, y eso como tarjeta de presentación no tiene precio. Tiene un proyectazo entre manos. Su segunda película, y Universal está detrás. Estamos hablando de un presupuesto de cien kilos. Va como un tiro y está a punto de ser luz verde. Flecos y abogados y toda esa mierda, pero es cuestión de semanas.

—¿Por qué me cuentas esto? —pregunté confundido.

—Porque me cayó el guion como llovido del cielo y resulta que el protagonista es un tipo de cuarenta y pico años que se pasa toda la película sufriendo y llorando y haciendo todas esas gilipolleces en las que tú eres mejor que los demás.

—¿Cien kilos? —resoplé—. No me jodas, Larry. Sabes perfectamente que eso es monopolio de las agencias conglomeradas. Estamos hablando de territorio vedado: CAA, William Morris, ICM, Endeavor... Jamás se la jugarían con un actor de teatro de la Costa Este sin apenas experiencia en cine.

Larry me agarró por un brazo y me llevó a un rincón apartado.

—Escucha, señor «vaso medio vacío», no es casualidad que este niñato esté en Nueva York. El tipo está empeñado en que no quiere nombres para la película; quiere a alguien relativamente anónimo. He hablado con él. Asegura que es importante que la historia esté por encima de las caras y yo le he dicho que no podía estar más de acuerdo. Se ha peinado el West End de Londres buscando un actor, y alguna puta hada madrina del tamaño del estadio de los Yankees, que no sé quién es ni me importa, le ha soltado tu nombre y le ha dicho que te tenga en cuenta, que eres lo que está buscando. El tipo se la juega y no va a lanzarse a ciegas aunque hubiese sido el mismísimo Marlon Brando el que hubiera vuelto de su tumba para recomendarte, pero como comienzo no está nada mal. —Larry lanzó una fugaz mirada en dirección a Doug Brown para asegurarse de que seguía allí—. Me ha pedido que os presentara, pero le he dicho que no era un buen momento, que estabas sobrepasado con todo esto y que no era el mejor sitio para hablar de trabajo. Lo ha entendido. Le he preguntado si podría comer contigo en un par de días y me ha dicho que ningún problema, que tiene pensado quedarse en Nueva York un par de semanas más. Sammy —dijo Larry mientras me ajustaba la pajarita del esmoquin—, si alguna vez en tu maldita vida has estado cerca del puto Hollywood es en estos momentos. No lo jodas. Ya sabes que solo tienes un defecto: tú mismo.

—No has estado en la gala —le recriminé.

—No —respondió, cruzándose de brazos—. Paso de esas mamarrachadas donde todos se besan un culo que no es el mío. Además, tenía que organizar la logística de tu fiesta.

—Me habría gustado verte allí —le dije sin permitir que cambiara el tema—. No lo entiendo, Larry, nunca vienes a mis estrenos, tampoco compartes conmigo este momento…

—Está bien —atajó Larry, dejando escapar un suspiro de hartazgo—. En su gran día a la nena le da un ataque de sensiblería. No pasa nada, es legítimo; al fin y al cabo, hasta en las mejores familias sale toda la mierda durante la cena de Navidad. Misterios de la naturaleza humana: el momento perfecto resulta a veces tan insoportablemente abrumador que hay que rebajarlo con ciertas dosis de dramatismo para poder digerirlo bien. De acuerdo, tú ganas. Te lo voy a explicar.

—Te escucho.

Larry adoptó un semblante serio y comenzó a hablar.

—Hace tiempo entendí que este negocio no tiene ninguna lógica estructural; no sabes por qué coño funciona una cosa y por qué demonios no. Me llevaba el trabajo a casa y sufría como un auténtico cabrón al ver que daba igual que me diera cabezazos por un actor al que yo consideraba magnífico y al que, sin embargo, no conseguía colocarle ni una lanza. Así que comencé a aborrecer el teatro y todo lo que había a su alrededor. No iba a los estrenos, ni a ninguna otra representación, y solo me dedicaba a las cuestiones mercantiles. Venta, pura y dura: negociaciones, contratos, relaciones públicas... Entendí que para funcionar en este negocio, para ser un buen agente tenía que mantenerme alejado de cualquier implicación emocional y cualquier criterio artístico. El tiempo me ha dado la razón.

—Si nunca te ha gustado el teatro, ¿por qué te hiciste representante?

—No me estás escuchando, Blancanieves. No solo me gustaba: me fascinaba. Recuerdo ir con mi padre a principios de los sesenta a todas las representaciones de teatro Yiddish en el centro judío de Williamsburg, en Brooklyn. Deseaba con todas mis fuerzas llegar a ser actor o director o dramaturgo. Son los recuerdos más felices de toda mi vida.

En el semblante de mi representante se dibujó una mueca de nostalgia.

—¿Por qué no lo intentaste?

—Porque carecía del talento, la vanidad y la locura necesarios para hacer ninguna de esas cosas. Por esa razón me hice representante, para estar cerca y ayudar en su carrera a la gente que más envidiaba y por la que más admiración sentía. *Quid pro quo!*

Larry alzó su copa a modo de brindis y dio un largo trago lleno de una mal disimulada amargura, o tal vez de resentimiento.

—¿Tampoco ibas nunca a verlos a ellos? —pregunté sin acritud.

—Sí. Claro que sí. Los primeros años veía las representaciones de mis actores varias veces; a menudo sin que ellos supieran que estaba en el patio de butacas. No solo era mi trabajo, recuerda: también era mi pasión. Pero tenía el punto de mira desviado y cuanto más me empeñaba en sacar a alguien adelante menos funcionaba. Fueron años jodidos. Pensé en dejarlo muchas veces, créeme, pero había invertido demasiado tiempo y dinero y me parecía una auténtica cabronada dejar tirada a una gente que, a pesar de todo, seguía mostrándome una lealtad inquebrantable. Empecé a aborrecerlo, no te miento, pero seguía fascinándome el secreto que encierra el alma de unos chiflados que prefieren luchar por la oportunidad de decir cuatro frases de mierda cada noche sobre un escenario que comer caliente todos los días, y pagué lealtad con lealtad. Dejé de ir a las representaciones, dejé de involucrarme como antes y todo comenzó a funcionar como un reloj. Si todavía me apasionara este mundo estaría muerto, fuera del negocio. Si te gusta beber no te montes un bar.

—Nunca me habías contado nada de esto. No tenía ni idea —repuse confundido.

—Siempre hay una primera vez —dijo, mientras dejaba su copa en la bandeja de un camarero que pasaba por nuestro lado—. Siento mucho que mi oxidado mecanismo de defensa y tu necesidad compulsiva de aprobación no formen un buen tándem, pero es lo que hay.

—Mi caso es diferente, Lar. Me gusta mi trabajo y, según parece, soy el mejor en lo que hago —dije, alzando la estatuilla del Tony.

Larry se arrancó con una sonora carcajada.

—¿Trabajo? ¿A lo que tú haces le llamas trabajo? ¿Te estás cachondeando de mí, Sammy? El trabajo de un actor no es actuar, es buscar trabajo. Saber qué teléfono marcar, a qué puerta llamar, a qué fiesta acudir, a quién chupársela sin que se note demasiado y sobre todo con quién establecer las relaciones verdaderamente importantes de tu vida: tu mujer y tu agente. Permíteme decirte que en ambos casos has hecho una elección muy acertada. ¿Tu trabajo es actuar? ¡No me jodas! Actuar es tu recompensa, o tu terapia… o ambas.

—¿Mi terapia?

—¡Sí, tu terapia, tu terapia! —protestó mi agente—. ¡Estáis como una puta cabra! Escucha, muchas personas tienen problemas de autoestima: carencias afectivas y rollos de ese tipo. La gente normal lo soluciona yendo dos veces por semana a sesión con un loquero que tiene un diploma universitario colgado en la pared de su consulta y que les cobra cien pavos por vomitar sus tripas en un diván, o se meten en una secta, o se enrolan en el ejército de salvación, ¡o yo qué coño sé! Pero si tienes cierta dosis de vanidad, algo de carisma, las dos piernas y tu voz no suena como la de un gato al que acaban de atropellar con un cortacésped, te metes a actor y sueñas con un patio de butacas lleno a reventar de «papás» y de «mamás», aplaudiendo extasiados la gracia y el arte del nene, y desacreditando así a los que te tenían que haber querido como tú necesitabas, ¡de verdad! Sin escenarios ni monerías. Vuestra vida no es más que una función escolar de fin de curso que acaba el día en que palmáis. Os dedicáis a lo que os dedicáis para dar legitimidad a un patrón, un patrón peligroso y disfuncional que es más viejo que la propia historia, desde que hace dos mil años un tío con mucho talento y toneladas de carisma se dejara crucificar para recibir la aprobación de su papá.

—Lo que dices es un auténtico disparate, Larry —repuse, un tanto molesto y sin salir de mi asombro.

—En los veinticinco años que llevo en este negocio —continuó con su exposición— solo he representado a un tipo que fuera normal: Roger Feldman. Un actor de clásico con cara de granjero de Wisconsin, casado, con dos hijos, que no se metía en líos, ni bebía, ni le ponía los cuernos a su mujer, justo lo contrario que tú. Acababa sus representaciones y se iba derechito a casa a ver *La ruleta de la fortuna* con su familia. Jamás decía una palabra más alta que otra ni se pasaba la vida frustrado por no encontrar el sendero de baldosas amarillas, tapizado de alfombra roja, que le llevara en primera clase al mágico reino del «Ego de Oz».

—¿Roger Feldman? —repetí para mí, impactado aún por el arranque de profundidad de Larry—. No me suena. ¿Sigues representándolo?

Una sombra oscura se posó sobre la mirada velada de mi agente.

—No. Hace unos meses se suicidó.

Unos breves segundos llenos de un silencio incómodo pusieron fin a la diatriba de mi representante y entendí que ese era el punto final de su discurso.

—Voy a presentarme, Larry. Doug Brown no deja de mirar hacia aquí.

—¡Ni se te ocurra! —saltó Larry—. ¿Estás loco o qué te pasa? ¿Quieres que se joda esto antes de empezar? Se te nota a la legua que vas colocado. Escúchame y escúchame bien porque no te lo voy a volver a repetir: ¡deja ya de tomar esa mierda que te metes por la nariz! ¿Me oyes? ¿Crees que no me doy cuenta? Te llevo observando toda la noche. Haz lo que te dé la puta gana con tu vida; soy tu agente, no tu padre. Pero hoy no. Me lo debes. Hemos luchado mucho para llegar hasta aquí. Diviértete, que te la chupe en el baño cualquiera de las niñatas que se mueren por tirarse un Tony. Haz lo que te dé la gana, pero no la jodas. No es un consejo, es una amenaza.

—Esto no está resultando ser como lo imaginaba, Larry.

—Te voy a decir cuál es tu problema, Samuel: en el fondo nunca te has tomado en serio a ti mismo. Vas por la vida mendigando el respeto, el cariño y la admiración de todo el mundo y cuando por fin lo consigues, habiéndotelo ganado a pulso, no te crees merecedor de ello. Te daré un consejo, amigo mío: acepta el aplauso de la gente, agradece sus felicitaciones, sonríe a sus elogios, con humildad. Porque hoy, aunque solo sea por esta vez, y aunque tu maltrecho subconsciente de niñito apaleado por la vida se empeñe en convencerte de lo contrario, te lo has ganado campeón. ¡Con creces!

Larry me miró a los ojos durante un par de segundos y me dio un cariñoso cachete en la mejilla. No dijo nada más y, sin embargo, nunca antes había dicho tanto.

—Gracias —repuse, abrumado.

—Me largo, mañana tengo un montón de entrevistas que concertarte. Tú deberías hacer lo mismo.

—Larry. Siento haberte hecho sacar todo esto. Ya sabes...

—No te preocupes —dijo, dándome la espalda y señalando el techo con el dedo índice—. Él nos envía la cruz y la fuerza para soportarla.

Y se alejó de allí, encaminándose hacia la salida.

Todo el mundo fue abandonando con cuentagotas aquella *suite royal* del Sheraton para volver a reencontrarse en cada caso con su soledad interrumpida. Al final, como en el famoso cuento, en aquella carroza convertida de nuevo en calabaza tan solo quedaba yo, sin zapato de cristal ni príncipe que me rescatase, con el alma convertida en un cenicero lleno hasta los topes de colillas manchadas de carmín, apurando los últimos tragos de un whisky de malta y esnifando las últimas rayas de cocaína, mientras trataba de entablar conversación, a base de silencios y reproches, con una estatuilla de oro, callada y orgullosa, que se llamaba Tony y que, mirándome con absoluto desprecio, seguía empeñada en no decirme nada...

—Señorita, por favor. Sería tan amable de traerme otra copa —pregunté a la azafata.

—Lo siento, señor; comenzamos el descenso en cinco minutos.

—No se preocupe —contesté sin dejar de sonreír—. Me van a sobrar cuatro y medio.

Apuré de un trago mi quinto o sexto whisky y lamenté profundamente que tampoco fuera ese el que consiguiera llevarme a ese estado donde me siento inmune a cualquier cosa.

La voz del comandante resonó por la megafonía de aquel jumbo 747 de Iberia, anunciando que el día había amanecido frío, desapacible y con fuertes lluvias.

Cuando las ruedas de aquel avión hicieron contacto con la superficie del suelo cerré los ojos. En mis oídos reverberaba lejana la voz de mi madre, susurrándome: «Ya está... ya está», como en nuestro primer viaje, con un sonido parecido al que produce la aguja al rasgar la superficie de un viejo disco de vinilo.

La sensación de vacío en el estómago que se produce en el momento en el que un avión comienza su descenso seguía instalada en mí, a pesar de que la aeronave había dejado de desplazarse hacía varios minutos. Miré en dirección a la terminal. El letrero de Madrid-Barajas se intuía con dificultad a través de las gruesas gotas de lluvia que salpicaban contra la ventanilla. La bandera de España, por el contrario, se percibía diáfana en el horizonte. Mi mirada quedó atrapada en la de un niño de unos siete años sentado junto a su madre, que me sonreía y que jugaba, ajeno a cualquier otro estímulo, con un pequeño avión de plástico que hacía volar entre sus diminutas manos, al tiempo que con la boca simulaba el ruido de su motor. Le devolví la sonrisa y deseé, más que ninguna otra cosa, volver a tener siete años y jugar también junto a mi madre.

Jugar a los aviones que van y que vienen, sobrevolando un cielo imaginario... y que no llegan a aterrizar jamás.

7

Hubo un tiempo en que la vida no dolía. Hubo un tiempo de cielos de azul raso y noches estrelladas. Un tiempo sin pasado ni futuro; un presente continuo sin ayeres ni mañanas. Hubo un tiempo en el que miedo o desesperanza no eran más que tópicos de viejo triste, conceptos del todo incomprensibles, lamentos que ni tan siquiera me rozaban...

Al volante de un Mercedes de gama alta, que había alquilado en un *rent-a-car* del aeropuerto, me iba aproximando ahora al lugar en que existió aquel tiempo.

Tal vez porque Madrid llevaba más de tres décadas condenada a un olvido voluntario o tal vez porque en mi vago recuerdo no era más que el decorado de una vieja película, escondida en algún rincón polvoriento en el desván de la desmemoria, me sorprendió la nitidez con la que me asaltaron varias imágenes de aquella ciudad en blanco y negro que desapareció para siempre un buen día sin dejar rastro.

El brillo intenso y multicolor del entramado de luces que decoraban las calles del centro durante las fiestas de Navidad. Los paseos junto a la familia por el parque del Buen Retiro cada fin de semana. Aquel divertido concurso que protagonizaba una calabaza y que presentaba un señor con un calcetín de cada color, y que tenía la extraña habilidad de juntarnos a toda la familia en pijama, cada viernes por la noche, frente al televisor. Las miradas tímidas y furtivas de aquella preciosa niña de ojos color miel y nombre de flor que se sentaba dos filas detrás de mí en las clases de catequesis previas a la primera comunión y que me robó un pedazo de inocencia dejándome en su lugar el dulce sabor del primer beso. La expresión asustada de mi buen amigo Enrique aquella tarde de finales de agosto, momentos antes de rajarse con una navaja la palma de la mano para mezclar su sangre con la mía (y justificar de paso sus lágrimas) el día previo de mi partida a Nueva York. La imagen de mi abuelo Ismael en los instantes finales de su vida, postrado en una cama que le hacía parecer minúsculo, casi espectral, devoradas sus carnes por el cáncer y el dolor, convertido apenas en un saco de piel grisácea y huesos de cristal, con los ojos cansados de ver y de ser azules cuando, en realidad, hacía muchos años ya que se habían tornado negros, como sus pulmones, como su pena. Ojos de mirada vidriosa, tomando con delicadeza mi mano entre las suyas, apenas con resuello suficiente para regalarme la última de sus sonrisas y un escueto mensaje, con la voz ronca y queda, que se habría dicho a sí mismo si tuviera la certeza de que uno vuelve a nacer: «Estudia, hijo mío. Que nadie te diga cómo pensar; que nadie te imponga en qué creer…».

Madrid, de pronto, era mi Ítaca, y yo no pude evitar la excitación de sentirme un Ulises en los instantes postreros de mi *Odisea*. Sin embargo, a diferencia de la isla griega en la famosa epopeya de Homero, aquí no había Penélopes ni Telémacos, ni posición de rey que reconquistar. Aquí nadie me esperaba. De aquí había sido desterrado a la fuerza por la imposibilidad de compartir techo y mantel con el odio y la ira de un padre inclemente, y era el resentimiento, que es el odio con canas y arrugas, el que me volvía a traer de vuelta.

La muerte de mi hermana solo era una excusa para ambos.

Con ella mi padre tensaba alrededor de mi cuello el nudo de la culpa para que se aflojara al mismo tiempo, en el suyo, el de la desesperación. Y yo, a mi vez, con el precio de mi vida grabado en una estatuilla de oro con la que acababa de ser galardonado en Norteamérica, le demostraba que se había equivocado conmigo, que yo sí valía la pena, que merecía que me quisiese, como yo aún le quería a él, a pesar de tiempos y distancias, a pesar de juicios y sentencias condenatorias en los tribunales de su conciencia que deberían haber prescrito ya bajo el peso de los años y el paulatino cicatrizar de las heridas del alma.

A pesar de todo.

Ahora, mientras me acercaba al lugar donde habían de descansar para siempre los restos mortales de mi hermana en una tumba, otra lograba abrirse en mi interior, pero no encontré el valor de mirar dentro.

La voz femenina del GPS anunciaba que estaba apenas a cien metros de mi destino.

Aparqué el coche en la puerta principal del hotel Palace. Le di una generosa propina al conserje y le entregué las llaves del Mercedes. Él ordenó a un botones que se hiciera cargo de mi equipaje. El encargado de recepción, un tipo relamido y excesivo en sus ademanes, se acercó a darme la bienvenida al otro lado del mostrador.

—Buenos días, señor, y bienvenido al hotel Westin Palace. ¿Tiene usted reserva?

—No —contesté.

El recepcionista cambió el rostro amable por un semblante adusto.

—Bueno, hágase cargo. Esto es el Palace y sin reserva es imposible encontrar alojamiento. Tenemos incluso una lista de espera de varios días. Si me permite, puedo aconsejarle otros magníficos hoteles no muy lejos de donde nos encontramos…

Recordaba que mi padre en más de una ocasión, tras alguno de los paseos que solíamos dar por el parque del Retiro toda la familia los domingos por la mañana, había comentado con admiración que aquel era el hotel más caro y lujoso de la ciudad y que gran parte de su clientela estaba compuesta por gente muy rica, poderosa e importante: deportistas de élite, políticos de renombre, estrellas de cine, grandes magnates... A mi padre le fascinaba el Palace porque simbolizaba el concepto del éxito en toda su extensión, y en él se hospedaba todo aquel que, de alguna manera, había luchado y triunfado para conseguirlo. Mi vuelta a casa no podía producirse de ninguna otra forma ni en ningún otro lugar. Alojarme en aquel hotel resultaba innegociable para mí.

—Verá usted —atajé—. He tenido que viajar con la máxima urgencia a Madrid por un tema familiar... complicado. Mi hermana falleció ayer por la tarde, por lo que no he podido realizar la reserva con suficiente antelación. Soy perfectamente consciente de que venir a un hotel como el suyo, sin confirmación previa, es una auténtica temeridad; pero comprenda que era mi obligación intentarlo ya que vivo en Nueva York y hasta allí llegan los ecos de la excelencia de las instalaciones y el servicio de este hotel, sobre todo entre mis compañeros de profesión. Todos dicen que es, sin lugar a dudas, el mejor de la ciudad.

—¿Y qué profesión es esa, si me permite la indiscreción? —preguntó con cierto retintín.

Hice una pausa dramática y fingí sopesar si debería compartir con él esa información, como si me molestara levemente que aquel tipo no me hubiera reconocido y se permitiera el lujo, además, de utilizar conmigo un tono cargado de retranca, como si fuera a desvelar, en los próximos segundos, el secreto mejor guardado del universo.

—Soy actor —contesté, susurrando y mirando con cautela hacia ambos lados, en un esfuerzo hipócrita por preservar mi anonimato.

Es una característica muy común entre los miembros de mi profesión: los actores sin éxito o los que se encuentran al comienzo de sus carreras manifiestan con vehemencia que lo son en busca de una reafirmación que todavía no les ha llegado por parte del gran público; en cambio aquellos que han tenido el talento, la determinación, la suerte o simplemente la falta de escrúpulos para triunfar, suelen esconder su identidad bajo el desgastado disfraz de una engolada y falsa modestia. Todo el mundo, actor o no, conoce ese código a la perfección, y aquel tipo, que seguramente en sus años de juventud había soñado cada noche con ser vedete del Folies Bergère, no había de ser una excepción.

Antes de que pudiera responder y cerrarse en banda, reafirmándose en su negativa, le dije que estaba muy cansado después de un viaje tan agotador, consecuencia del largo vuelo transoceánico, del *jet lag* y, sobre todo, del dolor por una perdida tan inesperada como irreparable, y que si no suponía inconveniente deseaba tomar un café con leche en la cafetería del hotel para reponer fuerzas y descansar los huesos unos minutos antes de salir de nuevo a la calle a procurarme alojamiento. Dejé mi pasaporte sobre el mostrador y le pedí que me incluyera en esa lista de espera de la que me hablaba, ya que mi intención era quedarme en la ciudad durante varios días.

Esperé convenientemente en la barra de la cafetería a sabiendas de que su curiosidad le llevaría a contrastar los datos de mi pasaporte con los buscadores de la red, consciente de que los diarios y rotativos de los Estados Unidos ya habrían colgado en sus portales todas las reseñas, notas de prensa y artículos relacionados con mi triunfo en la edición de los Tony de ese año.

Al cabo de unos minutos un botones de casi dos metros me comunicó que se requería mi presencia en el mostrador de recepción. Al acercarme pude distinguir a aquel tipo buscándome ávidamente desde la distancia con una sonrisa libidinosa esculpida en sus labios, invitándome a que me aproximara.

—Señor Palacios, ruego disculpe mi imperdonable falta de tacto. Sería de un pésimo gusto, y escasa humanidad, obligarle a buscar alojamiento en estos momentos que imagino tan dolorosos para usted. Como una señal de la providencia ha surgido una cancelación en el tiempo que ha permanecido en la cafetería y me he apresurado a bloquearla para usted.

—Quiero una *suite* —respondí seco, sin dejarle continuar con su perorata.

—Y efectivamente, se trata de una *suite executive*, señor —respondió sin titubear.

En honor a la verdad, nunca sabré si fue buscar mi nombre en internet y averiguar quién era lo que provocó que aquel tipo modificara su actitud y cambiara altanería por servilismo, o si se produjo fruto de una legítima y sincera conmiseración por el dolor de mi pérdida. En cualquier caso, poco importa. Aquel hombre desempeñó su papel a las mil maravillas, y es que, como decía el genial Alfred Hitchcock, todo el mundo puede llegar a ser un gran actor…, excepto algunos actores.

Entré en la *suite executive* 505. La estancia era muy amplia y daba la sensación de que todo en ella era nuevo, como si aún estuviese por estrenar. Las paredes estaban cubiertas de papel pintado a base de gruesas franjas de color crema y marfil, y unas enormes cortinas color burdeos sobre visillos blancos colgaban sobre los ventanales que asomaban a la plaza de Neptuno. En el *lounge*, separado del resto de la estancia por unas puertas correderas de madera de caoba, había una mesa de cristal con sillas dispuestas para que seis comensales cupieran holgadamente. Sobre ella había un búcaro de cristal de forma rectangular con dos orquídeas blancas en su interior. Toda la *suite* estaba cubierta por una mullida moqueta de color hueso que invitaba a descalzarse nada más atravesar el umbral de la puerta. Los pocos cuadros que adornaban las paredes eran copias litografiadas de conocidas obras que habían envejecido mal y que se envilecían a sí mismas al intentar dotar, sin conseguirlo, de un toque de elegancia y distinción a un espacio tan frío y alejado del buen gusto. Tan sumamente impersonal.

Deshice el equipaje sobre la cama. Colgué en una percha el traje oscuro y la corbata negra que había elegido para acudir al entierro y deposité la estatuilla del Tony sobre la mesita de noche. A continuación, me acerqué al mueble bar con la intención de servirme una copa. Miré el reloj. Eran las diez de la mañana. Aún me quedaban algunas horas antes de ponerme en marcha.

En su mensaje mi padre me había comunicado los pormenores relativos al funeral. Una información que dejó caer lacónicamente, sin ningún interés, a sabiendas de que no me habría de ser de ninguna utilidad. Aún no llegaba a comprender del todo qué resorte se escondía tras mi impulsiva decisión de regresar a España, al entierro de una hermana a la que apenas recordaba, y de tener que enfrentarme a un padre para el que también yo estaba muerto. Me había jurado a mí mismo en infinidad de ocasiones que jamás llegaría aquel día. Con qué facilidad se malbarata el tesoro del propio albedrío.

La alarma del teléfono móvil me despertó tres horas después. Entré en el aseo, llené la bañera con agua tibia y tomé un largo baño de espuma. Luego me afeite y me vestí sin prisas. Quedaba poco más de una hora para que comenzase el entierro. El féretro saldría del tanatorio de la M-30, lugar en el que se había instalado la capilla ardiente la noche anterior y se trasladaría al cementerio de la Almudena, en donde estaba previsto que llegara poco después de las cuatro de la tarde. Deseaba ser puntual pero no pasar allí ni un minuto más de lo estrictamente necesario.

Antes de salir de la habitación comprobé mi aspecto por última vez en el espejo del recibidor.

Alea jacta est, dije para mí, mientras cerraba lentamente la puerta de la *suite executive* 505 del hotel Westin Palace de Madrid.

8

El cielo se derramaba con violencia sobre Madrid.

A pesar de que aún no eran las cuatro de la tarde cuando aparqué el coche a las puertas del cementerio de la Almudena, la luz que se filtraba a través de las nubes era tan oscura y tenue, y la lluvia que arreciaba creaba un manto de agua tan tupido, que la percepción ocular era similar a la que se tiene durante los últimos coletazos del atardecer, cuando la débil luz del crepúsculo obliga a forzar la vista.

Apagué el motor y permanecí dentro del coche. ¿Y ahora qué?, pensé. Miré por enésima vez el reloj. Faltaban un par de minutos para las cuatro en punto. En aquel momento vi pasar por mi lado un coche de pompas fúnebres escoltado por diez o doce vehículos particulares. La intuición, y un escalofrío que me recorrió la espalda, me pusieron en alerta de que, muy probablemente, aquel cortejo fúnebre tenía como destino final el entierro de mi hermana Sara.

Se instaló en mi interior, como un huésped indeseado e inoportuno, una molesta sensación de vértigo. Noté cómo se aceleraba el pulso, se me secaba la boca y comenzaban a sudarme las palmas de las manos. Traté de recobrar la calma y de convencerme de que todo iba a salir bien, que no tenía que preocuparme por nada, que tan solo cumplía con la obligación moral de estar presente en el funeral de mi hermana como cabía esperar de un hombre sensible y adulto; que vería a mi padre y que conversaría con él unos minutos, con la mayor naturalidad, mostrándole mis condolencias y huyendo de dramatismos y de cualquier recriminación o vano intento de remover el pasado; que después me despediría de él, siendo ambos conscientes de que sería por última vez, con un sentido abrazo que restableciera, en la medida de lo posible, los lazos rotos. Finalmente, le regalaría la estatuilla del Tony para hacerle saber que, a pesar de todo, había conseguido triunfar en la vida como seguramente él siempre había esperado de mí. Después subiría al coche y me alejaría de allí para siempre, sin mirar atrás, sellando así una fosa que había permanecido abierta demasiado tiempo. En aquel cementerio tres personas de una misma familia estaban por fin a un paso de descansar en paz.

Me armé de valor, cogí el Tony que estaba sobre el asiento del copiloto, guardado convenientemente en el interior de una doble bolsa de plástico con el logotipo del Palace y salí del coche a toda prisa, atravesando los arcos de la entrada principal al camposanto.

Vislumbré la capilla nada más entrar al recinto. A unos cien metros se erigía un enorme edificio de estilo moderno y poco convencional, de paredes de ladrillo rojo, columnatas blancas y cúpula en verde con una espigada torre lateral al estilo minarete y una cruz de acero en lo más alto. Frente a sus puertas pude distinguir el puñado de vehículos, incluido el de pompas fúnebres, que habían pasado por mi lado hacía unos instantes. Aceleré el paso. En apenas unos segundos estaba completamente empapado, me chorreaba el pelo y los zapatos comenzaban a llenarse de agua. Ni siquiera la bolsa de plástico, usada a modo de escudo sobre mi cabeza, logró evitar que el agua me calara hasta los huesos. Seguí corriendo hasta llegar a la puerta principal. La abrí y accedí al interior. Un silencio respetuoso lo envolvía todo. Me acomodé en uno de los últimos bancos y cerré los ojos. Notaba el corazón golpeándome con fuerza en las sienes. Respiré profundamente y poco a poco fui recuperando el aliento.

Calculé entré cincuenta y sesenta las personas que estábamos presentes en el interior de la capilla. Yo estaba sentado en la última fila de bancos, de manera que no podía distinguir el rostro de ninguna de ellas. El féretro estaba situado sobre una especie de tálamo en el centro del altar. Un viejo sacerdote con casulla blanca y estola verde oficiaba la misa.

El oficio terminó con una breve homilía del sacerdote acerca de la inmortalidad del alma y las emotivas palabras de una chica muy joven que se presentó como antigua alumna de música de mi hermana y que leyó una conmovedora elegía, escrita por ella misma, en la que comparaba a su querida maestra con una composición musical. Hablaba de que su melodía había formado parte de la sinfonía de su vida durante algún tiempo y ahora sonaba el último de los acordes. Decía que el eco de su bondad perduraría para siempre en cada una de las notas que guardaba en su corazón.

Los operarios del servicio funerario se hicieron cargo del ataúd mientras los demás íbamos abandonando poco a poco la iglesia. Intenté en vano encontrar a mi padre entre la maraña de gente. Solo veía un montón de caras desconocidas cruzando por delante de mí. Había salido ya todo el mundo y aún no había logrado identificarlo. ¿Sería posible que hubiera cambiado tanto con el transcurso de los años?

Me quedé de pie junto a la entrada, mirando en todas las direcciones, resguardándome de la lluvia. Los coches iban saliendo uno a uno en dirección al lugar de la sepultura, que seguramente estaría bastante lejos teniendo en cuenta el complejo entramado de calles que conformaba aquel gigantesco laberinto mortuorio.

Apenas quedaban un par de coches por ponerse en marcha cuando el cristal de la ventanilla delantera del primero de ellos descendió de pronto, permitiéndome ver el rostro de un hombre de mi edad.

—¿Estás aquí por el entierro de Sara Palacios? —preguntó.

Asentí con un leve movimiento de cabeza.

—¡Te vas a empapar! ¡Anda, sube!

Subí al coche y me acomodé en el asiento de atrás. Se trataba de una pareja de unos cuarenta años. En los escasos tres minutos que duró el trayecto el hombre me comentó que no conocía a Sara, pero que había trabajado muchos años como ayudante de mi padre a principios de los noventa en una firma de arquitectura de prestigio, justo después de terminar la carrera, y que siempre le había tratado como si fuera un hijo. Yo, a su vez, cuando fui preguntado sobre cuál era mi relación de parentesco con la familia le respondí que era un primo lejano por parte de madre, que vivía en los Estados Unidos y que casualmente me encontraba en Madrid por un asunto de trabajo. No quería tener que dar explicaciones sobre el hecho de que su verdadero hijo, pese al inmenso cariño que pudiera haberle mostrado a él, era yo.

Llegamos al lugar de la sepultura donde la comitiva esperaba alrededor de la fosa. Me quedé junto a la pareja, al cobijo de su enorme paraguas y a una distancia prudencial. Los operarios deslizaron con sumo cuidado y destreza el ataúd en el interior de la cárcava mientras el sacerdote bendecía la tumba y rezaba una última oración.

Y entonces lo vi.

Me estremecí al reconocer a mi padre en aquel anciano enjuto que dejaba caer, tembloroso, una solitaria rosa roja sobre el ataúd con los restos mortales de su hija.

En mis vagos recuerdos, Germán Palacios Medina siempre había tenido cuarenta y cinco años: la edad que tenía cuando lo vi por última vez, la edad que, casualmente, yo estaba a punto de cumplir en un mes. El tiempo había conseguido transformar a aquel hombre de extraordinaria vitalidad y fuerza en una desdibujada sombra de sí mismo. A sus setenta y siete años, Germán Palacios parecía mirar el interior de aquella fosa con resignación, preguntándose, sin llegar a entenderlo muy bien, por qué el Señor había decidido llevarse primero a su pequeña, el único bien que le quedaba en vida, condenándole a él a padecer en soledad el oscuro calvario de su decrepitud.

La gente fue regresando poco a poco hacia sus vehículos. Me despedí de la amable pareja dándoles de nuevo las gracias y asegurándoles, ante su insistencia, que no necesitaba que me acercaran al coche. Cuando las últimas cuatro o cinco personas se fueron alejando de aquel lugar y mi padre se quedó solo, como un espectro bajo la lluvia, con la mirada perdida y susurrando una oración, me fui aproximando a él, y a cada paso que daba sobre la tierra mojada de aquel recinto de muerte yo me iba llenando de vida.

—Papá —susurré.

Mi padre salió de su trance, levantó la mirada y la fijó en mí con una expresión de desconcierto.

—¿Sí...?

—Papá, ¿no me reconoces? Soy yo, Samuel...

Tras unos segundos observándome sin decir nada, reaccionó.

—Samuel —repitió con un hilo de voz, y volvió el rostro hacia la sepultura con una sonrisa llena de ternura—. Tu hermano ha venido a despedirse de ti, cariño... Tenías razón.

Nos miramos en silencio, intentando acostumbrarnos a la nueva apariencia del otro, tratando de condensar treinta y tres años en apenas un instante. Ahora solo éramos dos extraños que compartían sangre y apellido. El niño era un hombre y el hombre un anciano. Lo único que no envejecía y que se mantenía incólume era el dolor que habíamos acumulado ambos con el paso de los años a causa del orgullo y de la indiferencia del otro.

Una voz masculina procedente del interior de un coche rompió la tensa atmósfera de aquel reencuentro.

—Germán, ¿te llevamos a casa?

—No, no. Gracias —respondió, sin dejar de mirarme—. Me vendrá bien dar un paseo. No os preocupéis.

—Como quieras. De todos modos, llámanos nada más llegar. ¿De acuerdo? Mucho ánimo, Germán.

Mi padre se despidió con la mano mientras el coche se alejaba.

—¡Acércate! —ordenó—. ¡Si continuas mojándote así vas a pillar una pulmonía!

Me guarecí bajo el amplio paraguas de mi padre e intenté torpemente darle un abrazo pero su actitud corporal lo evitó. Nos quedamos uno al lado del otro, mirando en silencio la tumba de mi hermana.

—Hablaba de ti a todas horas —comenzó a decir—. Nunca se hizo del todo a la idea de que tu madre y tú os hubierais marchado para siempre. Durante años se levantaba cada mañana preguntando si habíais regresado ya de vuestro viaje con la misma ilusión que el día anterior. Hace un par de noches, en el hospital, me obligó a encontrar tu teléfono de Nueva York en internet y me hizo jurarle que te llamaría en cuanto ella muriera. Que tú habías de ser el primero en saberlo. Me dijo que vendrías a decirle adiós, que lo podía sentir en su corazón, y que se marchaba tranquila y serena porque sabía que su muerte serviría para…

Mi padre no pudo continuar; y yo tampoco sabía muy bien qué decir.

—Venga, salgamos de este lugar. Seguramente no pasará mucho tiempo hasta que deba regresar a la fuerza —bromeó.

—¿Estás bien, papá? —pregunté a raíz de su comentario.

—Supongo que solo tenemos de aquí hasta la entrada del cementerio para ponernos al día, así que con preguntas como esa no vamos a sacar mucho en claro. ¿No te parece?

La fina ironía de mi padre consiguió hacerme sonreír. Seguía conservando la lucidez y el ingenio de su juventud.

Le agarré del brazo y comenzamos a caminar despacio en dirección a la salida.

—¿Te has casado? ¿Tienes hijos?

Lo directo de la pregunta me hizo titubear.

—Me casé sí, hace trece años. Pero no hemos tenido niños aún.

—¿Se trata de un problema de esterilidad?

—No, no, nada de eso. Somos fértiles los dos, según las pruebas que nos hemos hecho, y Susan, mi mujer, aún está en edad de tenerlos. Sin embargo, por ahora no ha habido suerte.

No mentía, pero tampoco estaba por la labor de contarle la verdad: que tenía un matrimonio desestructurado; que tanto mi mujer como yo éramos un par de adictos, enganchados al alcohol, los tranquilizantes y la cocaína, y que, probablemente, el abuso continuado de estos durante años constituía uno de los métodos anticonceptivos más seguros del planeta.

—Bueno, nunca es tarde —sentenció—. Tener hijos es lo más importante del mundo. La vida sin familia carece de sentido.

En su reflexión pude percibir un cierto resentimiento, como si, de alguna manera, mamá y yo le hubiéramos arrebatado parte de ese sentido a su propia existencia el día en que nos marchamos de Madrid.

—Sí, sí, por supuesto. Seguimos intentándolo. Además, Susan está a punto de comenzar un tratamiento de fertilidad en un centro especializado de Manhattan —mentí.

Un silencio incómodo se instaló entre nosotros. De pronto se me hizo presente la bolsa de plástico que llevaba en la mano. Presioné levemente su brazo y dejamos de caminar.

—Te he traído algo, papá.

—¿A mí? —preguntó confundido.

—Es algo que quiero que tengas tú. Algo que he ganado para ti.

Le miré fijamente a los ojos con la emoción a punto de desbordarse, y le entregué la bolsa.

—¡El Palace! —dijo con admiración—. ¿Te estás hospedando allí?

—Sí —asentí.

—Buena elección. Es, sin duda, el mejor hotel de la ciudad.

Mi padre abrió con cuidado la bolsa mientras a mí me latía el corazón con fuerza y se me humedecían los ojos. En unos segundos eternos fui consciente de que todo aquello por lo que había luchado en mi vida, cada decisión que había tomado, cada pequeña acción que había acometido, conducía, de un modo u otro, a aquel preciso instante. Estaba a punto de cruzar la meta de una larga carrera contra mí mismo que tenía perdida antes de tomar la salida y en la que, finalmente y contra todo pronóstico, iba a resultar ganador. Una carrera cuyo único premio era recuperar el respeto y el afecto de mi padre, para no tener que seguir corriendo nunca más.

—¿Qué es esto? —preguntó con extrañeza, mientras sacaba la estatuilla de la bolsa.

—Es un Tony, papá: el premio al mejor actor de teatro de esta temporada en Nueva York. Es el equivalente teatral al Oscar de Hollywood. Es un premio muy importante que…

—¿Teatro? —interrumpió mi padre, seco—. ¿Es eso a lo que te dedicas?

—Sí. Soy actor —dije.

—Nunca te he visto —atajó mi padre bruscamente—, y llegan muchas series americanas aquí. Debes de ser del montón.

—Bueno… a lo mejor… —balbucí.

—Actor. Y de teatro. Vaya… —continuó mi padre, con un punto de sarcasmo en su voz—. ¿Es eso un trabajo remunerado? ¿En serio? En este bendito país hasta hace bien poco ni siquiera se permitía enterrar a esa gente en sagrado.

—En Nueva York es diferente; hay una gran tradición teatral y los actores somos muy respetados.

—¿Respetados? ¿En base a qué? —Su tono fue despectivo—. Yo me he pasado más de cuarenta años de mi vida construyendo edificios donde la gente pudiera vivir. ¿Qué construyes tú? Yo te lo diré: castillos en el aire donde los ociosos y los cobardes acuden para esconderse de la realidad, cuentos chinos elevados a la categoría de arte para justificar y encubrir una vanidad enfermiza. No te engañes: no hay nada de especial, ni siquiera de digno, en lo que tú haces. Lo que para ti es el primer plato para el resto tan solo es el postre, que no se te olvide jamás.

—Yo... —titubeé sin que me saliera la voz.

—Toma —dijo, devolviéndome la bolsa—. Agradezco tu intención, pero no quiero tener en casa un objeto que me recuerde a diario que mi único hijo varón logró en una ocasión ser galardonado por un puñado de juglares con esmoquin con el premio al mejor bufón del año.

—Como quieras —susurré, mientras volvía a coger la bolsa.

—Una cosa más —dijo—. Al entierro de un ser querido se viene con una corona de flores para rendir homenaje al muerto, no con una de laurel para vanagloria propia. Es de un gusto pésimo.

Podía notar cómo el corazón se me iba haciendo de puro hielo. Apenas sentía las piernas. Caminaba de su brazo como un espectro. Mi padre continuó hablando de cosas triviales: de su jubilación, de la crisis de la economía, del gobierno..., y yo conseguía retener las últimas dos o tres palabras de cada frase, lo justo para darle acuse de recibo a base de monosílabos. Pero solo mi cuerpo estaba presente. Yo me encontraba en algún rincón al otro lado del universo con la cabeza bien escondida dentro un agujero.

En ese cementerio, en el que la retahíla de cruces y de lápidas se perdía allende el horizonte, dudo que en aquel instante hubiera algún cadáver sepultado bajo más toneladas de tierra que yo.

—Bien. —La voz de mi padre me devolvió al presente y me di cuenta de que habíamos llegado a la entrada principal—.

Aquí se separan nuestros caminos. ¿Cuándo regresas a Nueva York?

—Tengo el vuelo pasado mañana.

—Por lo menos esta vez... me he podido despedir de ti como Dios manda —dijo con una sonrisa amarga y un poso de resentimiento en la mirada.

—Cuídate mucho —respondí con frialdad.

Y entonces, después de tantos años imaginando posibles abrazos de reconciliación, nos dimos uno gélido y distante, uno lleno de hipocresía. Un abrazo que, desde hacía algunos minutos, yo ya no quería, ni necesitaba.

—¡Samuel...! —La voz de mi padre, trémula, asustada, me detuvo justo en el momento en el que me disponía a subir al coche—. Tu madre... ¿aún vive?

—No, papá. Murió hace casi veinte años.

—¿De qué? —preguntó con un hilo de voz rota y sin querer saber.

—No lo sé. De nostalgia, tal vez...

—Entiendo... —dijo, acompañando un suspiro y bajando la mirada.

Entré en el coche, tiré con rabia la bolsa de plástico en el asiento de atrás y puse en marcha el motor. Mientras maniobraba miré en dirección a mi padre por el espejo retrovisor una última vez.

Allí, bajo la tormenta, desdibujado entre nichos y tumbas, entre lápidas y epitafios, parapetado bajo el escudo de un paraguas que no servía para resguardarle de la verdadera crueldad con la que acababan de castigarle los cielos, aguantaba de pie, estoicamente, Germán Palacios Medina, mi padre. Lo más parecido a un hombre que he conocido nunca. Un pobre viejo que, aquella tarde en la que el cielo se derramaba con violencia sobre Madrid, acababa de dar sepultura, al mismo tiempo y en el mismo lugar, a las dos mujeres más importantes de su vida.

9

El abuelo Ismael nació el último día del siglo XIX. Decía que haber venido al mundo en tan notoria efeméride le había condenado desde niño a sentirse prematura y extrañamente viejo, como de otro tiempo. Fue un socialista y marxista convencido desde el primer día que comenzó a trabajar el campo para otros hasta el momento en el que un cáncer de pulmón lo devolvió a la tierra de donde siempre supo que había venido. Se declaraba fiel admirador de Carlos Marx, de Federico Engels, de Largo Caballero, de Azaña, de Negrín…, defensor a ultranza de la lucha de clases; lector habitual de *El Socialista* o de *Claridad*, y leal súbdito de la Segunda República. Y, a pesar de ello, cuando alguien le preguntaba, con indisimulada malicia, intentando hacerle rabiar, cuál había sido el día más feliz de su vida, él, sin inmutarse apenas, con absoluto aplomo y resignándose una vez más a la macabra broma que le había gastado el destino, siempre respondía lo mismo: el día del alzamiento del Ejército Nacional del general Francisco Franco. ¡Manda huevos!

María Aroza Juan, mi madre, vino al mundo en Cirat, un pequeño pueblo de la provincia de Castellón, la mañana del 18 de julio de 1936, bajo un sol de justicia. El cielo estaba despejado y, no obstante, no cesaba de llover. Llovían augurios de muerte y miseria. Caían las primeras gotas de un diluvio que había de durar tres años.

María tuvo el dudoso honor de compartir cuna con la Guerra Civil, la mala suerte de nacer el día más triste de la historia reciente de España. En el mundo al que ella llegó, la muerte comenzaba a campar a sus anchas y el hambre no paraba de engordar. Decía con resignación e ironía años más tarde que la ventaja de haber nacido al comienzo de una guerra y que lo primero a lo que se acostumbren tus ojos sea a la miseria y tus oídos al estruendo de las bombas, es que, de ahí en adelante, tu vida solo tiende a mejorar: a los ojos todo parece hermoso, a los oídos todo suena a música.

Así era mi madre. Cuando ella estaba cerca, la tristeza y la melancolía corrían de la mano a esconderse en cualquier otra parte.

Desde que cumplió los quince años, María tuvo claro que quería ser artista. Acudía desde niña cada noche al pajar de la casa de su abuela Sinforosa donde un grupo de mujeres y de hombres amenizaba la velada cantando y bailando todo tipo de canciones populares, y atreviéndose incluso con piezas de teatro y de zarzuela.

Sinforosa vivió en Barcelona los tres años que su marido, mi bisabuelo Marcos, había permanecido en el frente durante la guerra de Cuba. Se puso a servir en la casa de una familia acaudalada del barrio de la Bonanova: los Munné, un encantador matrimonio, padres de una niña, que la acogió desde el principio como a una sobrina, y a la que inculcó una verdadera pasión por la ópera y el teatro y una nada desdeñable cultura musical. No había mes que no fuera invitada a acompañarles al Gran Teatro del Liceo. Disfrutaba con pasión de aquella música intemporal, de aquellas potentes voces que le acariciaban el oído y le sacudían el alma. Quedó deslumbrada por aquellos vestidos de reyes y de emperatrices, por aquellas luces y escenografías, por la elegancia y porte de los caballeros y las damas que acudían a ver y a ser vistos en las representaciones… Sentía una admiración enfermiza hacia aquellas artistas que podían dedicarse por completo a menester tan maravilloso y ganarse muy bien la vida con ello, que iban alrededor del mundo recibiendo aplausos, bombones, flores…, y despertando a su paso la admiración de aquella otra gente tan rica e importante, tan admirable a su vez.

Cuba se perdió y Marcos retornó a casa con diez kilos menos en sus carnes, mirada de vencido y estrías en el alma. Sinforosa regresó al pueblo resentida con el destino y enojada con el arbitrio de la naturaleza por concebirla mujer y, por tanto, esclava de la voluntad del hombre. Volvió dispuesta a ser para sus vecinas lo que aquellas artistas de ensueño habían representado en su día para ella, anhelando generar en todas ellas esa extraña mezcolanza de admiración y celos que suponía ser querida y envidiada a partes iguales. Y aunque pensaba con frecuencia en aquel dicho tan castizo sobre la miel y la boca del asno, no se resignó a que toda aquella música que aprendió a conocer y valorar se desvaneciera en el lejano recuerdo de los alegres días del sol de la juventud, en aquella Barcelona eterna a la que amaba por encima de todo y de todos, y que ahora quedaba tan lejana como su propia dicha, mientras ella ardía y se consumía en el infierno de su insoportable ausencia.

Aquellos años de la posguerra fueron cayendo lentos y pesados como plomo. En todo el país se instaló un silencio espeso: un silencio de iglesia, de duelo, que tenía como cometido hacer olvidar cuanto antes el ruido ensordecedor de las bombas y la metralla, el lamento de los heridos, el tañido de las campanas que tocaban a muerto y el llanto desgarrado de madres y de viudas.

El pajar de Sinforosa fue un reducto inexpugnable frente aquel tribunal de inquisición a la alegría. Un oasis de vida en una perdida aldea entre montañas. Allí, cada noche, un puñado de hombres y mujeres se cosían las heridas de la guerra a base de coplas y versos, de zarzuelas y jotas, de viejas historias, romances y leyendas populares.

Desde que la niña María tuvo uso de razón a nadie le pasó inadvertido el gracejo especial que tenía para cantar y bailar. Sinforosa vio en María un guiño del destino y fue, poco a poco, inoculando en su nieta el virus de la pasión por el cante y el baile, jurándose que viviría a través de ella aquel sueño que le fue arrebatado en su juventud.

Una tarde oía la radio mientras bordaba en el porche de la casa. De ella comenzó a surgir la música más intensa y emotiva que había oído en toda su vida, acompañada por la voz incomparable de la gran Concha Piquer. Algo se removió en su interior y esperó impaciente a que el locutor anunciara el título de aquella canción. Apenas unos minutos más tarde supo que se llamaba «Suspiros de España», que la había compuesto un tal Antonio Álvarez Alonso en 1902, y que formaba parte del repertorio de las más grandes artistas del país. Y en aquel preciso instante decidió que quería ser una de ellas y dedicarse a cantar «Suspiros de España» o cualquier otra canción que lograra que el corazón de todo el que estuviera escuchando se desbordara con la misma emoción que se acababa de desbordar en el suyo. Tenía quince años recién cumplidos.

Sinforosa no mostró apenas sorpresa cuando su nieta le hizo cómplice de sus anhelos. Le pidió que no lo comentara con nadie, ni siquiera con su madre, ya que dedicarse a eso no estaba muy bien visto en este pueblo de catetos e ignorantes. Ya llegaría el momento de contárselo a los demás. Le exhortó a que siguiera cantando todos los días, a todas horas, puesto que la práctica era la madre de la excelencia. Y así lo hizo. Durante los siguientes tres años la vida de María fue, literalmente, *coser y cantar.*

Las veladas en el pajar de Sinforosa se fueron espaciando más y más en el tiempo. De aquellas cuatro o cinco noches por semana en los años posteriores al final de la guerra, se fue pasando poco a poco a un par de veces a finales de la década de los cuarenta y únicamente al sábado por la noche al comienzo de los cincuenta. Para aquel pajar, reconvertido durante quince años en un improvisado teatro de variedades, también había llegado la hora de bajar el telón.

Fue el 23 de abril de 1955. Doce o trece vecinos con sus sillas y guitarras, como cada sábado, llamaban cada vez más extrañados a la puerta de casa de Sinforosa. No se oía un alma. No se veía ninguna luz. Nadie acudió a abrir.

Esa noche y a esa misma hora, Sinforosa y María dormían plácidamente, una al lado de la otra, en una pensión de mala muerte en el barrio barcelonés del Raval. Se habían regalado mutuamente una rosa. Era la festividad de San Jordi, patrón de la ciudad.

Habían transcurrido más de cincuenta años desde que Sinforosa abandonó Barcelona para volverse al pueblo a hacer lo que en aquel entonces una mujer como Dios manda tenía como obligación fundamental: dedicarse en cuerpo y alma y con abnegación absoluta al cuidado de su marido y de sus hijos. Aquella chiquilla de apenas diecinueve años a la que le arrebataron sin permiso el preciado bien del albedrío, aquella niña a la que obligaron entre todos a hacerse mujer antes de tiempo, volvía a recorrer esa mañana, junto a su nieta, las calles del barrio de la Bonanova con la ligereza de piernas de antaño, pese a haber cumplido ya los setenta y cinco años y sufrir una barbaridad de huesos y varices. Sus ojos, sin embargo, mantenían el brillo juvenil de aquel entonces. A cada paso que daban le iba narrando a María alguna anécdota curiosa de los años en que sirvió en casa de los Munné. Cada calle le evocaba un recuerdo, cada esquina una emoción.

La mansión de los Munné seguía en el mismo lugar y apenas había cambiado nada en su apariencia externa. Marina Munné tenía tan solo nueve años cuando su nana se marchó un buen día de vuelta al pueblo del que salió tres años atrás, dejándole en prenda un beso en la frente, media sonrisa forzada, la humedad de una lágrima en la mejilla y un escueto «Sé buena, mi niña». Aquello le dolió. Para Marina, Sinforosa era mucho más que una simple criada o que su niñera: era su compañera de cuarto y de juegos, su hermana mayor, ya que a esa tierna edad la pureza que gobierna el corazón no entiende de jerarquías y aún no ha sido adiestrada en el feo vicio de rotular etiquetas sobre aquellos que no son como nosotros. Años más tarde, conversando con su madre, intentó acordarse del rostro de aquella muchacha de pueblo que cuidó de ella durante sus primeros años de vida, pero no lo consiguió. La erosión del tiempo es inclemente incluso con el más ancestral de los afectos.

Durante años, Sinforosa horneaba unos deliciosos pastelillos de boniato, tan del gusto de don Marcelino, el párroco de Cirat, que este devoraba con fruición a cambio de escribirle la correspondencia que una vez al mes enviaba a sus antiguos señores de Barcelona. Siempre a la atención del señor porque el verdadero cariño no entiende de etiquetas ni protocolos.

Un día recibió de puño y letra de la señora de Munné aquella misiva que tanto había temido. En ella le comunicaba que el señor había faltado, sin dolor, haciendo la siesta en el sofá bajo el sol del mediodía, mirando un álbum de fotos antiguas y con una sonrisa en los labios. También le comunicaba que no iba a continuar la relación epistolar que llevaban cerca de veinte años manteniendo ya que no era como su difunto esposo y carecía de las letras (y los ánimos) suficientes para comprometerse, pero que la quería mucho y que seguiría estando en sus oraciones hasta el fin de sus días.

No fue sino hasta el día aquel en que María le contó sus deseos de convertirse en artista, muchos años después, cuando Sinforosa volvió a pensar en los Munné y en la niña Marina, que entonces debía de rondar ya los sesenta. ¿Qué habría sido de ellas? La señora habría muerto casi con total seguridad, ya que estaría cerca de los noventa y nunca dio muestras de tener una salud de hierro, pero Marina…

Envió una carta a la antigua dirección de la residencia familiar de la Bonanova, esperando que alguien le diera cualquier tipo de información sobre el paradero actual de la única heredera de la familia. Para su sorpresa, pocos días más tarde recibió respuesta de la propia Marina. En ella le decía que se alegraba enormemente de que hubiera retomado el contacto, que su madre faltaba desde hacía seis años, víctima de una enfermedad larga y dolorosa que le había tenido postrada en cama durante los dos últimos años de su vida, y que ella enviudó durante la guerra, sin haberse logrado quedar encinta, que había vendido la empresa familiar al morir su madre y que con ello le daba para vivir holgadamente, si es que a aquello podía llamársele vida, pues se la comían por fuera la soledad y por dentro la melancolía.

Sinforosa le respondió de inmediato asegurándole que no tardaría en ir a visitarla, que tenía una nieta de quince años, preciosa y con mucho talento, que había decidido ser artista y que ella vivía para ver ese sueño convertido en realidad. Por desgracia, poco podría hacer la criatura en aquel pueblo de mala muerte donde no tenía nadie ni para comer, pero si la señora tuviese a bien ayudarla económicamente, como una especie de mecenas de sus estudios de canto y declamación, la niña, a cambio, podría ocuparse en las tareas de la casa, y, por encima de todo, hacerle compañía.

Doña Marina aceptó de buen grado y ciertamente ilusionada a la petición de mecenazgo de la joven por parte de Sinforosa. A través de María ambas se encontraban próximas a alcanzar el mayor de sus anhelos. Para Marina, mi madre iba a ocupar el espacio vacío de esa hija deseada que aquella inoportuna guerra le privó de concebir. Para Sinforosa, era la ocasión soñada de ser como aquellas grandes artistas de su juventud, a través del talento y la belleza de una parte de su sangre, de la reencarnación del más íntimo de sus propósitos.

Y así, aquel domingo 24 de abril de 1955, a las tres en punto de la tarde, acompañada por su abuela Sinforosa, María cruzó la puerta de entrada de aquella vieja mansión de la Bonanova. Contaba diecinueve primaveras y ningún invierno, la misma edad que tenía su abuela cuando entró por aquella puerta para cuidar a una niña, la misma niña a la que ahora, cincuenta y siete años más tarde, debía cuidar ella también.

Pasaron la tarde las tres juntas, tomando café, té y pastas, hablando sobre lo divino y sobre lo humano, aireando el polvo rancio de la estancia a base de historias olvidadas y risas infantiles, y arrancando de las paredes la amarillenta mugre de la soledad y de la nostalgia. Cuando empezó a asomar ese azul intenso del crepúsculo que solo existe en las ciudades bañadas por el Mediterráneo, Sinforosa se excusó alegando que ya era muy tarde y que tenía que madrugar para tomar temprano el tren con destino a Castellón, y que dejaba a ambas en las mejores manos.

Antes de atravesar el umbral, desde la escalera de mármol que daba al jardín, se volvió una última vez para verlas juntas a las dos. Se fijó primero en Marina. Seguía viendo en ella a aquella muñequita de carne y hueso con la que aprendió a jugar a ser mamá. Contempló después a María y no pudo evitar reconocerse en ella bajo el marco imponente de aquella mansión intemporal. A decir verdad, vio en su nieta una versión mejorada de sí misma: más guapa, más preparada, más libre… y en una España distinta. Esbozó una sonrisa de medio lado en dirección a ambas y alzó lentamente la mano para decir adiós. Luego se dio media vuelta y se encaminó hacia la salida con seguridad y aplomo, como si se tratase del mutis final de una gran dama del teatro, sintiendo por primera vez en toda su vida que aquel escenario le pertenecía y que ella le pertenecía a él. Agradeció a la Santísima Providencia por los servicios prestados y le pidió un último favor: que la niña tuviera siempre la buena fortuna que a ella se le negó. Se santiguó y cruzó la entrada principal en dirección a las entrañas de aquella Barcelona eterna que le tendía la mano para bailar un último pasodoble en aquella cálida noche sin luna y sin estrellas.

Sinforosa no volvió a ver a su nieta. Murió pocos meses después habiendo cumplido con su deber.

Durante los siguientes años, María llenó de luz la casa de la Bonanova. Por ella pasaron los mejores maestros de canto, de piano, de baile y de declamación a los que doña Marina podía echarles el lazo. No reparaba en gastos, nada era suficiente para su María, por esa necesidad exacerbada de mostrar cariño que suelen tener algunas mujeres, ávidas de fuertes vínculos afectivos, con aquellos que no son sus hijos biológicos.

María nunca llegó a compensar ese esfuerzo económico realizando las tareas de la casa, como había propuesto Sinforosa en el acuerdo original, más bien se convirtió en una señorita culta y educada, que dejaba maravillada a las visitas cada vez que cantaba o recitaba acompañándose al piano que a tal efecto había adquirido para ella doña Marina. En más de una ocasión, alguna conocida se dejaba caer trayendo consigo a un hijo o a un sobrino en edad casadera. Todos quedaba prendados en el acto por su belleza, su talento, su desparpajo y su rebosante sensualidad, pero ninguno le llegaba a hacer gracia de verdad, y aunque salió de paseo y al teatro con un par de ellos, nunca volvía a repetir, y continuó poniendo todo su empeño en aprender, en mejorar, en dar pasos firmes hacia su ansiada meta.

Aquella meta se apareció diáfana en el horizonte una mañana de primavera en que un viejo amigo de la señora, el *senyor* Llorens, que había oído cantar a María en la casa de los Munné en alguna ocasión, le propuso incorporarse tras el verano a la compañía de variedades que regentaba y que gozaba de cierto prestigio en los mentideros teatrales de la ciudad. Le aseguraba una paga decente, gira de un año por toda Cataluña y la posibilidad real de hacer temporada en el Apolo. Ella sería la encargada de sustituir a la gran Remedios Montoya, en el ocaso de su dorada carrera, como tonadillera de la compañía, heredando su repertorio de copla y de canción española.

¡María corrió, corrió y corrió, como si le persiguiera el fin del mundo! Le faltaba tiempo para contárselo a su madrina. Qué es la vida, o el amor, al fin y al cabo, sino la necesidad irrefrenable de magnificar la propia experiencia de uno compartiéndola con alguien a quien se quiere de verdad. Se abrazó a ella con toda la fuerza que genera el músculo de la gratitud y las emociones desbordadas de ambas se zambulleron juntas en un baño de éxtasis sobre sus respectivas mejillas.

Aquella misma tarde María se acercó dando un paseo hasta la playa de la Barceloneta. Contempló durante un rato y en silencio cómo cruzaban los barcos de lado a lado, dibujando siluetas vaporosas en el horizonte. Recordó instantes lejanos de su vida en el pueblo. Le vinieron a la memoria aquellas veladas interminables junto a sus vecinos en el viejo pajar de las variedades y eso le hizo sonreír. Se acercó a la orilla, descalza. Introdujo ambos pies en el agua y giró su cuerpo completamente en dirección al sur. Sujetaba una rosa roja entre las manos y la lanzó con todas sus fuerzas sobre la cresta de una ola que rompía. Susurró: «Lo he conseguido, yaya, gracias a ti».

Era el 23 de abril de 1960, día de San Jordi, patrón de la ciudad.

10

A mediados del mes de mayo, doña Marina y Llorens, tras haber llegado a un rápido arreglo sobre los pormenores del contrato de María, sellaron el acuerdo con un firme apretón de manos y se fueron a comer, como era protocolario por aquel entonces entre las personas que pertenecían al estrato más acomodado de la burguesía catalana.

La joven comenzaría los ensayos en una sala, propiedad de la compañía, sita en el barrio del Poble Nou, a principios del mes de septiembre. Llorens la adoctrinó brevemente sobre lo que se esperaba de ella y cuál sería el repertorio de canciones y coplas que debía empezar a memorizar y a ensayar por su cuenta. El 5 de septiembre a las cuatro en punto de la tarde se la esperaba con el repertorio aprendido y sin que faltase ni ilusión ni ganas de trabajar.

Marina, más entusiasmada si cabe que su ahijada, le propuso hacer juntas un viaje a París para ir de compras. Pese a ello, lo que deseaba María más que nada en el mundo era volver a su pueblo, donde no había regresado desde hacía más de tres años, y ver a los suyos, y contarles a todos las fantásticas novedades.

El primer día de mayo, desde el andén número cuatro de la estación de Sants, María Aroza Juan agitaba la mano sonriente desde el tren en dirección a su querida Marina, sin saber, sin intuir si quiera, que aquella iba a ser la última vez que había de pisar Barcelona en lo que le quedaba de vida.

Aquel verano de 1960 fue especialmente excitante por aquellas latitudes. El pueblo, de apenas quinientos habitantes, había quintuplicado su población y todas las casas, incluso la mayoría de los pajares, se encontraban llenos a rebosar con familias al completo que habían llegado de todos los lados a principios de ese mismo año puesto que acababa de comenzar la construcción de un ambicioso proyecto industrial: una central hidroeléctrica de proporciones faraónicas que buscaba aprovechar la cuenca del río Mijares. Los alegres sesenta y la revolución industrial en España llegaban para hacer su aparición en aquel remoto lugar.

La relación con sus padres y su hermana Isabel volvió a ser tan sólida como lo había sido con anterioridad a su partida. En una ocasión, Isabel y María acudieron al cine de verano a ver *Tú y yo,* una película de corte lacrimógeno, protagonizada por Cary Grant y Deborah Kerr, y con el Empire State Building como telón de fondo. Isabel permaneció ensimismada por el recuerdo de la película durante días y, una tarde, mientras iban juntas a por agua a la fuente se detuvo en seco, miró fijamente a los ojos a su hermana mayor y le dijo muy seria: «Voy a marcharme lejos, María, no quiero que se me pase la vida en este pueblo de mala muerte. Aún no sé cómo ni cuándo, pero te aseguro que más tarde o más temprano lo voy a hacer».

Llegó el día de San Juan y el comienzo del verano se respiraba en el aire y se percibía en el ánimo de la gente. Aquella noche se solía festejar, desde tiempos inmemoriales en las comarcas bañadas por el Mediterráneo, con hogueras, verbenas y varietés por todo el litoral, y aquel pequeño pueblo de la provincia de Castellón no era una excepción.

Teodoro Valdivielso era un joven topógrafo, oriundo de la Bureba burgalesa, que tras haber terminado sus estudios en Madrid había sido destinado a Cirat por la compañía Hidroeléctrica Española para comenzar los trabajos de reconocimiento del terreno y arranque de las excavaciones de la nueva central. Llevaba seis meses por aquellas latitudes y le daba gracias a Dios cada día por haberle enviado a un sitio «con una temperatura tan cojonuda y unas hembras tan dicharacheras y tan flamencas». Tanto es así que en cuanto supo que su mejor amigo había aprobado con matrícula de honor el último curso que le quedaba de la carrera de arquitectura, le invitó a que saliera de Madrid y se pasara los dos meses de verano junto a él, en aquel lugar de ensueño que ofrecía todo lo que dos chavales solteros y de su edad podían desear.

Germán Palacios Medina, un joven y apuesto toledano con un flamante seiscientos blanco, llegó al desvío de entrada a la villa de Cirat pasadas las siete de la tarde del viernes 23 de junio de 1960, víspera de San Juan. Teodoro, su amigo y compañero de habitación en el colegio mayor Covarrubias en la Ciudad Universitaria de Madrid, le esperaba a la entrada del pueblo para acompañarle al lugar en el que ambos se iban a hospedar durante los próximos dos meses. Teodoro le hablaba sin parar de las dulces y sensuales féminas de la provincia de Castellón, que poco o nada tenían que ver con las recatadas castellanas o con las sofisticadas madrileñas. Ayudó a instalarse a su amigo y ambos cenaron frugalmente en una taberna para no perderse el comienzo de las actividades que iban a tener lugar en la plaza durante el fin de semana con motivo de las fiestas de San Juan.

Aquella noche la orquesta que amenizaba la velada hizo un receso de diez minutos, momento que aprovechó Isabel para escabullirse de su hermana y susurrarle algo al oído al cantante del grupo. Cuando los músicos regresaron de nuevo a sus posiciones, el líder de la banda pidió a la señorita María Aroza que tuviera la amabilidad de subir al escenario y deleitar a sus paisanos con el famoso pasodoble «Suspiros de España». María, muerta de vergüenza, accedió a regañadientes ante la insistencia y los aplausos de su gente, mientras fulminaba con la mirada a su hermana pequeña, que reía y aplaudía como loca, disfrutando a raudales de su travesura.

María comenzó a entonar las primeras notas de aquella popular canción y un silencio respetuoso se instaló entre el público asistente. Teodoro dejó de coquetear de inmediato con la rubia que estaba sentada a su lado y fijó su mirada en dirección al escenario sin poder apartar la mirada de aquella preciosa muchacha que cantaba como si en su garganta habitara un coro de ángeles. Solo acertó a balbucir: «Madre del amor hermoso, Germán, vaya pedazo de...», siendo interrumpido de inmediato por este que, hipnotizado por la actuación de la muchacha, le cortó diciendo: «Mucho cuidado con lo que dices, Teodoro, porque estás hablando de la madre de mis hijos».

Aquella noche Germán no pudo pegar ojo, removiéndose entre las sábanas pegajosas, producto del calor y del recuerdo febril de aquella joven que había acaparado sus sentidos, su deseo y su voluntad desde el mismo instante en que puso su mirada en ella. Necesitaba saber quién era, cómo se llamaba, a qué se dedicaba, si era de allí, si tenía novio... Preguntas que se agolpaban en su mente formando una retahíla interminable de posibles combinaciones que no le dejaban descansar.

Al día siguiente se iba a celebrar un baile en la plaza al caer la noche y Germán supo que sería su única oportunidad de conocer a la muchacha de los suspiros de España por la que ahora suspiraba él, y dar, de ese modo, respuesta a todas aquellas incógnitas que le tenían en un sinvivir. Los segundos se le hacían eternos y en apenas doce horas ya se había convertido en enemigo mortal e irreconciliable del longevo sol del verano en las comarcas del Mediterráneo.

Se tomó del tirón tres vasos de vino nada más llegar a la plaza, media hora antes de que empezara a tocar la orquesta. Cuando comenzó el baile distinguió a María enfilando la calle de enfrente junto a su hermana y una amiga. Se le subió el corazón a la garganta y lo bajó de nuevo ayudándose de un cuarto vaso de vino. Sin pensarlo dos veces se fue hacia ella, maldiciéndose por haberse puesto en el último momento aquel traje de lino en vez del de raya diplomática que le sentaba tan bien. Cuando estuvo frente a ella se abandonó a su suerte, confiado de pronto por la calidez y ternura que desprendían aquellos ojos verde esmeralda y, sin más prolegómenos, le informó: «Buenas noches, señorita. Me llamo Germán Palacios Medina, soy arquitecto, tengo veintisiete años y un seiscientos blanco, y algún día me casaré con usted».

María, su hermana y su amiga Pilar comenzaron a reír a carcajadas como si se tratara de la ocurrencia más disparatada y chistosa que hubieran oído en toda su vida. Cuando hubo recuperado el resuello y la compostura, y sintiéndose culpable por el mal trago que le estaban haciendo pasar al pobre muchacho, María se vio con la obligación de decir algo, lo que fuera, y su repuesta, inconsciente e irreflexiva, mirándole directamente a los ojos, fue un tímido: «Si usted lo dice…». Germán, con una extraña voz atiplada, le pidió entonces que le concediera el siguiente baile y ella accedió.

Para la joven pareja aquel verano fue como darle un enorme bocado al paraíso. La magia indescriptible de aquellos que celebran su primer amor. A pesar de todo, una mañana de finales de agosto en la que se entregaban ambos con dedicación plena al *dolce far niente* en una de las bañeras naturales del barranco, María despertó de aquel sueño disfrazado de romance de estío y entendió que no le quedaba más remedio que ponerle al corriente de sus planes a corto plazo. Le informó de que en apenas diez días debía de regresar a Barcelona para comenzar los ensayos de la compañía de variedades que la acababa de contratar. Él la miró sin decir nada, se puso de pie, y se alejó de ella, buscando intimidad y consuelo en la soledad de la montaña.

En aquellas noches de bullicio y música de verbena, en medio de una plaza rebosante de excitación y júbilo, como si se tratase de una minúscula nube de tormenta envarada en la inmensidad de un azulísimo cielo de raso, una joven pareja, de espaldas al mundo, bailaba muy agarrada un viejo bolero, como espectros que no hubieran logrado aún descansar en paz, como almas en el purgatorio, arrastrando los pies por el subsuelo de la incertidumbre. Ella con la cabeza apoyada en su pecho para que él no pudiera intuir su pena; él con la cara volteada hacia un lado para que ella no pudiera notar su rabia, sintiendo ambos cómo el frío puñal de la desesperanza les atravesaba el costado cada noche, cuando la campana de la torre de la iglesia se burlaba de ellos, anunciando, con doce lamentos, que un día más había muerto y el tiempo juntos se les agotaba.

Apenas una semana antes de que terminara agosto y María se viera obligada a regresar de nuevo a Barcelona, Germán le tomó ambas manos, la miró directamente a los ojos, y le dijo: «Quiero casarme contigo, María, no soporto la idea de regresar sin ti. ¿Qué me dices?».

María, sorprendida por lo abrupto de la petición, respondió que sí, siendo consciente de que decirle sí a él suponía, a su vez, despedirse para siempre de Barcelona, de su querida Marina, y del preciado regalo de su voz.

El día de su partida, María se acercó sola al cementerio donde se encontraba la tumba de su abuela Sinforosa. Esta vez no llevaba una rosa, ni ninguna otra flor. Se sentó a los pies de su sepultura, rezó durante unos minutos y canturreó una vieja canción. Al final, humedecida su culpa por una solitaria lágrima, le pidió perdón por haber traicionado su empeño.

Como si se tratase de una maldición la historia se copiaba a sí misma, y el frágil sueño de cristal de Sinforosa Santolaria volvía a hacerse añicos una vez más.

El 1 de septiembre de 1960, en la estación de ferrocarril de Castellón de la Plana, un tren que tenía como destino final la ciudad de Barcelona estaba a punto de comenzar su trayecto. Una butaca quedó vacía, un billete sin utilizar y un sueño por cumplir. A esa misma hora, por las sinuosas carreteras de tierra que bordeaban la comarca del Alto Mijares, dos jóvenes felices y enamorados avanzaban en dirección a Madrid. A los pocos kilómetros Germán comenzaba a construir enormes edificios dentro su cabeza, mientras María, invadida por un punto de nostalgia, se dedicaba a desmontar los castillos en el aire que había levantado en la suya.

La boda se celebró en una preciosa ermita cerca de Toledo. Tras dos semanas de luna de miel recorriendo Portugal, se instalaron en un piso del barrio de la Concepción, propiedad de la constructora para la cual Germán iba a comenzar a trabajar.

Sara, su primera hija, vendría al mundo un par de años más tarde. El mismo día de su nacimiento Germán sintió en su interior algo difícil de explicar. Un sentimiento que no tenía que ver con nada de lo que hubiera experimentado antes. Se tumbaba encima de la cama frente al bebé y se quedaba muy quieto y en silencio observándola absorto durante horas.

Tres años después, un 11 de julio de 1965, nací yo. Mi padre, por aquel entonces, seguía descubriendo un mundo nuevo a través de los ojos de su pequeña, mientras que la que se quedaba ahora tumbada en silencio observándome durante horas era mi madre.

Pocas cosas cambiaron durante los siguientes diez años. Otra casa, un coche nuevo, un apartamento de verano en la playa de Cullera, un televisor… pero todo seguía más o menos igual.

Sara adoptó muy pronto el rol de reina de la casa y ojito derecho de mi padre, pues desde muy pequeña comenzó a despuntar en todo. Sacaba las mejores notas de su clase y tenía unas habilidades extraordinarias en todo lo relacionado con las artes escénicas. Poseía, además, unas notables dotes de liderazgo que se convertían en algo fuera de lo común cuando se trataba de hablar y actuar delante de un gran público.

Yo, a mi vez, era un estudiante del montón, e intentaba compensarlo tratando de jugar bien al fútbol, ya que mi padre venía a ver cada sábado el partido que disputábamos contra otros equipos, y ese era el único momento de la semana que me dedicaba en exclusiva.

Fueron años felices. Un matrimonio joven y enamorado con dos niños sanos y fuertes y una situación económica cada vez más holgada como para hacer frente a cualquier eventualidad. Nadie podía aventurar, por aquel entonces, que aquellos años de tranquilidad habían de tocar pronto a su fin.

Fue una mañana de marzo, un soleado sábado en los albores de la primavera de 1975. El día más amargo en la historia de nuestra familia: aquella trágica mañana en que Sara cayó rodando por las escaleras de la planta superior de la casa de la colonia de El Viso a la que nos acabábamos de mudar, fracturándose la columna vertebral y quedando parapléjica en el acto para el resto de su vida.

Para cuando Sara regresó de nuevo después de una larga estancia en el hospital el aire ya estaba contaminado y una tristeza de plomo se había instalado por todos los rincones de la casa. En ocasiones pasaba junto al estudio de mi padre y le escuchaba llorar. Eran los pocos momentos en los que dejaba aflorar su desconsuelo, siempre a puerta cerrada y en secreto.

Aquella rabia contenida fue poco a poco haciendo mella en su ánimo y agriando su carácter. Comenzó en una ocasión en que le gritó a mi madre por no sé qué estupidez.

La primera vez que me pegó una bofetada fue un día que conté en la mesa un inocente chiste verde que había escuchado en el colegio. La siguiente fue cuando traje un suspenso en matemáticas en la primera evaluación de sexto curso de EGB.

La tercera fue por hacer ruido al sorber una sopa de fideos con la que me acababa de abrasar el paladar…, y así se fueron sucediendo cada vez con más frecuencia y por motivos más nimios, cada vez con más violencia, a pesar de las lágrimas y de los ruegos de mi madre que le suplicaba que me dejara de pegar. Cuando las palizas superaron la docena, simplemente las dejé de contar.

Aquella que cambió el curso de la historia ocurrió el 25 de agosto de 1977, el día del decimoquinto cumpleaños de mi hermana Sara. Mi padre había comprado una tarta de chocolate y había colocado sobre ella quince velas. Cuando terminamos de comer, mi madre se levantó para sacarla de la nevera y acercarla a la mesa. Me adelanté y le pedí que me dejara hacerlo a mí, puesto que me hacía una ilusión enorme darle la sorpresa. Saqué la tarta de la nevera, encendí con un fósforo cada una de las quince velas, cogí el plato con mucho cuidado y me dispuse a salir de la cocina despacio, con una gran sonrisa de oreja a oreja y comenzando a cantar a pleno pulmón el «Cumpleaños feliz»…

No sé por qué ocurrió. La verdad es que me he hecho esa misma pregunta cientos de veces. Hay situaciones que solo se explican por la magnitud y relevancia que adquieren posteriormente en el desarrollo de ciertos acontecimientos: en el orden global de las cosas. Lo cierto es que tropezar y caerme de bruces sobre aquella tarta llena de velas de cumpleaños fue el detonante, la primera ficha que cayó en el devenir de lo que había de suceder en mi vida *a posteriori*. Con la cara llena de chocolate, el jersey lleno de velas y con los ojos fuera de las órbitas me puse de pie en un salto, miré de inmediato en dirección a mi padre y comencé a suplicarle perdón. En cuanto percibí que se levantaba de la mesa fui corriendo a encerrarme en mi cuarto y esperé dentro del armario con el corazón saliéndoseme por la boca y temblando de pánico al ver su sombra aparecer por la esquina del pasillo.

No puedo contar con detalle mucho más de lo que ocurrió. Recuerdo, eso sí, a mi madre deshecha en un mar de lágrimas, arrastrándose por el suelo aferrada a su pierna, asegurándole a gritos que un día me iba a matar. Todo se volvió negro cuando recibí un primer impacto, duro y seco, con la hebilla de su cinturón a la altura del labio inferior y comencé a notar el tibio sabor a metal de la sangre. Sin embargo, antes de perder el sentido, logré escuchar una frase que retumbaba en mis oídos y que él repetía por encima de sus gritos y sus lamentos: «¡Eres un inútil! ¿Por qué tuvo que pasarle a ella? ¿Por qué no pudo pasarte a ti?».

Aquel día no dormí en casa. Mi madre me llevó a un hotel cercano mientras me curaba con delicadeza los múltiples cortes y hematomas. Tumbado junto a ella en la cama del hotel y sin poder coger la postura por el dolor, podía sentir su respiración agitada y la maraña de pensamientos que la reconcomía por dentro.

Me despertó a eso de las seis de la mañana y me pidió que le prestara mucha atención, que aquel iba a ser un día largo y complicado porque teníamos que hacer muchas cosas: conseguirme mi primer pasaporte y comprarme algo de ropa y una maleta, ya que en un par de días íbamos a realizar un viaje los dos juntos para visitar a la tía Isabel a Nueva York. Le pregunté si vendrían papá y Sara también, a lo que me respondió con un velo de consternación en la mirada: «No, hijo, ellos se quedan aquí».

Dos días más tarde, sin haberlo comentado con nadie excepto con mi amigo Enrique, subíamos al avión que había de llevarnos a Nueva York, y algo en mi interior me dijo que viajábamos sin billete de regreso.

Mamá nunca se llegó a acostumbrar del todo a aquella gran ciudad, pese a los quince años que residió en ella. Cada

12 de octubre me llevaba a ver el desfile del día de la Hispanidad. Cuando veía a lo lejos aparecer por la Quinta avenida la bandera de España, siempre comenzaba a reír, a aplaudir y a llorar, en un abril de emociones.

Una mañana, mientras arreglaba el jardín de casa de mi tía Isabel, sufrió el primer desvanecimiento. No le dimos mayor importancia pero poco después vino el segundo y en el hospital los resultados de las pruebas a los que la sometieron no eran nada alentadores: había señales de un tumor cerebral.

Quedó ingresada en el hospital Monte Sinaí de Manhattan. Uno de los doctores que se ocupaban de ella nos llevó a mi tía y a mí a una sala apartada y nos informó de que lamentablemente el tamaño del tumor era bastante considerable y resultaba demasiado arriesgado operar.

Me fui a dar un paseo para tratar de atenuar el golpe. Compré una rosa roja en la floristería más próxima y entré con ella en su habitación. Me miró esbozando una sonrisa y me preguntó para quién era aquella rosa, que no era el día San Jordi, que no estábamos a 23 de abril. Cuando le pregunté a qué se refería exactamente, me relató desde el principio toda la historia de su vida, mientras yo, con el alma partida en dos, la escuchaba con devoción, tragándome como podía las lágrimas.

Tras cuatro o cinco noches alternando los turnos de visita con mi tía recibí de madrugada una llamada informándome de que acababa de entrar en un coma irreversible. Me vestí a toda prisa y entré corriendo en la habitación. Le pregunté al doctor cuál era la situación real. El médico se limitó a negar con la cabeza y a apoyar su mano en mi hombro antes de salir.

Me senté junto a mi madre y tomé su mano entre las mías. Permanecí así, sin soltársela, hasta que me quedé dormido. Instantes después, una sensación extraña me sacudió por dentro obligándome a abrir los ojos: la máquina que se hallaba junto a su cama indicaba que sus constantes vitales habían dejado de funcionar.

María Aroza Juan, aquella niña que vino al mundo el mismo día en que comenzó la Guerra Civil española, aquella muchacha de espíritu libre que un día, por amor a un hombre, se olvidó de cantar, aquella madre que renunció a su propia vida para proteger la de su hijo, había dejado de respirar.

Decidí salir del hospital un momento para tomar un poco de aire y buscar algo de intimidad. Mientras me aproximaba a la salida comencé a escuchar, sin prestar demasiada atención al principio, los primeros acordes de una canción que creí reconocer vagamente y que procedían del hilo musical.

Parecía aquella antigua canción española que mamá siempre cantaba cuando estaba muy triste, o cuando estaba muy contenta; o cuando necesitaba, como decía ella, cerrar los ojos un segundo y cruzar de un salto el océano Atlántico para regresar, aunque solo fuera por un instante, a un pajar lleno de música y buenos amigos en el pequeño pueblo en el que nació.

Me detuve desconcertado y me desplomé en uno de los asientos próximos a la recepción. Cerré los ojos y me limité a escuchar.

Sí, ahora ya no tenía duda, ¡se trataba de aquella misma canción!

En aquel hospital, por insólito que pueda parecer, se oyeron los primeros acordes de «Suspiros de España».

Y supe entonces que era por mi madre por quien sonaba aquella vieja canción.

Sonaba como si nunca antes lo hubiera hecho. Sonaba como si fuera a hacerlo por última vez.

11

El sonido del móvil me despertó, alarmándome.

El reloj que había sobre la mesita de noche marcaba las cinco de la madrugada.

—¿Sí? —dije, con la voz aún empastada y ronca por el sueño.

—Sammy, me he enterado. Lo primero, ¿cómo estás?

La irritación que sentí al oír la voz de Larry fue imposible de disimular, aunque tampoco es que me molestara en hacerlo.

—¡Joder, Larry! ¿Tienes idea de qué hora es aquí? ¡Son las cinco de la madrugada!

—Discúlpame campeón —reculó—, nunca sé si el horario en Europa adelanta o atrasa. Siempre se me olvida. ¿Las cinco, dices? Vaya, qué putada.

Conocía lo suficiente a mi representante como para saber que la cortesía y el respeto hacia los horarios de los demás no eran un tema que le preocupara en demasía.

—Olvídalo, Larry. Dime, ¿de qué se trata?

—Bueno, verás, he estado intentando localizarte todo el día y tenías el móvil fuera de cobertura. En tu mensaje de voz decías que estarías fuera de la ciudad tres días. —Larry hizo una pausa para sopesar mi reacción. Yo permanecí en silencio—. ¡No daba crédito a lo que estaba oyendo, Sammy! Ignoraba que tuvieras una hermana. Nunca me hablaste de ella y, francamente…

—Ni a ti ni a nadie, Larry —atajé—. En cualquier caso, se trata de mi pasado y de mi vida privada y creo que ambos quedan fuera del marco de nuestro acuerdo legal de representación. ¿Me equivoco?

—Vamos, Sam, por el amor de Dios, no me hables así, ¿quieres? —protestó Larry—. Ante todo somos amigos, joder; solo me preocupo por ti. En serio. No me hagas daño de esta manera tan gratuita. Es cruel y no creo que me lo merezca.

Fui consciente de que la conversación estaba contaminada por mi ánimo tras el reencuentro con mi padre y traté de rectificar.

—Sí, discúlpame, Lar. No es nada personal. Tienes razón.

—No hace falta que te disculpes —replicó—. Me puedo imaginar por lo que estás pasando en estos momentos y no tiene que resultar nada fácil. Jamás me he atrevido a preguntártelo, pero estoy convencido de que debe de existir algún motivo de peso para que nunca antes hayas querido volver… —Larry hizo una pausa intencionadamente larga—. Pero, sea como fuere, es tu historia. En cualquier caso, sabes que puedes contar conmigo para lo que necesites. Yo nunca te voy a juzgar, ya lo sabes.

—Gracias, Larry —respondí con amabilidad, cuando lo que de verdad deseaba era colgarle el teléfono.

—De nada, campeón.

—Escucha, Larry, ha sido un día muy duro y complicado. Agradezco tu llamada, pero necesito volver a dormir. Te lo contaré todo a mi vuelta. Pero estoy bien, en serio.

—¿Cuándo tienes el vuelo de regreso? —preguntó, antes de permitirme que colgara—. Envíame todos los datos e iré a recogerte al aeropuerto. Tengo que ponerte al día de todo lo relativo a las entrevistas y reportajes que tengo concertadas para ti con motivo del Tony.

—Llego pasado mañana en el vuelo de Iberia que aterriza en JFK a las siete de la mañana.

—¡Pasado mañana! —Larry alzó la voz con entusiasmo—. ¡Joder, no sabes la alegría que me das y el peso que me quitas de encima!

—¿Te has vuelto loco? —respondí, gritando un poco mientras separaba el auricular de mi oído, molesto por el exabrupto.

—He movido cielo y tierra para concertarte un almuerzo con Doug Brown —se apresuró a responder—. Te hablé de su próximo proyecto, ¿recuerdas? Resulta que el tipo va a estar unos días en la ciudad y está más solicitado que Billy Crystal la noche de los Oscar, pero tras unas doscientas llamadas cruzadas con su manager he conseguido arreglarlo para que comáis juntos el jueves al mediodía en el Alfredo's, de Lexington Avenue. Cuando me ha explicado Susan que habías cogido un vuelo a España y cuál era el motivo se me ha caído el alma a los pies y he llegado a pensar lo peor.

—Y, efectivamente, Larry, se trata de lo peor: un miembro de mi familia acaba de ser enterrado.

—¡Dios, Sam, no me refería a...! Ya sabes a lo que... ¿pero qué coño te pasa? ¿A qué viene tanta susceptibilidad? Hoy no tengo manera de ganar, ¿verdad? ¡Por supuesto que no hay nada peor! Pero dada la inevitabilidad del suceso, me parecía una putada que al mismo tiempo perdieras también la jodida oportunidad de tu vida. ¡Eso es lo que quería decir! ¡Maldita sea! Llevas un día en España y ya pareces Torquemada.

—Alfredo's en Lexington, el jueves al mediodía —anoté mentalmente—. Yo llegaré sobre las doce y media. Ya sabes que la cortesía y la buena educación son los ingredientes básicos en cualquier receta para el fracaso.

—Pero qué dices, Sammy. Te estás cachondeando de mí, ¿verdad? Anda, no hagas eso, te lo ruego. Me falla el corazón.

—Si llego en punto su cerebro computará inconscientemente que soy un tipo que sigue las normas, un tipo corriente y moliente, y eso es algo que nadie que quiera ser considerado una estrella debe permitirse jamás. Estará encantado de haberme conocido y comentará maravillas sobre mí y sobre mi talento. Hablaremos de los pobres niños de África, de su abuelita centenaria en Cleveland y de lo bonitas que son las puestas de sol en el sur de California, pero jamás me dará el jodido papel. Son los prepotentes, los arrogantes y los soberbios las personas que más nos atraen y a las que, sin querer reconocerlo, más admiramos y deseamos tener cerca, porque nos hacen sentir mediocres e inferiores, algo que retorcidamente nos encanta a todos y en el fondo siempre hemos sabido de nosotros mismos.

—¡Que te den, Palacios! —explotó Larry—. ¿Sabes qué te digo? ¡Haz lo que te dé la gana! ¡No vayas si no quieres! Si no fuera porque acabas de perder a una hermana te mandaría al mismísimo infierno, que es donde tarde o temprano acabarás si no te tumbas pronto en el diván de algún loquero. Buenas noches, o días, o tardes, ¡o lo que coño quiera que sea en esa parte de México!

Larry colgó y yo dejé el teléfono sobre la mesita de noche. No pude reprimir una sonrisa ante la desquiciada reacción de mi agente. Había una parte de mí que disfrutaba con aquellos pulsos dialécticos. Curiosamente, solo acostumbraba a ponerlos en práctica con la gente a la que tenía cerca y que aseguraba quererme, como el propio Larry y, en especial, con mi mujer. Cuando creía que la vida me había dado un revés o entendía que había sido injusta conmigo, yo sentía la necesidad de serlo también con ellos. Necesitaba castigarlos de algún modo por quererme incondicionalmente, o por mentirme al respecto, o por ser tan estúpidos como para hacer cualquiera de las dos cosas.

Aquella mañana de domingo Madrid amaneció sin una nube. Parecía mentira que dos días consecutivos pudieran presentar una climatología tan dispar. Tenía el domingo libre ya que mi vuelo de regreso a Nueva York no saldría hasta las doce del mediodía del lunes. Desayuné un café solo y un Jack Daniel's doble en una cafetería próxima al hotel, mientras ojeaba sin mucho interés las páginas de un diario deportivo que estaba a disposición de los clientes del local y en el que se centraban en el Mundial de Sudáfrica que estaba a punto de comenzar.

Paseé durante un par horas por el parque del Retiro, buscando, sin éxito, reverdecer recuerdos y sensaciones de mi infancia, aunque ya no me pareció aquel lugar mágico que en su día me había pertenecido, lleno de rincones y escondites secretos, donde acudía cada fin de semana como miembro de una familia feliz, sino un lugar polvoriento, sucio, con unos árboles mal cuidados, donde un montón de gente absurda y anodina parecía conformarse con sus vidas y celebrar alegremente la de los demás. Gentes que solo necesitaban la proximidad de los suyos, un rayo de sol y un trozo de césped en el centro de Madrid para trepar hasta la cima de la felicidad.

Comí sin mucho apetito en un mesón del centro, uno de esos que tienen el mal gusto de decorar las paredes con cabezas de toro. Pedí un café y luego me tomé dos o tres whiskies. Pagué la cuenta, y al levantarme de la mesa pude comprobar que me encontraba ligeramente borracho. No en exceso. Más bien lo suficiente como para dejar de propina una buena dosis de melancolía.

Paseé sin rumbo y sumido en los caóticos pensamientos que decidía suministrarme el alcohol. A los pocos minutos reconocí una calle de las inmediaciones del barrio donde se encontraba mi antiguo colegio de los padres dominicos. Poco después estaba frente a él, tal y como lo había recordado tantas y tantas veces. Quizá con las paredes pintadas de otro color; quizá con una puerta de hierro en vez de madera… Seguramente la modernidad también se había impuesto en el viejo colegio a la tradición y a la costumbre. Allí comencé a leer y a escribir, a caer y a levantarme. Allí aprendí a llorar y a disimular las lágrimas porque nadie es más cruel que un niño con el sufrimiento y las muestras de debilidad de otro. El tamtam de la selva del patio y de las aulas.

Acudió a mi memoria el padre Fulgencio, aquel religioso de cara redonda y ojos azules que tocaba la guitarra y que se encargaba de organizar las actividades del grupo de los *boy scouts,* aquel cura joven y alegre que impartía la clase de religión. No había pensado en él en décadas y, sin embargo, no sé muy bien por qué, fue la primera persona que me vino a la memoria al atravesar la puerta de entrada al colegio. Quizá porque siempre me gustó y porque intuía que yo también le había gustado siempre a él. Supuse que de estar vivo rondaría los sesenta y cinco o setenta años. Decidí preguntarle a la señorita que atendía tras el mostrador de recepción. Le comenté que era un antiguo alumno del centro, que había estudiado allí hasta el séptimo curso y que tenía curiosidad de saber si el padre Fulgencio vivía aún y, de ser así, si se encontraba en ese momento.

—¿Pencho? ¡Está mejor que usted y yo juntos! —respondió con un marcado acento del sur—. Ahora mismo se encuentra fuera con el grupo de los *scouts,* pero en la circular que enviaron a los padres decía que sobre las seis estarían de vuelta, así que si quiere usted esperar…

Miré el reloj. Eran las cinco y media. Aún quedaba media hora y no pensé que mereciera la pena esperar tanto tiempo por una cosa tan improvisada y tan poco urgente. Además, no estaba de humor. Agradecí a la señorita su cortesía y me dispuse a salir, pero al percibir que una puerta se abría a mis espaldas me di la vuelta y miré hacia el interior del recinto donde pude ver fugazmente un trozo del viejo patio. Me quedé absorto y se me ocurrió una idea y regresé al mostrador del vestíbulo.

—Disculpe, señorita. ¿Sería posible esperar al padre Fulgencio en el patio?

— ¡Claro! ¡Faltaría más! Vaya, vaya usted y dígame su nombre, hágame el favor. En cuanto llegue Pencho le irá a buscar. Se va a llevar una alegría tremenda cuando lo vea.

—No creo que me reconozca, la verdad. Han pasado treinta y tres años desde la última vez que me vio.

—¿Ese? Ese no olvida la cara de un antiguo alumno ni muerto —sentenció.

—Samuel Palacios Aroza —respondí con una sonrisa de gratitud.

No me veo capaz de describir de manera precisa la amalgama de emociones que me invadió al encontrarme de nuevo en mitad del viejo patio. Para un niño, el patio del colegio es su país, su territorio, su bola del mundo, su verdadero hogar. Los que surgen *a posteriori* son lugares que él habitará pero donde nunca logrará sentirse como un duque en sus dominios del mismo modo que lo hace la primera vez que clava la bandera de su individualidad en el suelo alquitranado de aquel mapamundi en miniatura donde, cada día durante el recreo, libra una dura batalla en la cruzada por hacerse un hombre, en pos de ese Santo Grial que es la conquista de la identidad propia.

La primera emoción reconocible, no obstante, fue la de sentirme realmente viejo.

Regresar a los lugares donde no se ha vuelto a poner un pie durante un largo espacio de tiempo, envejece. Es ley de vida. Se te echan encima todos esos millares y millares de días en los que dejaste de estar allí.

Me vino la imagen de aquella mañana en clase de gimnasia en que el profesor nos enseñó la técnica del salto de longitud. Al final de la clase, tras haber realizado un par de intentos, nos dispusimos a saltar una última vez para obtener la calificación final del ejercicio. Nadie saltó más que yo. ¡Obtuve la mejor marca de los cuarenta y cinco alumnos que formaban la clase! ¡No podía creerlo! Nunca había sido el primero en nada. Mis compañeros, entre incrédulos y asombrados, me felicitaron, y yo no pude evitar sentirme abrumado y exultante a la vez. Como si me avergonzara y al mismo tiempo nadie lo deseara más que yo.

Nunca olvidé aquel día ni aquella sensación, y a modo de homenaje me encaminé de nuevo hacia el mismo lugar desde donde treinta y cinco años atrás había saltado aquella mañana. Tomé carrerilla y salté. Cerré los ojos y me volví a dar un baño de multitudes entre todos mis compañeros de clase que fueron testigos directos de aquel momento mágico: el más preciado de toda mi vida. Aquel en que descubrí que era capaz de hacer algo mejor que los demás, algo a lo que siempre podría aferrarme, algo que me devolvía la esperanza.

Noté una mano sujetándome por el hombro que me trajo de vuelta de mi ensoñación.

—¿Samuel? ¿Samuel Palacios…? Bienvenido de nuevo a tu casa, hijo.

12

—¿Solo o cortado?

El padre Fulgencio, o Pencho, como siempre prefirió que le llamáramos, seguramente para crear sintonía y acortar las distancias entre nosotros y su sotana, me miraba expectante con la cafetera en la mano, disponiéndose a servir el café en una pequeña taza de porcelana blanca.

—Solo, padre, con dos de azúcar, si es tan amable.

Pencho llenó mi taza hasta arriba y añadió dos terrones individuales.

—Solo, con dos de azúcar… —repitió en voz baja mientras lo hacía.

—Gracias, padre.

Estábamos en un pequeño estudio de la tercera planta: la del refectorio, la capilla y las habitaciones de los miembros de la congregación que vivían y trabajaban en el colegio. En su mayoría eran religiosos que aún se dedicaban en activo a la docencia, fundamentalmente en lo relacionado con las asignaturas de religión, griego, latín, y las de música y artes plásticas. También había otros tantos que pasaban con creces de la edad de jubilación y esperaban en retiro espiritual a que les llegara su hora.

Siempre supimos todos de la existencia de aquella planta superior y solo hubiéramos tenido que continuar subiendo un tramo de escaleras para husmear un poco, puesto que no había rejas ni puertas que impidieran el acceso, aunque dudo mucho que nadie en toda la historia del centro se haya atrevido a elucubrar tal idea. Ninguno de nosotros sentía la más mínima curiosidad ni tenía interés en conocer cualquier detalle relacionado con la vida privada de aquellos seres extraños y anodinos que decían ser representantes de Dios en el mundo, y que lo tiznaban todo de un halo de misterio, terror y castigo. Siempre pensé que eran ángeles que estaban a prueba en la Tierra, como una suerte de purgatorio, por no haber hecho bien su trabajo allá arriba, y eso de alguna manera les tenía permanentemente cabreados.

Pencho era diferente; me gustaba. No estaba siempre cabreado ni trataba de meternos el miedo en el cuerpo a todas horas. No hablaba de serpientes enroscadas en los árboles, ni de llamas de azufre en el infierno, ni de quedarnos ciegos si nos masturbábamos, o pecábamos contra la pureza de la virgen, tal y como nos lo obligaban a confesar. No nos golpeaba los nudillos con una regla de madera hasta hacerlos sangrar, ni nos expulsaba de clase como escarnio público para castigarnos de esa manera con el «privilegio» de no aprender. Hablaba de la Iglesia, del catecismo o de Jesucristo como de cosas llenas de luz y alegría: lugares donde te apetecería estar, libros que desearías leer, personas a las que no tendrías inconveniente en amar. Consiguió que la religión se convirtiera por un tiempo en mi asignatura favorita, ya que mencionaba a todas horas el perdón y hermosos paraísos en el cielo donde no se castigaba, ni se sufría, y donde había un Padre que era infinitamente misericordioso.

Pencho no era un ángel en penitencia como el resto, era un hombre justo y bueno que amaba su vocación y a los niños por encima de todo.

—Samuel Palacios Aroza —comenzó a decir al tiempo que se servía él también—. Vaya, vaya, vaya. ¿Cuánto hace? Veinticinco años por lo menos, ¿no?

—Treinta y tres exactamente, padre —me apresuré a corregirle—. Estuve aquí entre el setenta y uno y el setenta y siete.

—¡Treinta y tres años! ¡Bendita casualidad! La misma edad de… un sobrino carnal que tengo en Cuenca.

Aquello nos hizo reír a ambos. Era el tipo de cosas por las que recuerdo que me caía tan bien. Sabía encontrarle el humor a todo. Incluso a lo más sagrado.

—¿Cómo está, padre? Lo veo bastante bien. La señorita de recepción asegura que no hay quien pueda con usted.

—¿Mari Luz? —preguntó, arqueando las cejas—. Mari Luz tiene más cuento que Calleja, y si la dejas hablar te vende un duro a seis pesetas. —Dio un pequeño sorbo a su café y se recostó sobre la butaca—. La verdad es que si me quejara estaría ofendiendo a Dios. Estoy bien, querido amigo. El problema es que mi cabeza olvida a veces la edad que tiene y mis piernas, de tanto en tanto, se dedican de muy malos modos a recordárselo. Ya conoces el estrecho vínculo que siempre ha existido entre los viejos y las lamentaciones: si no te quejas tú, ten por seguro que, más tarde o más temprano, alguna parte de tu anatomía lo hará por ti.

—Sí, claro…

Sentí de pronto una especie de agitación que me impedía mostrarme más relajado. Era como si su presencia me retrotrajera a aquellos años de infancia en los que tuve que aprender a convivir con un complejo de inferioridad que se manifestaba en aquella odiosa timidez.

—Samuel Palacios Aroza, vaya que sí —suspiró—. Es como si te estuviera viendo ahora mismo. Mucho más bajito y delgado que los demás, con la mirada ausente, tan tímido y reservado… Despertabas un sentimiento innato de protección en todo el mundo. Imagino que esa cualidad te habrá venido de perlas con las féminas. —Pencho me guiñó un ojo y rio con ganas—. Sí, era algo ciertamente curioso; tan pequeño y con un alma tan frágil… tan atormentada, diría.

Aquel comentario me ofendió. ¿Quién demonios se creía para evaluarme de ese modo después de todo este tiempo? ¿Cómo podía saber que tenía el alma atormentada? ¿Qué aspecto tiene un alma frágil? ¿Acaso había visto alguna?

—Ya —me limité a añadir.

—Siempre me he preguntado qué pasó —dijo, cruzando los brazos hacia delante e incorporándose sobre la mesa—. ¿Por qué no comenzaste las clases en septiembre como el resto de tus compañeros? Era tu último curso de la EGB y no había razones aparentes para que no volvieras. Sobre todo porque no comunicasteis nada al centro.

—No sé —murmuré, agachando la mirada.

—Enrique Martínez Gaos, tu buen amigo, nos informó de que le habías contado a finales de aquel verano que te marchabas con tu madre a Nueva York y que no sabías cuándo ibas a volver.

Quería salir de allí. Quería largarme a toda prisa. El padre Fulgencio me rellenó la taza en aquel momento. Quise decir que no, que ya era suficiente, e incluso hice un pequeño amago para impedírselo, pero no fue eso lo que surgió de mis labios.

—Gracias, padre.

Pencho volvió a llenar su taza y abrió un pequeño mueble del que sacó una botella de brandy.

—Ya que hemos roto el hielo y hace tanto que no nos veíamos habrá que celebrarlo como Dios manda, ¿no te parece? ¿Quieres un carajillo? —preguntó, sacudiendo con la palma de su mano la botella.

—No bebo, muchas gracias, padre —mentí.

—Eso está bien —dijo mientras se servía él—. A veces la sangre del diablo puede adoptar la forma y sustancia de la de Cristo.

—Ya… —Mis manos empezaban a sudar.

—Y dime una cosa, Samuel, ¿a qué te dedicas allá en Nueva York?

—Actor. Soy actor —respondí a bocajarro.

El padre Fulgencio me observó durante un par de segundos y luego comenzó a reír.

—¿Te imaginas?

Aquella risa, que no dejaba de ser otro juicio de valor, no me llegó a molestar.

—En serio, padre. Se lo digo en serio. Soy actor desde hace veinte años. Sé que no soy conocido aquí en España porque no he trabajado mucho en cine y en televisión pero tengo una carrera muy extensa en teatro, en Broadway concretamente, y de hecho esta misma semana…

—¿Actor? ¿Y de teatro? —me cortó muy serio—. No puedo imaginar una profesión más hermosa y más necesaria que esa hoy en día. Servirle de espejo al mundo en toda su grandeza y su miseria. Hablar sobre el amor con versos de Lorca; del miedo con palabras de Shakespeare; de la soledad con reflexiones de Chéjov… Convencer al público de que se puede y se debe soñar y hacerlo cada noche como si fuera la primera y la última vez. Si hay algo más bello y necesario que eso yo no lo conozco.

—Es curioso que lo vea así, padre. Justamente ayer por la tarde alguien, respecto a este tema, me decía que el teatro no es más que el lugar donde se esconden o se refugian algunos cuando tienen miedo.

—En efecto, hijo mío. Como también lo es la Iglesia…

—Claro —asentí.

—Disculpa mi osadía rayana en la mala educación, Samuel. No tenía intención de reírme de ti ni mucho menos, pero cualquiera que hubiera oído nuestra conversación desde el principio, escuchándome decir lo tímido y callado que eras, y tú de repente sales con que eres actor… Parece un gag digno de la mejor comedia, no me dirás que no.

—Sí, tiene gracia —mentí.

—¿Y a qué se debe un cambio de naturaleza tan acusado, en tu opinión? —preguntó.

—No estoy muy seguro —respondí—. Desde muy pequeño intenté superar mi timidez. Imagino que me esforcé tanto y durante tantos años que al final crucé al lado opuesto. Un mecanismo de adaptación y de supervivencia como cualquier otro, supongo.

—Sí, tiene sentido —dijo el padre Fulgencio, frunciendo el ceño—. Sea como fuere, tienes un aspecto envidiable y estoy muy contento de que hayas decidido hacer una visita a este pobre viejo que ya no sirve ni para enseñar el credo. ¿Hijos?

—No, aún no.

—¿Casado?

—Sí, desde hace trece años.

—Bien, pues creo que con eso ya nos hemos puesto al corriente de todo.

Supuse que el padre Fulgencio daba por terminado nuestro encuentro, así que hice el amago de ponerme de pie.

—Padre, es tarde, agradezco que…

—¡Ah, una cosa más antes de que se me olvide!

El padre Fulgencio abrió uno de los cajones de su mesa y sacó una pequeña libreta de notas de la cual arrancó una de sus hojas. Buscó un bolígrafo en una especie de plumier que había en la repisa de un armario lateral y comenzó a anotar un nombre y una dirección.

—Aquí te dejo las señas del taller de tu amigo Enrique. Es mecánico. Imagino que habrás perdido el contacto con él después de tantos años. No está muy lejos de aquí, a cuatro o cinco manzanas más o menos. De tanto en tanto me encuentro con él por el barrio cuando salgo a hacer alguna gestión. Solía verlo más a menudo cuando su niña estudiaba en el colegio y… —súbitamente el rostro del padre Fulgencio se ensombreció—, aunque es mejor que eso te lo cuente él, si así lo considera oportuno.

—Se lo agradezco, padre —me apresuré a decir—, pero mañana regreso a los Estados Unidos y no me puedo entretener. Además, hoy es domingo e imagino que el taller estará cerrado. Dele un fuerte abrazo de mi parte y dígale que quizás en otra ocasión, cuando vuelva de nuevo a España....

—Claro, claro, pierde cuidado... Cuando vuelvas a España. —Y me regaló una cálida sonrisa al tiempo que me entregaba el papel.

Lo guardé en un bolsillo y comencé a ponerme la chaqueta.

—¿Y aún continúa dando clase de religión y de catequesis?

El padre Fulgencio se removió incómodo en la silla.

—¡Ay, querido amigo! Acabas de mencionar la soga en casa del ahorcado. No son buenos tiempos para la religión católica ni para la docencia religiosa. Estamos desfasados, pasados de moda y hasta mal vistos.

—¿Cómo es eso? —pregunté con sincera curiosidad.

Me miró como si se debatiera entre adentrarse o no en ese territorio espinoso, a sabiendas de que aquello requería algo más que algunas frases casuales con las que acompañarme hasta la puerta.

—Bien. Tú lo has querido —bromeó—. Pero vuelve a dejar esa chaqueta donde estaba y ponte cómodo.

—Soy todo oídos —repuse, obedeciéndole.

Pencho se acercó al armario lateral y comenzó a ojear un libro de tapas antiguas buscando algo entre sus páginas.

—Aquí está —dijo, colocándose unas lentes—. Escucha con atención, te lo ruego.

Carraspeo dos o tres veces y se dispuso a leer.

—«He caminado por todos los caminos de la Tierra y he aprendido que los pueblos más grandes no se construyen sin una Iglesia nacional. La creación política es ineficaz si falta una conciencia religiosa con su ética superior a las leyes que escriben los hombres...». — Pencho volvió a cerrar el libro y lo devolvió a su estante—. Te parecerá que esto lo escribió algún santurrón con ínfulas, ¿verdad? ¡Pues no! ¡Son palabras de Valle-Inclán! Te sonará, imagino, pues está considerado por muchos como el mejor dramaturgo español del siglo XX.

—Sí. Claro que lo conozco. *Luces de Bohemia* se representa con cierta frecuencia en Nueva York —respondí.

—¡Tiene guasa! —exclamó—. Si supieran muchos de esos «artistas» de la contracultura y de la iconoclastia religiosa que uno de sus genios literarios, uno de sus prohombres y de sus más celebrados autores se despachaba así de a gusto en sus memorias. ¡Ja! ¿Desde cuándo la espiritualidad ha dejado de ser progresista? No sé dónde ni cuándo se cambiaron las tornas: la aconfesionalidad del Estado y este laicismo trasnochado y ramplón que propagan los que en nada pueden creer porque están demasiado resentidos con su propio fracaso. Hemos renunciado a la parte de nosotros mismos que nos eleva y nos salva, y que nos da sentido por encima de cualquier vicisitud.

Pencho me miró al acabar su diatriba, imagino que esperando mi comentario de aprobación. Pero yo no entendía qué tenía que ver eso que me acababa de perorar con mi pregunta de si seguía dando clases o no.

—Disculpe, padre, pero creo que me he perdido. ¿Qué tiene que ver mi pregunta con la reflexión que acaba de hacer?

—Muy sencillo, Samuel —dijo, recuperando la compostura—. Están intentando acabar con la religión como parte de una conspiración para hacerse con el control de las almas. Y la mejor manera de hacerlo es comenzando por la enseñanza de base: por los colegios religiosos, como aquel en el que tú estudiaste, que solo se asemeja a este en la forma, pero no en el fondo, en el cuerpo, pero no en la savia. Aquí hace ya mucho tiempo que el Espíritu Santo únicamente viene a fichar por horas.

—¿Y qué propone usted? —pregunté, sin que el tema me interesara demasiado.

Aquella pregunta pareció gustarle y calmarle a la vez. Como si tuviera muy meditada la respuesta.

—Si España volviera a ser un país católico y se enseñara religión en cada una de las escuelas. Si aprendiéramos a decir cada día un padrenuestro, un avemaría y un gloria, lentamente, saboreando cada palabra, comprendiéndola, nuestras vidas estarían igualmente sujetas al accidente y al error, a la tragedia y la enfermedad, pero no nos acecharía a todas horas este vacío aterrador, esta angustia vital, esta ceguera que nos impide vislumbrar nuestra misión y sentido.

—Padre, respeto su…

—¡De eso estamos hechos, Samuel! —me interrumpió, alzando su voz por encima de la mía—, ¡y cada vez que lo negamos nos negamos a nosotros mismos! La mediocridad de nuestra era, de nuestros líderes políticos y de la gran masa extraviada tiene su origen en la tremenda arrogancia del hombre incompleto, en la renuncia a los dones del Espíritu que nos hacen maravillosos y únicos y que nos permiten sobreponernos a la imperfección, la calamidad y las lágrimas con mucho más talento, con mucho más amor y esperanza.

—Así es como usted lo ve padre —dije mientras me volvía a colocar la chaqueta y me ponía de pie—. En mi opinión, hay cosas más importantes que aprender que las que ustedes enseñan. Se permiten usar de adalid la figura de Jesús y sus enseñanzas cuando, seguramente, este se echaría a llorar al ver las injusticias que se han cometido en su nombre a lo largo de la historia. ¡Por el amor de Dios, si llevan más de veinte siglos sin ayudarle a bajar de la cruz para seguir haciendo caja con su imagen! «Bienaventurados los pobres de espíritu», ¿recuerda? ¡Dígame una! Mencione una sola bienaventuranza en la que su Iglesia pueda verse reflejada; que pueda decir: «Sí, *voilà!*, a esa categoría pertenecemos nosotros…». Nos engañaron haciéndonos creer que el mundo era de los piadosos, de la gente de buen corazón y obras justas. Pues escúcheme bien, ¡no ha existido ni existirá en este mundo un ser tan bueno, tan justo y generoso como mi madre! Murió a los cincuenta y siete años, muy lejos de su país, sin haber podido alcanzar su único sueño de juventud y sin haberse podido despedir siquiera de su propia hija al morir. ¿Así trata Dios a los buenos? ¿Así se porta con las almas pías? Más aún, ¿qué puede haber más limpio que el alma de una muchacha de trece años, alegre y llena de múltiples talentos? ¿Por qué motivo confinarla a una existencia de dolor, de úlceras de piel y sueños rotos, en una silla de ruedas? ¿Dónde colocamos esa variable para que la ecuación dé el resultado que ustedes llevan postulando desde el principio de los tiempos…? Esa niña de trece años es…, era mi hermana Sara. La enterramos ayer, aunque para mí había muerto mucho tiempo atrás: aquel día en que cayó rodando por una escalera sin que un ángel de la guarda la recogiera y la salvara en el último instante al grito de: «No, tú no, tú eres una de sus elegidas…». —La rabia comenzó a trepar por mi pecho y no quise seguir para no franquearle el paso. Respiré hondo y me dirigí a la salida—. No sé por qué he venido aquí con la vana esperanza de que alguna cosa hubiera cambiado en este centro después de treinta y tres años cuando representan ustedes a la institución más anquilosada y menos progresista de la historia. Dos mil y pico de años y siguen ustedes sin haber entendido nada de nada. —Agarré el pomo de la puerta, pero me di la vuelta para mirarle por última vez—. Es usted un buen hombre, padre Fulgencio, y siempre le he tenido en gran estima. Hágame caso: no lea usted las memorias de Valle-Inclán, lea *Luces de Bohemia*. No estudie el Antiguo Testamento y los Evangelios, repase las vidas de Teresa de Calcuta o de Vicente Ferrer. No busque usted en la Iglesia las respuestas que siempre, desde muy niño, ha llevado dentro de su corazón.

—Siento mucho lo de tu hermana —añadió el religioso—. A menudo Nuestro Señor escribe recto con renglones torcidos.

—¡Por mí como si lo hace en árabe, en cirílico o en arameo! Lo único que le pido es que, por una vez en la vida, aunque solo sea para que continúe teniendo crédito entre los que le rezan, tenga algo de sentido y coherencia lo que escribe. Buenas tardes, padre.

—Samuel… —dijo con voz trémula—. No saques a Cristo de tu corazón.

Aquello me hizo sonreír de cinismo.

—Nunca estuvo en él, padre. Jamás lo estuvo…

13

—¡Son las siete y media! —exclamó la voz—. ¿Desea que el servicio de habitaciones le suba el desayuno?

—No, muchas gracias —respondí, aún aturdido por el sueño—, desayunaré en el aeropuerto.

—Como guste —respondió el recepcionista del hotel antes de colgar.

Me duché, me vestí e hice la maleta. Bajé y me dirigí al mostrador de recepción para realizar el *check out*. A aquella hora no había llegado todavía el tipo relamido que me atendió el día de mi llegada. Por alguna extraña razón lo lamenté.

—Espero que todo haya resultado de su agrado, señor Palacios, y que vuelva usted a visitarnos muy pronto. Su coche está ya esperándole.

—Sí, todo ha estado perfecto, gracias. Volveré pronto —mentí.

—Y aquí estaremos siempre a su entera disposición —respondió, y esbozó una sonrisa ensayada.

Apenas pasaban unos minutos de las ocho de la mañana. Debía devolver el coche en un *rent-a-car* de la terminal 4 y facturar antes de las diez. Decidí salir hacia el aeropuerto aunque dispusiera de tiempo suficiente. Subí al coche que ya se encontraba en marcha y le di una propina al botones que mantenía abierta la puerta del vehículo. Introduje los datos en el

GPS y abandoné la entrada del hotel para adentrarme en una ciudad en la que comenzaba un nuevo día. Una ciudad que volvía a abandonar otra vez, con la certeza de que en esta ocasión había de ser para siempre.

A aquella temprana hora el paseo de la Castellana acumulaba ya un reguero de vehículos que circulaba a modo de procesión por la arteria principal de la ciudad. Disponía de un colchón de tiempo lo bastante holgado, así que no me preocupó en exceso. Me sentía aliviado por estar a punto de dejar atrás la amarga experiencia de aquel viaje. Sintonicé una emisora que emitía música clásica, me relajé y mis pensamientos vagaron hasta detenerse en mi hermana, la pequeña Sara.

A mis ojos, Sara siempre fue un ejemplo de virtud. La admiraba y sentía por ella una especie de callado orgullo. El pequeño resquemor que pudiera sentir hacia ella no era por el hecho de saberme inferior en todas sus cualidades. No me importaba pasar desapercibido ante el abanico de virtudes de aquel ser tan especial; yo no necesitaba el aplauso de los demás, la mirada del otro. En honor a la verdad, prefería pasar inadvertido, apartarme tranquilamente a un lado mientras veía cómo mi hermana los acaparaba todos.

No era eso. Se trataba de otra cosa: veía en Sara un muro infranqueable que me mantenía alejado de mi padre, o que mantenía a mi padre alejado de mí. Sabía que no podía competir con ella por sus afectos. Mi hermana era la número uno, su ojo derecho…

El semáforo se puso en rojo y detuve la marcha.

Nunca nadie pudo entrar a formar parte de aquel binomio. A mi madre no pareció importarle ser relegada a un segundo plano. Lo aceptó de buen grado como aceptaba todo en esta vida, con abnegación. De tanto en tanto, mi padre le aseguraba que Dios les había bendecido con Sara y que no tenía la menor duda de que su hija les haría sentirse muy orgullosos el día de mañana.

Yo, por mi parte, me esforzaba jugando al fútbol, ya que era el único espacio que sabía que Sara no podría llegar a ocupar jamás, pero aunque llegué a un nivel aceptable como mediocentro en los infantiles del Atleti de Madrid, aquello nunca llegó a despertar en él la atención que yo necesitaba, así que mi interés también se disipó.

Un letrero me indicaba que debía girar a la derecha e incorporarme a la calle María de Molina. Cuando el semáforo se puso en verde tomé esa dirección.

Tras el accidente de Sara todo cambió. Su estrella se apagó. La admiración con la que la engalanaban los demás se convirtió de la noche a la mañana en un traje de conmiseración y lástima. Yo no entendía por qué quedar postrado en silla de ruedas provocaba que la gente se distanciara de ti, pero eso es exactamente lo que ocurrió. Mi hermana era la misma, ninguna virtud por las que destacaba y por las que recibía tanta admiración había sufrido un menoscabo a causa del accidente, pero por algún motivo que no llegaba a entender el resto del mundo la veía de manera diferente; la juzgaba como si fuera responsable de un acto del que, en realidad, era la única víctima.

Sara no se hundió y nos dio a todos una lección de coraje, de ilusión, de gratitud y de sentido de la vida. Aseguraba que gracias al accidente había encontrado su verdadera vocación: el violín. Mi padre le compró uno que debió de costarle una fortuna aunque todo era poco para su pequeña. Cada tarde, sentada en su silla de ruedas, se embarcaba en cientos de viajes a los que sabía que sus piernas jamás le podrían llevar. Con el tiempo y la práctica consiguió llegar más lejos de lo que habría llegado cualquiera: consiguió volar.

La vida le robó las piernas, a cambio, la música le fabricó unas alas...

El impacto fue brutal.

Surgió de la nada y no tuve tiempo de maniobrar para evitar la colisión. En un acto reflejo conseguí dar un último volantazo que permitió ladear el vehículo lo suficiente como para minimizar el daño que hubiera supuesto atropellarlo frontalmente. Salió despedido, golpeándose con violencia contra uno de los vehículos que se encontraban aparcados en el lateral de la avenida.

Detuve el coche unos metros más adelante. Me quedé inmóvil, aturdido. Bajé con dificultad. Me temblaban las piernas. La cabeza me daba vueltas y a punto estuve de perder el equilibrio. Un tumulto de gente comenzaba a llegar de todos los lados, arremolinándose junto a aquel cuerpo inerte que yacía sobre el asfalto. Gente que corría de un lado a otro de la calle. Gritos que no conseguía escuchar. Manos que se tapaban la boca. Otras que tapaban los ojos de alguna criatura. Un hombre haciendo de improvisado guardia urbano para detener el tráfico. Alarmas de coche. Cláxones que sonaban desde el interior de los vehículos atrapados en aquel caos. Gritos. Sollozos. Carreras...

Varias personas se volvieron hacia mí y parecían tratar de decirme algo. Yo seguía de pie, ausente, a cierta distancia del cuerpo de la víctima y sin poder reaccionar. No lograba escucharles. No podía articular palabra. No me atrevía a mirar.

Uno de ellos se me acercó. Me agarró por ambos brazos y me zarandeó con fuerza.

—¡Amigo! ¡Eh, amigo! ¿Se encuentra bien?

—Sí, sí. Estoy bien —dije, confuso, recobrando poco a poco el control de mis sentidos—. ¿Qué ha sucedido?

—Un chaval ha cruzado con el semáforo en rojo y usted se lo ha llevado por delante.

—¿Está vivo? —pregunté instintivamente.

—Aún respira, pero no tiene buena pinta. Ha sido un golpe tremendo. Ya hemos llamado al SAMUR. Estarán aquí en unos minutos.

La imagen era tremenda. El cuerpo desmadejado de aquel chico se extendía sobre el pavimento de una forma que no escondía la gravedad de lo ocurrido. No hacía falta ser médico para descubrir que sus piernas estaban completamente destrozadas y sus huesos fracturados por varios sitios. Su respiración era rápida y agitada, como la de un pájaro malherido. La cabeza parecía no haber sufrido ningún impacto severo y no brotaba sangre de ella. Respiraba, y esa era la única esperanza a la que en aquel momento me podía aferrar.

Una patrulla de policía se abrió paso entre la maraña de vehículos que circulaban a cuentagotas por el único carril que quedó habilitado al tráfico, una circulación densa ya de por sí en aquella vía a esa hora de la mañana. Dos agentes de la policía municipal bajaron del coche y se aproximaron al lugar donde se hallaba el cuerpo, aumentaron el perímetro de seguridad alejando de allí a peatones y curiosos, y tras dar alguna orden por radio se acercaron hasta mí.

Me pidieron la documentación y me sometieron a la prueba de alcoholemia. Di negativo, algo tan afortunado como casual, ya que rara era la ocasión en la que no comenzaba el día bebiendo un whisky nada más levantarme. El agente más veterano me hizo una serie de preguntas rutinarias sobre si recordaba lo que había ocurrido. Me comentaron que no debía preocuparme, que muchos testigos del accidente estaban de acuerdo en que se había tratado de una imprudencia por parte del chaval al haberse abalanzado sobre el coche cuando el semáforo aún estaba en rojo, y que el hecho de que fuera un niño con síndrome de Down todavía resultaba más a mi favor.

—¿Disculpe? ¿Cómo dice? —balbucí, confundido.

—Sí —dijo el policía más joven—. Un subnormal… un retrasado mental.

—Un síndrome de Down —repitió el veterano mientras clavaba una mirada de desaprobación en su compañero.

El sonido de una sirena se manifestó con estruendo en aquel momento. La ambulancia avanzaba abriéndose paso entre la maraña de curiosos. Dos enfermeros bajaron una camilla de la parte trasera y tras comprobar que la víctima respiraba y que tenía pulso le inmovilizaron con sumo cuidado la cabeza y lo tumbaron sobre ella, introduciéndola en la parte trasera del vehículo. En apenas tres minutos habían llevado a cabo toda la operación.

—¿Me necesitan aquí para algo más? —pregunté al policía veterano—. Me gustaría acompañar al chico hasta el hospital.

—No se preocupe —respondió, mirándome a los ojos—. Haga usted lo que tenga que hacer.

Aparqué el coche, subí a la ambulancia y me coloqué junto a la camilla.

Aquel muchacho no tendría más de trece o catorce años. Tenía el pelo rubio y la piel muy blanca, y a pesar de sus ojos cerrados y de que un tubo de oxígeno le tapaba la boca pude distinguir los rasgos faciales característicos de los niños con síndrome de Down.

—¿Es hijo suyo? —dijo uno de los enfermeros, volteando la cabeza.

—No, no. Es un... Le he atropellado con el coche.

El enfermero me miró comprendiendo mi situación y me regaló una sonrisa tranquilizadora.

—No se preocupe, saldrá de esta ya verá —añadió.

Con su mano entre las mías volví a mirar al chico, deseando que fueran ciertas las predicciones del enfermero.

Luego, al ser consciente de lo cerca que había estado de arrebatarle la vida en apenas una fracción de segundo, me desbordó la tensión y rompí a llorar.

14

El ruido de la sirena cesó de golpe, solapándose con el chirrido de los frenos de la ambulancia que se detenía frente a la entrada de urgencias de aquel hospital. Las puertas traseras del vehículo se abrieron de par en par, permitiendo que una ráfaga de aire fresco se colara en aquel cubículo cerrado a cal y canto que hedía a dolor y desinfectante. Yo, que aún me encontraba aturdido y mareado por todo lo que estaba ocurriendo, lo agradecí.

Cuatro miembros del equipo sanitario del hospital llegaron a la carrera hasta donde nos encontrábamos. Tres vestían con un pijama de enfermero de color azul y otro llevaba una bata blanca. Con movimientos perfectamente sincronizados desamarraron las correas de sujeción de la camilla y la bajaron con sumo cuidado de la parte trasera de la ambulancia. A partir de ese momento todo comenzó a suceder vertiginosamente, como si cada segundo fuera decisivo a la hora de mantenerlo con vida.

Permanecí unos cuantos metros detrás del equipo médico, manteniendo una distancia prudencial respecto a ellos. Una vez dentro de las instalaciones enfilamos un largo corredor, al final del cual se podía distinguir un letrero con el rótulo «Quirófanos» situado sobre el marco de unas puertas de vaivén.

—Las constantes vitales están bien. La respiración es superficial pero el pulso es normal, doctor —dijo uno de los enfermeros.

—¿Qué ha ocurrido? —preguntó el médico, mientras le abría uno de los ojos y dirigía el haz de luz de una pequeña linterna hacia sus pupilas.

—Lo han atropellado —respondió el enfermero—. Parece tener varias fracturas en ambas piernas.

—¿Sabemos quién es? ¿Nombre? ¿Dirección…?

—No. No llevaba encima ninguna documentación.

—Bien. Ponedle una vía. Avisad a trauma y que estén preparados. Quitadle la ropa con cuidado, si tiene lesiones superficiales y quemaduras en el cuerpo limpiadlas bien, es muy probable que tenga incrustados restos plásticos y eso podría generar un nido de bacterias. ¡Vamos, vamos!

Los enfermeros entraron por la puerta que conducía a los quirófanos. Me dispuse a ir tras ellos pero el médico de la bata blanca se situó delante de mí, impidiéndome el paso.

—Lo siento, pero ahí no se puede pasar.

—Sí, por supuesto. Discúlpeme, yo… —respondí azorado.

—¿Es usted pariente del chaval?

Era la segunda vez en pocos minutos que alguien me hacía la misma pregunta.

—No, doctor.

—¿Sabe cómo podemos ponernos en contacto con sus padres o con cualquier familiar próximo?

—Doctor, en realidad… —Sentí que una bola de fuego me quemaba la garganta—. Yo soy el que ha atropellado al chico. No tenía nadie que lo acompañara y he venido con él en la ambulancia. Solo quería asegurarme de que llegaba bien.

—Entiendo —dijo el médico, torciendo el gesto, como si mi presencia, de pronto, le estorbara al no serle ya de ninguna utilidad—. Agradezco su sentido del deber, pero será mejor que se marche. Aquí ya no puede hacer nada.

—Si no es inconveniente, preferiría quedarme, doctor.

El médico me observó unos segundos. Su rostro no escondía una cierta expresión de fastidio.

—Como quiera. ¿Quién soy yo para prohibírselo? —dijo, antes de desaparecer tras las puertas de quirófano.

Me dejé caer sobre una de las sillas de la sala de espera, absorto, con la mirada perdida. El sonido del móvil me sacó de mi ensoñación. Miré la pantalla: era Larry.

—Ahora no es un buen momento, Larry —susurré—. Estoy en el hospital.

—¿Qué ha pasado? ¿Estás bien? ¡Por lo que más quieras, dime que estás bien! —exigió mi agente.

—Estoy bien. Estoy bien. No estoy aquí por mí —expliqué.

—Joder, no me des esos sustos —suspiró Larry—. ¿Qué haces en un hospital? ¿No tendrías que estar ya facturando en el aeropuerto?

—Te iba a llamar precisamente por eso. No voy a poder subirme a ese avión.

—Es una broma, ¿verdad? Dime que es una de tus bromas de mal gusto.

—Verás, Lar. De camino al aeropuerto… He atropellado a alguien con el coche de camino al aeropuerto. No lo he visto venir… Un chico… Ha salido de la nada y se ha abalanzado sobre mí. No ha sido culpa mía, te lo juro… Los testigos… He venido con la ambulancia a urgencias para acompañarlo…

—Sam, Sammy ¡Samuel! ¡Cálmate! —ordenó—. Has atropellado a alguien… Vale, mala suerte, cosas que pasan. Es una auténtica putada, pero al menos no lo has matado.

—No. Saldrá de esta. Seguro que va a salir de esta —repetí, intentando convencerme a mí mismo.

—¿Estabas sobrio? ¡Por el amor de Dios, Sam, dime que estabas sobrio! —insistió.

—Sí, estaba sobrio. No he bebido nada desde anoche.

—Bueno, pues entonces tranquilízate. Ahora ya no puedes hacer nada. Está en manos de los médicos. Escucha, estoy mirando vuelos. Tienes uno a Newark que sale a media tarde. Voy a hacer la reserva desde aquí. Tú solo tienes que presentarte con el pasaporte y…

—Larry. ¡Larry! —le interrumpí—. No voy a ir a ninguna parte hasta estar seguro de que el chico está fuera de peligro.

Un largo silencio se truncó por la voz de mi agente que adoptó una cadencia más lenta y una cierta gravedad.

—Samuel, me temo que esto no es negociable. Tienes que regresar.

—Escucha, Lar. Sé que has trabajado muy duro para concertarme esa entrevista con Doug Brown, pero no puedo marcharme así, sin saber qué sucede con el chico. De todas formas si tomo un vuelo mañana a primera hora aún puedo llegar a la cita…

—¡Que le den por el culo a Douglas Brown, a la película y a la jodida Hollywood, todos a la vez! —explotó Larry—. ¡No es esa la razón por la que te llamo, maldita sea!

La voz de mi agente se tiñó de una extraña mezcla de angustia y temor.

—¿Qué sucede, Larry? —dije con toda la calma de la que fui capaz—. ¿Por qué me has llamado entonces?

—Sam… No sé cómo contarte esto. Esperaba decírtelo en persona cuando llegaras aquí pero… ¡qué diablos! No creo que esto vaya a empeorar tu día tal y como están las cosas, así que…

—¡Quieres hacer el favor de soltarlo ya! —le recriminé con impaciencia—. ¡Francamente, no estoy de humor para aguantar tu sarcasmo en estos momentos!

—Está bien —dijo, resoplando—. Verás… Ayer por la tarde, apenas unas horas después de nuestra conversación, Susan intentó suicidarse tragándose un bote entero de ansiolíticos.

Antes de perder la consciencia recibió una llamada de Michael que comenzó a sospechar que algo raro ocurría al oírle la voz, ya que, según me dijo él mismo, era incapaz de vocalizar y no decía más que incoherencias.

De pronto todo empezó a darme vueltas y sentí cómo un chorro de sangre me subía a la cabeza golpeándome las sienes

—¿Qué estás diciendo, Larry? —balbucí.

—Michael se ausentó del trabajo y en apenas diez minutos se plantó en tu casa —prosiguió—. Tras insistir un rato, Susan le abrió la puerta y se desmayó en sus brazos. Michael llamo al 911 y en cinco minutos estaban de camino al hospital. Allí le practicaron un lavado de estómago y finalmente logró expulsarlo todo. Ahora está fuera de peligro, aunque según los médicos pudo ser cuestión de minutos.

—¿Está en casa? —pregunté, con un nudo oprimiéndome la garganta.

—Esa es la historia, Sam —repuso Larry, buscando las palabras—. Esta mañana, nada más darle el alta, Kafelnikov se la ha llevado a una clínica de desintoxicación fuera de Nueva York. No le ha dicho a nadie qué clínica es ni dónde está ubicada, y ha prohibido expresamente que tú te acerques a ella hasta que termine el programa de rehabilitación, que dura unas cuatro semanas si todo va de acuerdo a los parámetros con los que se manejan.

—¡Soy su marido, joder! ¡Piotr no es quién para prohibírmelo!

—¡Es su padre, maldita sea! —respondió con vehemencia—. ¡Y uno de los tipos más influyentes de la ciudad! Además, según me ha contado Michael, la noche de los Tony Susan te pidió el divorcio. ¿Es eso cierto?

De repente acudió a mi memoria la conversación de aquella noche en la cocina. No había querido darle mayor importancia y pensé que no pasaba de ser una rabieta momentánea debida a la borrachera con la que llegó a casa y a sus continuos cambios de humor, provocados por el alcohol y los tranquilizantes que consumía en los últimos tiempos.

—Sí, es verdad —reconocí—. Lo había olvidado.

—¡Joder, Sam! —protestó Larry—. Uno se olvida de comprar el pan, de cómo se llamaba su profesor de segundo de primaria e incluso de su fecha de aniversario si me apuras, ¡pero uno no se olvida en tres días de una petición de divorcio por parte de su mujer!

—No la quise tomar en serio. Eso es todo —dije, tratando de justificarme en vano.

—Bien, pues parece que Kafelnikov sí lo hizo —apostilló—. Y no hace falta ser un Einstein para ponerle la cruz a la t y el punto a la i, y caer en la cuenta de que por fuerza tiene que haber una relación de causa-efecto entre la petición de divorcio, tu espantada a España a la mañana siguiente y su intento de suicidio de ayer por la tarde. Perdona mi franqueza, Sam, pero si yo fuera su padre hubiera actuado de la misma forma. Ahora mismo eres una granada a la que le han arrancado la anilla y lo último que quiere Piotr es que explotes cerca de su hija.

—No lo había visto de ese modo —admití—. La verdad es que ya no sé ni qué pensar.

Me sentía aturdido y abrumado, y mi cabeza se negaba a procesar ninguna información más.

—La buena noticia —continuó Larry—, es que he ido a hacerle una visita esta mañana, justo antes de que abandonara el hospital. Me ha preguntado por ti con más amor en sus ojos del que he podido ver en los de Bárbara en mis más de treinta años de matrimonio, y me ha dicho que cuando se encontrase recuperada y con un poco más de ánimo te escribiría un correo electrónico para explicártelo todo, y que tú podías hacer lo mismo si así lo deseabas, al menos durante el tiempo que dure el programa…

—Perdóname, Larry —balbucí—. Te tengo que dejar.

Colgué el teléfono sin permitir que mi agente pusiera fin a su explicación. El mareo se intensificaba por momentos de manera salvaje y un inesperado golpe de calor invadió todo mi cuerpo. El corazón comenzó a latir con fuerza. Cada vez me era más trabajoso tomar aire y con cada bocanada que entraba en mis pulmones se avivaba el fuego que me abrasaba el pecho. La vista se me comenzó a nublar, las cervicales se pusieron duras y tensas como cuerdas de arco, un sudor gélido me quemaba la frente, y una sensación de vértigo, que a punto estuvo de hacerme perder el equilibrio, hizo que me desplomase como un pesado fardo sobre una de las sillas. Las náuseas fueron incrementándose y supe que no podría contenerlas por más tiempo. Me apresuré a ir al baño y me arrodillé frente al inodoro. Estaba en ayunas y apenas logré arrojar nada. Las arcadas, cada vez más secas y violentas, se sucedieron en varias ocasiones más. Los ojos se me fueron llenando de lágrimas a consecuencia del esfuerzo. En un último espasmo logré por fin vomitar un líquido espeso y de color marrón verduzco que me dejó un sabor agrio en la lengua y en el paladar.

Me mojé el rostro y la nuca en el lavabo. Alcé la mirada y contemplé mi propio reflejo durante un instante. Sentí un odio profundo y visceral hacia la imagen que tenía frente a mí, un odio como solo puede sentirse hacia la apariencia envilecida de uno mismo, un odio que necesitaba aplacar de la única manera que conocía…

15

Siempre pensé que beber era el único remedio contra la pulsión de suicidio; la única morfina al alcance para atenuar ese dolor insoportable para el que no existe cura ni analgésico; el único modo efectivo de desprenderse temporalmente del alma atormentada sin tener para ello que abandonar el cuerpo.

A pesar de que también llevaba años tomando cocaína, esta nunca pasó de ser un medio para permanecer más tiempo consciente en ese limbo de quietud que me proporcionaba el whisky. Un visado con el que alargaba, por cada raya esnifada, mi permiso de residencia en aquel país virtual de la conciencia alterada.

Ahora, en aquella ciudad cada vez más extraña para mí, me adentraba en el laberinto de callejuelas que se ramificaban como vasos capilares de alquitrán a espaldas de la Gran Vía, en busca de un lugar tranquilo donde dejar pasar las horas y emborracharme.

Apenas eran las diez de la mañana. Las calles de aquel barrio guardaban una cierta semblanza con algunos de los callejones más recónditos del East Village de Nueva York. Lugares donde apenas ocurría nada y donde la fealdad campaba a sus anchas apartada del bullicio y alejada de curiosos y miradas. Tras casi una hora caminando desde que salí del hospital había ido a parar a la zona de Madrid que mejor contextualizaba mi estado de ánimo.

Me acercaba a los cristales de cada bar que veía abierto y me quedaba mirando al interior como si fuera un niño que observa el escaparate de una tienda de juguetes. No fui capaz de encontrar ninguno que se ajustara a lo que buscaba: demasiada luz, demasiado ruido, demasiadas risas... Supuse que debía de ser la hora del almuerzo ya que todos los bares a los que me aproximaba estaban infestados de gente engullendo sus bocadillos o tomando café, y me parecía extraño que hubiera tanta actividad y trasiego de barra a aquella temprana hora de media mañana, que en los Estados Unidos se consideraba como una de las de máxima producción. Cuando me había dado por vencido y estaba a punto de entrar en uno de esos establecimientos regentados por chinos o pakistaníes, que funcionan como tiendas de ultramarinos en miniatura, dispuesto a comprar una botella de whisky para dar cuenta de ella en algún parque de la zona, una persiana de metal se abrió con estrépito a escasos metros de donde me encontraba, dejando salir a una pareja joven, cuyo atuendo y maneras, y su andar zigzagueante, dejaban claro que aún no habían pasado por casa desde la noche anterior. Me aproximé a la entrada de aquel lugar antes de permitir que la persiana volviera a bajarse tras ellos. Un tipo de unos treinta años, con la cabeza rapada, visiblemente hinchado por las pesas y los anabolizantes, con los dos brazos tatuados y pendientes de aro en ambas orejas, se disponía a aislar nuevamente del mundo a aquel lugar. Antes de que lo hiciera me dirigí hacia él.

—Perdone. ¿Me permite entrar?

—Lo siento, amigo, estamos cerrados —dijo, evitando mirarme y con un acento marcadamente eslavo.

—Solo quiero tomar una copa.

El gorila eslavo clavó sobre mí una mirada llena de violencia y de testosterona, y al cabo de unos segundos me preguntó:

—¿Eres madero?

No entendí muy bien aquella expresión. Asumí entonces, por el contexto y por el tipo de antro que imaginaba, que se refería a si yo era policía.

—¿Policía? ¿Si soy policía? —dije, dejando escapar una leve sonrisa para evidenciar lo disparatado de aquella pregunta—. No, no soy policía, tranquilo.

El de seguridad volvió a mirar hacia ambos lados de la calle y finalmente y a cámara lenta, como intentando seguir amedrentándome, me franqueó el paso. La persiana volvió a cerrarse unos segundos más tarde a mis espaldas.

La primera sensación fue un intenso y penetrante hedor a lejía. La luz era tenue y de color azul y el tiempo parecía tener denegado el derecho de admisión. Un largo pasillo de suelo ajedrezado conducía hasta el final del local en el que se distinguía una barra pequeña y rectangular y unos estantes sobre los que reposaba apenas una veintena de botellas. Había a cada lado un puñado de viejos y destartalados butacones para uso individual, raídos por el tiempo y la falta de cuidados, y agujereados por incontables quemaduras de cigarrillo, como una carcoma de ceniza y alquitrán.

Calculé entre ocho y diez las personas que componían aquel paisaje desolador de vidas sin vida. De leprosos urbanos forzados a un exilio voluntario en aquella especie de purgatorio para insomnes.

En uno de los sillones distinguí a una adolescente de apenas diecisiete o dieciocho años que yacía profundamente dormida, aletargada por la combinación excesiva de alcohol, drogas y maratonianas jornadas en vela, en una postura antinatural, con la falda subida por encima del ombligo, las medias negras llenas de carreras y la blusa abierta, dejando asomar sin pudor un sujetador de color rojo sangre. A su lado, un anciano de pelo blanco, impecablemente vestido con traje y corbata, acariciaba el interior del muslo de la muchacha con suma delicadeza, como si temiera despertarla de su sueño etílico, y aún más aproximar la yema de los dedos al ribete de sus braguitas de encaje. Bajo su mirada hipnótica, imantada a la fisonomía de la pequeña, no pude discernir si se escondía la lujuria o el afecto.

Detrás del balcón de la barra, como si se tratase de una Julieta del extrarradio a la que la juventud y hasta la mediana edad habían dado la espalda hacía ya algunos lustros sin que hubiese aparecido Romeo alguno para dedicarle tiernos versos de amor, se limaba las uñas, ausente, una mujer menuda y enjuta vestida con un top de lentejuelas y una minifalda ajustada de cuero negro, con el pelo rubio platino abrasado por el tinte y con una gruesa capa de un maquillaje cuarteado por la desesperación que no servía para esconder las evidentes grietas con que la resignación había erosionado sus ganas de vivir, y que se manifestaban en los profundos surcos de una piel ajada y mate.

Me acerqué hasta la barra. Intuyó mi presencia y abandonó encima del mostrador la desgastada lima de uñas, dejando escapar un leve suspiro.

—¿Qué te pongo, cielo?

El timbre de su voz y el brillo de sus ojos, sin embargo, parecían no haber envejecido tan mal. La voz de la gente no suele cambiar nunca, como tampoco la expresión de su mirada. En medio del derrumbamiento físico generalizado en que se resume la vejez la voz y la mirada aportan el testimonio dolorosamente irrecusable de la persistencia del carácter, las aspiraciones, los sueños, los deseos…, de todo lo que constituye una personalidad humana.

—¿Un Glenfiddich doble, por favor?

La mujer me miró extrañada y no se esforzó en disimular un ligero fastidio.

—¡Aquí de chorradas nada! ¡Si quieres whisky de pijo te vas al Cock! Tengo J&B, DYC o Ballantine's, elige.

—Ballantine's está bien.

La camarera me obsequió con una media sonrisa conciliadora y se dispuso a prepararme la copa.

—Aquí la gente no suele venir en busca de sabores, ¿sabes? —apostilló.

—¿Cuánto me costaría una botella entera? Voy a sentarme allí —señalé una zona apartada del local—, y no me gustaría tener que estar interrumpiendo cada diez minutos tu manicura.

La mujer me escrutó durante unos segundos sopesando lo extraño de mi petición.

—Cien euros.

Me pareció exagerado, pero lo acepté sin protestar. La desesperación no entiende de regateos y aquella mujer, que convivía con ella a diario, había sabido detectar la mía nada más atravesar la puerta.

—¿Sabes dónde podría conseguir algo de cocaína? —dije, bajando la voz.

—¿Cuánto quieres?

—¿Cuánto tienes?

Introdujo como una autómata la mano dentro del sujetador, con la mirada fija en el techo como buscando una mayor concentración, y fue sacando, una tras otra, tres bolsitas de plástico que colocó sobre la barra frente a mí.

—Hoy ha habido bastante movimiento y solo me quedan tres gramos. Si necesitas más puedes preguntarle al búlgaro —dijo, alargando el cuello en dirección a la salida—. Él es el que la consigue.

—Gracias —dije, guardándolas en el bolsillo del pantalón—. Creo que con esto tengo suficiente.

—A mandar. —Colocó un par de cubitos de hielo dentro del vaso.

—¿Qué te debo? —pregunté mientras sacaba la tarjeta de crédito de la cartera.

—Cien del whisky y ciento cincuenta de la coca, doscientos cincuenta —calculó sin titubear—. Y te hago precio, porque esta farlopa es de lo mejorcito que se puede encontrar hoy en día en Madrid, y porque me ahorras trabajo con esa chorrada tuya del *self service*, y porque me has caído bien, ¡qué coño! —apostilló, al tiempo que me guiñaba un ojo.

Firmé el justificante de compra, cogí el vaso y la botella y me encaminé seguidamente hacia el lugar más oscuro y apartado que encontré.

A cada trago que daba comenzaba a disminuir la asfixiante presión de aquel puño de acero invisible que me estrangulaba. Al acabar la primera copa me notaba bastante más relajado; al final de la segunda, volví a sentirme en casa. Siempre sucedía igual. Acudió a mi memoria el momento en que experimenté por vez primera aquella misma sensación de confianza y libertad. El día en que probé alcohol por primera vez.

El juramento de lealtad a la bandera de los Estados Unidos, *The Pledge of Allegiance*, fue indirectamente responsable de que comenzara a beber. Llevaba algo más de tres años viviendo en casa de mi tía Isabel, en el *borough* de Queens, en Nueva York. Acababa de cumplir los quince y cursaba mi *sophomore year*: el segundo año de los cuatro que conforman la escuela secundaria. La profesora de historia contemporánea, una asignatura que abarcaba desde la emancipación de las colonias americanas y la firma de la Constitución hasta nuestros días, la señorita Jackie Bartone, me pidió que me aproximara a la tarima y que recitara para toda la clase el famoso *Pledge of Allegiance*, «del que tan orgullosos se sentían los ciudadanos de su país». Ante mi completa ignorancia sobre qué era aquello a lo que se refería me expulsó de la clase, advirtiéndome de que no volvería a ser admitido hasta que no fuera capaz de recitar de memoria y al pie de la letra el citado juramento de lealtad a la bandera, el himno nacional y la declaración de independencia, uno detrás de otro, y que poco castigo a mi ignorancia suponía el vetar mi presencia en clase, ya que a los inmigrantes como yo, que mostraban tal falta de respeto y consideración hacia las instituciones y los símbolos de los Estados Unidos de América, habría que prohibirles la entrada al país, o mandarlos de vuelta al suyo en el primer avión, si es que ya habían conseguido *colarse* anteriormente. Aquello me dolió más que cualquiera de las antiguas palizas de mi padre.

Randy Schroeder era un par de años mayor que yo, aunque nadie sabía a ciencia cierta a qué curso iba puesto que aparecía a cuentagotas por la escuela. Randy era el alumno más conflictivo del Astoria High School, en Queens, un verdadero *enfant terrible*, o eso era lo que todos comentaban sobre él. Alguna figura de autoridad, en algún momento, por cualquier motivo, le habría hecho ver a Randy que era un mal chico, que no valía para nada, y eso le confirió un sentido de identidad, una razón de ser. En esa época tan confusa e inconstante de la adolescencia en la que con tanto afán buscamos significancia, notoriedad y establecer nuestro pequeño lugar en el mundo, Randy lo consiguió a base de aceptar que era un rebelde sin causa ni remedio, un tipo duro y peligroso, y comenzó a representar con destreza ese papel, aunque nada se alejara más de su verdadera naturaleza. Todo el mundo conocía y temía a Randy y eso en el fondo le encantaba, aunque casi nadie quisiera tener nada que ver con él. Aceptó de buen grado la popularidad como un sucedáneo amargo y vulgar de la verdadera amistad y el amor. En eso, años más tarde, acabaría reconociéndome en él.

Yo regresaba a casa con los ojos llenos de lágrimas por la rabia de haber sido puesto en ridículo delante de todos mis compañeros, cuando escuché la voz de Randy a mis espaldas.

—¿Qué pasa, Palacios? ¿Cómo es que no estás en clase? ¿Por qué lloras?

Le expliqué a Randy lo que había ocurrido en clase de la Bartone, mientras mi congoja aumentaba. Al final, en mitad de mi diatriba, Randy me apretó con fuerza contra él en un abrazo interminable y me dijo en un susurro:

—Tranquilo, Sam. No llores más. Ven conmigo, que tengo algo que te hará sentir mucho mejor.

Randy conducía un pequeño utilitario de color negro que había heredado de su hermano mayor. Lo tenía aparcado a escasos metros de donde nos encontrábamos. Subimos en él, lo arrancó y comenzamos a dar vueltas sin rumbo y en círculo, desde Astoria Boulevard hasta Ditmars Boulevard, desde Hoyt Avenue South hasta el Triborough Bridge. Cuando me hube tranquilizado un poco, preguntó:

—Si pudieras volver a ser un niño y pedir un deseo con todas tus fuerzas, como si fuera la noche antes de Navidad, con la absoluta certeza de que Santa Claus te lo iba a conceder, ¿qué pedirías? —Ante mi mirada de desconcierto, reiteró—: Si pudieras hacer o tener cualquier cosa a voluntad, ¿qué sería?

La pregunta me tomó por sorpresa; aun así confié en la primera imagen que me asaltó una vez la hubo formulado.

—Michelle Williams —dije convencido—. ¡Daría lo que fuera por salir con Michelle Williams!

—No tienes mal gusto —bromeó Randy—. ¿Por qué no se lo pides, entonces?

Su pregunta hizo que me recorriera un escalofrío por la espalda.

—¿Estás loco? ¡Está totalmente fuera de mi alcance! Preferiría la muerte a que me rechazase. Soy incapaz de dirigirle la palabra y a veces hasta me pongo a temblar con solo mirarla.

Randy se volvió hacia mí, esbozando una sonrisa enigmática.

—¿Qué me dirías si te demuestro que existe una cosa en el mundo que hace que no le tengas miedo a nada? Que te da seguridad en ti mismo y que te convierte de inmediato en alguien más divertido, atractivo y encantador a los ojos de los demás. Sobre todo a los de las chicas.

—¿Una pócima mágica? —dije en tono de burla—. ¿Un elixir como el de la película esa de Jerry Lewis, *El profesor chiflado*?

—Algo así —respondió Randy, sin esconder un cierto halo de misterio.

Aparcó el coche junto a unas canchas de tenis abandonadas y se dispuso a abrir el maletero. Segundos después volvió a entrar en el vehículo, agitando en el aire una botella de Jack Daniel's.

—¡Esta es la *pócima* que hará que te olvides de lo que te ha hecho esa zorra de Bartone y que tengas los huevos suficientes para acercarte a la Williams y comerle los morros delante de todo el colegio si hace falta! ¡Esto es lo mejor que se ha inventado para hacer soportable esta mierda de existencia!

Randy hablaba cada vez más alterado. Me recordaba a uno de esos gurús mesiánicos que de vez en cuando salían por la televisión pública haciendo apología de la figura de Jesús. Para Randy aquel licor debía de ser lo más parecido al cuerpo de Cristo; lo más cerca que se podía estar del paraíso terrenal, del reino de los cielos y hasta de la vida eterna.

—¡Tú estás loco, colega! —le recriminé—. Acabo de cumplir quince años y no es legal beber hasta los veintiuno. Nos podemos meter en un buen lío si nos pillan. ¡Podrían expulsarnos durante todo el semestre!

Randy me miró adoptando un semblante serio.

—Un par de tragos y te juro que esta misma tarde, al acabar las clases, te plantarás delante de Michelle para pedirle que salga contigo. Dice la gente que el alcohol borra los recuerdos, pero te aseguro que lo único que hace desaparecer son los complejos.

Agarré la botella con fuerza y la miré fijamente durante unos segundos. Desenrosqué el tapón y la sostuve frente a mí, lleno de pavor. Sentí la fuerte tentación de volverlo a cerrar y a punto estuve de hacerlo, pero la semilla que había plantado Randy al conseguir que me visualizara habitando el mismo universo que mi adorada Michelle germinó con rapidez, y armándome de ese valor que solamente es capaz de infundir una promesa cierta de paraíso, crucé por primera vez aquella línea para la que nunca más habría de hallar retorno.

Tal como había predicho el bueno de Randy, un par de horas (y media botella de aquel whisky) más tarde entraba de nuevo en el Astoria High School y me encaminaba dando bandazos, lleno de confianza y determinación a la taquilla donde sabía que guardaba sus cosas Michelle. No recuerdo si al verla me limité a proponerle que fuese mi pareja para el baile de fin de curso, o si le confesé que estaba loco por sus huesos, jurándole amor eterno para el resto de mi vida, o alguna chorrada por el estilo. Lo que sí recuerdo vívidamente es que lo grité a pleno pulmón. Deseaba de manera irracional, visceral e incluso violenta, que todo el mundo en la escuela me admirara por lo que estaba siendo capaz de escenificar, en un arrebato de exhibicionismo del que jamás había existido el más mínimo atisbo, la más leve señal, con anterioridad. Michelle, mortificada por la vergüenza, ni siquiera me respondió, se limitó a darse la vuelta y no me volvió a dirigir la palabra nunca más, aunque eso, para mí, ya era lo de menos. Lo fundamental, lo verdaderamente extraordinario fue que acababa de dar con el bálsamo milagroso que lograría curarme para siempre de la enfermedad crónica que más me había incapacitado y hecho padecer hasta ese momento: la terrible e incontrolable fobia a ser rechazado por los demás.

Hubo otras Michelle a lo largo de los años. Es cierto que algunas, las menos, también se dieron la vuelta y se alejaron sin decir más, pero la mayoría quedaban fascinadas y seducidas de inmediato por aquella seguridad serena y no impostada que desplegaba con la mayor de las sutilezas, mudando, tras un par de copas, la invisible piel de un ser vulgar, acomplejado y frágil por la de alguien a todas luces carismático y seductor. Como bien había profetizado Randy, el alcohol ofrecía una versión mejorada de mí mismo: ficticia, irreal, alterada bioquímicamente si se quiere, pero mejorada al fin y al cabo.

—¡Eh, amigo! —exclamó una voz grave—. Es hora de irse. ¡Es que no tienes casa, joder!

Sobresaltado por el exabrupto del búlgaro, salí de mi ensoñación. Ya no quedaba ningún cliente dentro del bar y la tenue luz que se filtraba como un arcoíris de láminas de plata procedía del exterior, permitiendo vislumbrar con más detalle lo decadente que resultaba aquel local cuando lo sacabas de su contexto y lo enfrentabas a la luz del día. Sobre la mesa se arremolinaban los restos de cocaína de una de las bolsas y la botella de Ballantine's estaba completamente vacía. Me costaba enfocar la vista y fijarla en aquel tipo, y una voz pastosa, ininteligible, doliente, se adelantó a mis pensamientos.

—Quiero comprar otra botella... Por favor —balbucí, suplicante.

—¡No hay más botellas! Son las tres de la tarde y tenemos que cerrar. Tú puede que no tengas una vida, pero los demás sí.

El búlgaro me ayudó a levantarme y colocó mi brazo izquierdo como un peso muerto alrededor de su exagerado cuello de bisonte, arrastrándome hasta la salida.

—Espero verte de nuevo por aquí —dijo la vieja Julieta de barrio, que en aquel momento barría la entrada—. Que tengas suerte, corazón, que tengas suerte…

Y por el tono amable de su voz, tuve la impresión de que lo decía de verdad.

16

Caminaba sin rumbo por las calles del centro de Madrid, sumergido en una densa nebulosa etílica que me aislaba de todo lo que sucedía alrededor. No es fácil explicar lo que se siente en esos momentos de completa alienación, quizá porque es lo más cerca que llegamos a estar nunca de acallar la incesante cháchara de nuestras mentes enfermas. Es la criogenización temporal del espíritu; el cese de hostilidades contra nosotros mismos; aquel instante en el que más alejados nos encontramos de cualquiera de las dos orillas del placer y del dolor que gobiernan nuestras vidas. Cuando estaba en tal estado de embriaguez tan solo era una máquina compuesta de oxígeno y carbono que funcionaba a treinta y siete grados de temperatura, y cuya única misión era continuar bebiendo para perpetuar aquel estado de aislamiento sensorial, aquella especie de nirvana inducido por alcohol.

En esta ocasión no había nadie en la entrada que se reservara el derecho de admisión. El Topless París tenía sus puertas abiertas para todo el que quisiera escapar por unas horas de aquel burdel mediocre que era la ciudad. Una vez dentro me encaminé hacia una barra subrayada por lucecitas de colores y me acomodé con dificultad sobre un taburete forrado de piel. Un camarero con el rostro picado por la viruela colocó un posavasos frente a mí y me pregunto qué iba a tomar.

—Whisky —respondí.

—Son trece euros, caballero.

—Ábreme una cuenta —mascullé, sin poder apenas articular.

Apuré mi copa de un trago, pedí al camarero que me rellenara el vaso y volví a sumergirme de nuevo en la ausencia de pensamiento.

El camarero iba rellenando mi vaso cada vez. Perdí la cuenta tras la tercera o la cuarta copa, aunque debí de tomar alguna más. Me dispuse a bajar del taburete para ir al baño pero no fui capaz de mantener el equilibrio y me di de bruces contra el suelo. Antes de permitir que nadie me ayudase a levantar, me puse de pie. Avancé torpemente hacia el final del local, balanceándome de un lado al otro como el mástil de una embarcación en una noche de tormenta. Entré en el cuarto de baño y me dejé caer pesadamente sobre el inodoro. Mientras orinaba saqué una de las bolsitas de cocaína que guardaba en el bolsillo de mi pantalón. Estaba demasiado borracho como para prepararme una raya así que simplemente coloqué la nariz en el interior de la bolsa y aspiré con fuerza. La coca que no llegué a esnifar se desparramó por encima de mis pantalones y de mis zapatos. Un intenso latigazo, como una descarga de adrenalina dirigida hacia las entrañas de mi cerebro, hizo que mis sentidos se agudizaran. El corazón empezó a latir con fuerza y comencé a sudar. Sin embargo, aquella sensación de pérdida de control siempre me producía un placer difícil de explicar.

—¡Este es el baño de señoras! ¿Qué eres, un pervertido o algo así?

Una mulata de entre veintisiete y treinta años estaba de pie junto a la puerta. Llevaba una falda de punto minúscula que permitía intuir un tanga de color rosa palo. Unos zapatos de plataforma plateados, un corsé de tirantes con encaje y unas medias con liguero de color blanco, que resaltaban como la nieve sobre su piel avellana, componían el resto de su atuendo. No era ni guapa ni fea. Tenía el pelo ensortijado y de color caoba, y colocaba los brazos en jarra sobre sus caderas para acentuar, como si se tratase de una profesora de primaria que regaña a un niño, el malestar que le causaba mi falta de consideración. Por su forma de hablar supuse que debía de ser latinoamericana, aunque no logré exactamente determinar de qué país.

—Disculpa. Ni siquiera me he fijado dónde entraba —me justifiqué, mientras me sacudía los restos de cocaína del pantalón y me abrochaba el cinturón.

La mulata abrió su bolso, sacó una toallita húmeda de un neceser de plástico y alargó su brazo para entregármela.

—¡Toma, anda! ¡Límpiate esa cara que parece que te hayas comido una ensaimada! Y cuidado con el jefe; sabe perfectamente que aquí se consume todo el tiempo esa mierda, pero no le hace ninguna gracia verlo.

—Claro… —balbucí, pasándome la toallita por la cara frente al espejo del lavabo.

—Te he salvado el trasero, mi amor. Si llegas a salir con esa cara de payaso ahí fuera te ponían de patitas en la calle antes de que pudieras llegar a la barra. A nadie le gusta tener en su local a clientes que consumen, sobre todo a los que también lo hacen.

—Gracias por la información —respondí mecánicamente.

—De gracias, nada. Aquí todo se hace a cambio de algo. Invítame a una copa.

Nos sentamos en el lugar de la barra que había ocupado anteriormente y pidió una de esas ridículas botellitas de champán (benjamín, lo llamó) destinadas a engordar considerablemente la cuenta del cliente. No me importó; yo seguí con el whisky.

Me dijo que tenía veinticinco años (yo le había echado alguno más), que era natural de la ciudad colombiana de Medellín, que se había licenciado en literatura hispánica en la universidad de su país, y que llevaba tres años en España intentando buscarse la vida como buenamente podía para enviar dinero a su madre y a su hija de siete años, que habían permanecido todo ese tiempo en su ciudad natal. Hablaba con desenvoltura y trataba de mostrar un exagerado optimismo, como si necesitara convencerse a sí misma de que su vida no era tan deplorable como pudiera juzgarse a simple vista. Yo no estaba interesado en su cháchara insustancial llena de tópicos manidos y frases sacadas de manual de autoayuda. Tras unos minutos dando acuse de recibo a base de monosílabos y leves movimientos de cabeza decidí que ya no tenía ninguna intención de seguir fingiendo aquel interés hipócrita y me dediqué a ignorarla.

—No eres muy hablador —dijo, cambiando de estrategia.

—No tengo nada que decir. Cuando uno no tiene nada interesante que contar lo mejor que puede hacer es callarse.

Mi comentario le debió de morder como el aguijón de una avispa. Se irguió en su taburete y tras apurar lentamente el último sorbo de su copa de champán me espetó:

—¿Prefieres que me vaya?

La miré por primera vez a los ojos; unos ojos felinos del color de la melaza, inundados de una tristeza de anciano, que contradecían aquellas palabras huecas que acababa de compartir conmigo, y que trataban en vano de maquillar su desolación.

—No. No hace falta que te vayas. Es solo que preferiría estar aquí sin tener que escuchar a nadie ni pensar en nada, pero puedes quedarte y beber conmigo en silencio si lo deseas. Pide lo que te apetezca; estás invitada.

La joven mulata me miró indecisa durante unos segundos. A continuación, se dirigió al camarero:

—Mauricio. Ponme un cacique-cola. Y toma —dijo, a la vez que extraía de su bolso un billete de diez euros y me dirigía una mirada llena de rencor—. ¡Que este me lo pago yo!

Siempre me han producido verdadera fascinación aquellos que se revuelven con virulencia cuando sienten que se les ha menospreciado y reaccionan de inmediato con algún gran gesto para restablecer el orgullo herido. Para aquella prostituta, acostumbrada a que se la tratara como una emperatriz en aquel reino de las bajas pasiones, pagar su propia consumición fue ese sencillo pero gran gesto destinado a salvaguardar su amor propio, al mismo tiempo que me dejaba claro que le había hecho daño. Su cuerpo podía estar en alquiler, pero su dignidad no estaba en venta.

Permanecimos bebiendo en silencio. A su primera copa le siguió otra que me apresuré a pedir que se anotara en mi cuenta para restablecer la etiqueta habitual del local.

—Bueno, cielo —suspiró, levantándose del taburete y mirando su reloj—. Hoy me tocaba el turno de día. Me marcho a mi casa, que ya va siendo hora. Tenías razón, a veces algo de silencio no viene nada mal. Tú deberías marcharte también, estás muy tomado.

—No tengo adónde ir —dije mientras apuraba la enésima copa.

—¿Pues cómo así?

—No vivo en Madrid. En unas horas he de coger un vuelo.

—¿Y no has pensado en irte a un hotel a descansar?

—No quiero dormir.

—¡Pero, mi amor, si sigues tomando así no vas a poder subirte a ese avión! Además, te ves horrible y no dejan embarcar a la gente que está tan tomada. Todo el mundo sabe eso.

—Camarero...

Hice un gesto con la mano para que me sirviera otra copa. Cuando se disponía a hacerlo la mulata le interrumpió.

—Mauricio, trae la cuenta del señor, por favor.

El camarero de la cara de nuez fue solícito a por la nota. Ella observó cómo se alejaba. Cuando se aseguró de que estaba lo bastante lejos como para que no llegara a oírla, me susurró:

—Sé que estoy loca y que me voy a arrepentir de esto toda la vida, pero me da mucho coraje que la gente sea tan irresponsable y se lastime tan a la ligera. Anda, paga la cuenta y espérame en el bar de la esquina. Voy a por mis cosas.

Los borrachos son como los perros: reaccionan con sumisión ante cualquier muestra de humanidad, por pequeña que sea. Acepté su proposición. Firmé la cuenta sin mirar a cuánto ascendía y salí tambaleándome del París.

No llegué a entrar en el otro bar. La joven colombiana salió apenas unos segundos más tarde mientras yo esperaba para cruzar la calle. Me tomó por el brazo para ayudarme a mantener la verticalidad y caminamos como una pareja de enamorados, en dirección a su casa.

El apartamento se encontraba en el primer rellano de un viejo y destartalado edificio sin ascensor. Apenas le calculé veinticinco o treinta metros cuadrados y todo, la cocina, el comedor y una cama de matrimonio deshecha y cubierta de ropa revuelta, formaban parte de la misma estancia. Una puerta pintada de blanco separaba el cuarto de baño, el único espacio independiente de la casa. En las paredes vacías y desconchadas tan solo había un póster turístico de la ciudad de Medellín, una descolorida bandera de Colombia y una foto enmarcada de la prostituta sonriendo y mirando a una niña pequeña de unos tres años como solo una madre puede mirar a su hija.

—Anda, ponte cómodo, ¡y no me vayas a hacer ninguna trastada! Voy un segundo al baño a quitarme estas ropas que huelen a puterío.

Me dejé caer como un fardo sobre una de las sillas junto a la mesa de comedor, preguntándome cómo había acabado allí y qué debía hacer a continuación.

—¡Bienvenido al Palacio Real! —dijo, abriendo los brazos teatralmente.

Había cambiado su ropa de trabajo por una bata de seda de color rojo que dejaba adivinar un salto de cama en tonos beige.

—Es... muy bonito —dije sin pensar.

Mi anfitriona dejó escapar una sonora carcajada.

—¡Tú no estás tomado; tú lo que estás es loco! ¡Si este cuchitril es bonito yo soy Santa Inés, patrona de la castidad!

—Todo es más bonito cuando se está borracho —murmuré.

La mulata me miró sin decir nada durante unos segundos; luego se encaminó hacia la cocina.

—¿Que te gustaría tomar?

—Whisky.

—¡Ah no, de eso nada, *mijo*, usted ya tomó bastante por hoy! Voy a prepararte un café de los de mi tierra. Eso sí es café de verdad y no el agua sucia que toman acá.

Llenó una cafetera con aquel café que le hacía sacar su orgullo patrio y se preparó para ella un sándwich con queso y algo de fiambre.

—Aquí tiene, caballero; su rico Juan Valdez preparado por una verdadera colombiana —dijo, sonriendo y acercándome la taza.

—Gracias —respondí sin la más mínima intención de probarlo.

—¿Y tú, aparte de beber profesionalmente, a qué te dedicas?

—Engaño al público encima de un escenario —respondí, al tiempo que apoyaba la frente sobre la mesa—. Con mentiras de otros...

—¡Lo sabía! —dijo, aplaudiendo—. ¡Sabía que eras actor! Te veía tomar un whisky detrás de otro y me parecía que estaba viendo a Jack Lemmon en esa peli de borrachos. ¿Cómo se llama...?

—*Días de vino y rosas* —respondí.

—¡Justo! *Días de vino y rosas* —exclamó—. Es como si no pudierais evitar añadir una dosis extra de drama al drama.

Aquel comentario no me ofendió, al contrario, me hizo cierta gracia; quizá porque yo mismo siempre he pensado algo parecido.

—¿Has conocido a alguno? —dije, mojándome los labios con el café.

—¡Ni te imaginas la cantidad de actores que entran en el París! La mayoría unos *culicagados* presuntuosos que vienen a revolucionar el gallinero, como digo yo; a conseguir sexo gratis con las chicas fuera del club para contárselo a sus amigotes o colgarlo en el Facebook. Cogerse gratis a una puta debe ser unos de los mayores logros entre ustedes los machos. Lo más triste es que siempre hay alguna que pica y lo hace, para contárnoslo luego, re-que-te-orgullosa, a todas las demás.

La mulata terminó su sándwich y puso el plato en el fregadero.

—Yo también he estado con alguno —continuó, sentándose a la mesa—. Dos o tres si no recuerdo mal, de esos que de vez en cuando ves por casualidad en las series de televisión. No me impresionan lo más mínimo. Para empezar, el tamaño de sus penes suele ser inversamente proporcional al de sus egos y siempre que se vienen, que suele ser a los pocos minutos, te preguntan: «¿Qué tal he estado?», «¿Te ha gustado?». ¡Como si aquello fuera un maldito *casting*!

No pude evitar sonreír. Empezaba a disfrutar genuinamente de la compañía de aquella muchacha.

—Así es. Llega a dar verdadero asco. —Y di un buen trago al café.

La mulata se quedó observándome seria y en silencio.

—¿Y a ti qué te sucede? —preguntó—. ¿Por qué bebes tanto y te haces tanto daño? Te conozco solo desde hace un rato, pero me he dado cuenta de que tienes un alma linda, que no eres como la mayoría de los hombres que van por el club. ¿Qué tan grave es eso que no te logras perdonar?

La miré directamente a los ojos; estaban llenos de compasión y sinceridad. Estoy entrenado para distinguir cuándo alguien me mira con cierta dosis de verdad, y en los de aquella muchacha de mirada desgastada no había ni el menor atisbo de falsedad, tan solo una ternura infinita. En cualquier otra circunstancia, ante cualquier otra persona, mi reacción natural hubiese sido abandonar de inmediato su presencia y compañía. A pesar de ello, en aquella ocasión, ocurrió lo contrario, y consideré su pregunta con la intención de responderla con la mayor honestidad posible.

—No lo sé —respondí por fin, negando con la cabeza—. Te juro que no lo sé.

Noté cómo la tristeza se instalaba en mi pecho y se me humedecieron los ojos. Ella me pasó el dorso de su mano por la mejilla con suavidad.

—¡Ay, mi pobre niño, que empezó a beber un buen día para olvidar las penas y se le acabaron ahogando en el vaso las alegrías! Anda, vámonos a la cama. Yo mañana madrugo y tú no te tienes ya en pie. Además, no puedes perder ese avión, ¿recuerdas?

Me ayudó a quitarme los zapatos y el resto de la ropa e introdujo la que había sobre la cama dentro de un armario.

—No sé si voy a poder dormir —murmuré.

La mulata me guiñó un ojo.

—El apartamento puede que sea una ruina, pero esta cama es una auténtica delicia —dijo, lanzándose sobre ella—. Está hecha a prueba de insomnio y pesadillas, créeme. ¿Has leído alguna vez a Gabriel García Márquez?

Aquella pregunta me tomó por sorpresa.

—No, nunca —no mentí.

Ella me miró frunciendo el ceño y me golpeó con la almohada que estaba ahuecando en ese momento.

—¡No te puedo creer! ¡Tomar coca y no haber leído a Gabriel García Márquez es como ser el príncipe azul y escoger a la hermanastra fea en vez de a la Cenicienta! ¡Es quedarse con lo peor de Colombia y dejar a un lado lo mejor!

—¿Tú no consumes? ¿Ni siquiera en el club? Pensaba que era lo habitual.

El rostro moreno de la muchacha se ensombreció.

—¡Odio esa porquería más de lo que odio a la propia muerte! —explotó—. En el eje cafetero, de donde yo soy, casi todos tenemos algún muerto en nuestras familias por culpa del maldito negocio de la coca. Mi hermano trabajaba para el cartel de Pablo Escobar, como la mayoría de los muchachos de Medellín; cuando comenzaron las revueltas del gobierno para acabar con él, me lo acribillaron a balazos en una refriega en plena calle. Era un niño, apenas tenía diecinueve años. En el trabajo tengo que hacer de tripas corazón cada vez que algún tipo asqueroso se hace una raya cuando está conmigo en la habitación. Siempre he pensado que eran las cenizas de su alma blanca lo que en realidad acababan de esnifar. Ustedes la usan para divertirse; a nosotros solo nos trae dolor y muerte.

—Lo siento mucho... No sabía... —dije avergonzado, recordando fugazmente nuestro primer encuentro en el baño del club.

—Venga, métete dentro —dijo, abriendo el edredón y señalándome un lado de la cama.

Me introduje junto a ella. Todo me daba vueltas. La muchacha apoyó mi cabeza sobre su hombro, me rodeó con un brazo y comenzó a acariciarme el cabello con dulzura. Encendió la lámpara de la mesita de noche, abrió un cajón y sacó un libro grueso que sujetaba con la mano que le quedaba libre.

—No te vas a ir de esta casa sin que te presente a don Gabriel García Márquez. Hace música con las palabras, eso ayudará a que te duermas, y hace magia con las imágenes, eso te permitirá soñar rico. Este es mi favorito y se llama *Cien años de soledad*.

Abrió el libro por la primera página y comenzó a leer:

> Mucho tiempo después, frente al pelotón de fusilamiento, el coronel Aureliano Buendía había de recordar aquel tiempo remoto en que su padre le llevó a conocer el hielo. Macondo era entonces una aldea de veinte casas de barro y cañabrava construidas a la orilla de un río de aguas diáfanas…

De pronto algo se me hizo presente.

—¡Espera! Aún no me has dicho tu nombre. ¿Cómo te llamas?

—¿Cómo te gustaría llamarme?

No tuve que pensarlo.

—Michelle. Michelle Williams.

—Sea, pues…

17

El sonido del móvil me sobresaltó, despertándome.

Una voz aguda, rebosante de entusiasmo y entrenada a impostar una falsa cortesía, me saludaba al otro lado del aparato.

—Buenos días, señor Palacios. Mi nombre es Agustín Víllora y dirijo el departamento de reportes e incidencias de AVIS en España. Mi llamada es referente al Mercedes CLK que alquiló usted el pasado sábado en nuestra oficina del aeropuerto de Barajas.

Me incorporé con gran esfuerzo y permanecí sentado sobre la cama. Tenía una resaca infernal y aquella inoportuna llamada me irritó de tal modo que no hice el menor esfuerzo por disimular mi enojo frente a aquella voz repleta de agudos y decibelios que me alteraba los nervios y que contrastaba con mi humor de perros.

—¿Qué hora es? ¡¿Y qué demonios quiere?! —protesté.

La voz de aquel desconocido enmudeció durante unos segundos, adoptando de inmediato un tono menos jovial.

—Lamento si le he llamado en mal momento, señor Palacios. Puedo volver a ponerme en contacto con usted más tarde, si así lo prefiere.

—No, no se preocupe. ¡El mal ya está hecho! —respondí, a la vez que dibujaba una sonrisa con la inflexión de la voz para tratar de atenuar mi exabrupto—. Dígame, ¿qué desea?

—Verá, señor Palacios… —carraspeó—. Queremos comunicarle el gran alivio que ha supuesto para nosotros el saber a través de la policía que no le ha ocurrido a usted nada grave de lo que nos tengamos que lamentar. Para nosotros eso es lo esencial y todo lo demás es manejable y meramente circunstancial; un simple contratiempo que tiene fácil solución.

—¡He atropellado a una persona! —exclamé, estupefacto ante la flema y la falta de humanidad de aquel tipo.

—Nos consta, señor Palacios, pero el atestado policial revela que el chico aparece de la nada y prácticamente se abalanza sobre el vehículo. De hecho, nuestros peritos han tenido acceso a esas imágenes y todos están de acuerdo en señalar que la maniobra que usted llevó a cabo fue la correcta. Habrá un juicio, por supuesto, pero las pruebas testificales y documentales son tan claras que se tratará de un mero trámite. Nuestros abogados se encargarán de todo, aunque huelga decir que le mantendremos informado en todo momento del proceso.

—Un mero trámite. Claro… —mascullé, sin tratar de esconder mi estupor—. Eso es para ustedes todo esto.

El empleado de AVIS dejó pasar unos segundos sin decir nada; después decidió abandonar la etiqueta habitual de cortesía en el trato con los clientes y, envalentonado, con aire de suficiencia, se dispuso a poner los puntos sobre las íes.

—Mire, señor Palacios, lo que trato de hacerle entender es que nosotros trabajamos para usted, que es nuestro cliente. Entiendo que en estos momentos está sometido a un gran estrés, y me hago cargo de lo angustioso que debe ser el pasar por un lance tan terrible, pero nuestra política en estos casos es clara: minimizar para nuestros clientes los daños colaterales que conlleva una experiencia de este tipo. Todo lo demás, si me permite la expresión, son cantos de sirena.

Su discurso me desarmó y no supe qué responder. Era de una lógica aplastante y a pesar de ello se me revolvían las tripas ante tal falta de humanidad; una tendencia siempre al alza, por otra parte, dentro del universo corporativo y empresarial. Para aquel tipo su cliente y el vehículo eran a todas luces más importantes que aquel pobre muchacho al que había atropellado y que en estos momentos se debatía entre la vida y la muerte en la unidad de cuidados intensivos de un hospital.

—Sí, discúlpeme —rectifiqué—. Es cierto, estoy muy alterado con todo esto y tengo los nervios a flor de piel.

El empleado de AVIS volvió a recuperar su voz aguda, metálica y corporativa.

—No tiene por qué disculparse, señor Palacios. Me hago cargo de su situación.

La hipocresía de aquel tipo hizo que me entraran ganas de vomitar, pero decidí seguirle el juego a sabiendas de que, de lo contrario, llevaba todas las de perder en aquella batalla dialéctica acerca de la moralidad y la ética en los negocios.

—Gracias, señor…

—Víllora, Agustín Víllora, director del departamento de reportes e incidencias de AVIS en España —apostilló, como si su nombre fuera una bendición del cielo y su puesto un título nobiliario.

—Gracias, señor Víllora —repetí—. ¿Y qué se supone que debo hacer a continuación?

Esa parecía ser la pregunta que aguardaba impaciente a que le formulara desde que descolgué el teléfono.

—Verá, señor Palacios, usted contrató con nosotros un seguro Premium a todo riesgo que incluye cualquier tipo de accidente y lesiones a terceros, de tal manera que nuestro seguro se encargará de todos los gastos que acarreé la factura de hospital de Antonio Maldonado desde su ingreso hasta que se le dé el alta definitiva.

El corazón me dio un vuelco. Antonio… Era la primera vez que oía el nombre de aquel muchacho, que hasta ese momento no era más que un rostro anónimo en un cuerpo desmadejado y maltrecho.

—¿Cómo está? ¿Se sabe algo? —pregunté, atemorizado ante la posible respuesta.

—El pronóstico es reservado —dijo sin mudar el tono—. Está grave, pero hasta donde nosotros sabemos se encuentra fuera de peligro.

Algo se aflojó dentro de mí y estuve a punto de echarme a llorar.

—Gracias, señor Víllora. No sabe el alivio que eso supone para mí.

—Me hago cargo, señor Palacios —apostilló—. Antes de robarle un segundo más de su tiempo, me permito recordarle que su equipaje se encontraba en el maletero del coche en el momento del accidente, y me he tomado la libertad, *motu proprio*, de guardarlo para usted en nuestra oficina del aeropuerto.

—Gracias de nuevo.

—A su disposición, señor Palacios, y si podemos serle de alguna utilidad en cualquier otra...

Colgué el móvil sin dejarle terminar; ya sabía todo lo que necesitaba y no soportaba ni un segundo más de aquella retahíla de lugares comunes y frases huecas que me lanzaba aquel individuo para quien el riesgo de muerte de un ser humano no era más que un «daño colateral», una vulgar jaqueca para su empresa y su cliente.

Permanecí tumbado sobre la cama durante algunos minutos sin poder moverme y con la mente en blanco. Mi mirada quedó atrapada en aquella foto de la prostituta con su hija y no pude evitar sentir por ambas un punto de compasión. Me levanté con dificultad, haciendo un gran esfuerzo. Mi anfitriona no estaba en la cama ni tampoco en el resto del apartamento. Arrastré los pies hasta la mesa de comedor, donde había dejado una breve nota en un folio en blanco:

Tienes café recién hecho. He tenido que salir a la embajada de Colombia y no te he querido despertar. Imagino que no estarás para cuando regrese. Date una ducha y no pierdas ese avión, ¿de acuerdo? Espero no volver a verte por el París, eso sí sería una mala noticia. Tal vez algún día nos volvamos a encontrar en algún lugar bonito: ¿Macondo?... Se me cuida, ¿okey?

Tomé el café y me di una larga ducha de agua fría que ayudó a minimizar los estragos de la noche anterior. Me vestí y antes de abandonar para siempre aquel apartamento le devolví la nota en el reverso del folio en el que ella había escrito la suya.

Gracias por tu generosidad, tu cama y el café. Y por rescatarme anoche de donde quisiera que anduviera perdido.

Y sí, claro, nos vemos en Macondo... Algún día.

Mucha suerte, Michelle.

Desde el umbral de la puerta dejé vagar la mirada por aquel pequeño apartamento y me pareció estar viéndolo por primera vez. Mis ojos volvieron a posarse sobre aquella foto familiar de madre e hija y dejé de sentir compasión por la joven prostituta colombiana y por su pequeña. Mientras bajaba el tramo de escaleras que me separaba del portal de la calle por quien no pude evitar sentir lástima fue por mí.

Tomé un taxi e indiqué al conductor que me llevara al aeropuerto. Pasamos por delante del Topless París e inconscientemente aparte la mirada. Sucedía en muchas ocasiones que cuando volvía a estar sobrio me costaba confrontar las cosas que había hecho, o los lugares donde había estado, bajo la influencia del alcohol y las drogas, como si en mi interior coexistieran dos mitades diametralmente opuestas: el juez y el convicto; como si mi parte analítica y serena se sintiera avergonzada y culpable de las acciones que llevaba a cabo la otra, autodestructiva e irracional, a la que odiaba y temía a partes iguales y a la que hacía tiempo que había dejado de intentar controlar.

Recostado en la parte trasera del taxi me di cuenta de que aquel trayecto no era más que una proyección de mi propia vida: siempre huyendo de algo, siempre escapando a cualquier lugar. Incluso mi profesión me proporcionaba la posibilidad de desprenderme por momentos de mi propia piel: desdoblarme en otro ser, existir bajo otras circunstancias, ocupar un aire distinto y respirar...

Minutos más tarde llegué a la T4 del aeropuerto de Barajas. Acudí a la oficina de AVIS y tras identificarme en la ventanilla de atención al cliente uno de los agentes comerciales de la compañía me entregó mi equipaje al mismo tiempo que me dedicaba un lacónico: «Sentimos mucho lo ocurrido. Que tenga un buen viaje». Me encaminé hacia el departamento de ventas de Iberia y compré un billete en primera clase para el siguiente vuelo a Nueva York. Luego me dirigí hacia la sala VIP de la terminal. Me acomodé en una de las mesas de la sala y una camarera se aproximó hasta donde me encontraba para preguntarme si deseaba tomar algo. Pedí un Glenfiddich doble, más por inercia y fuerza de costumbre que porque deseara comenzar de nuevo a ingerir alcohol a aquella temprana hora de la mañana. Regresó a los pocos minutos con la copa y con unas galletitas de cortesía que dejó sobre la mesa.

Contemplé el vaso durante unos segundos antes de cogerlo. Al llevármelo a los labios se produjo una extraña reacción que no había experimentado jamás con anterioridad: no fui capaz de dar el primer sorbo. Me lo acerqué de nuevo a la boca pero tan pronto me hube mojado los labios un escalofrío me sacudió de arriba abajo, me erizó todo el vello de la piel y me provocó una desagradable náusea que a punto estuvo de manifestarse en una involuntaria arcada. Intenté llevar a cabo el mismo proceso dos o tres ocasiones más con idéntico resultado: el asco no me permitía probar aquel licor. Extrañado, dejé el vaso y lo alejé hacia el otro extremo de la mesa.

Hice una señal a la señorita que me había atendido y regresó de inmediato. Le dije que había cambiado de opinión y que deseaba tomar un café solo y un zumo de naranja. La camarera hizo algún comentario cortés y se dirigió a por la nueva comanda.

Y entonces la vi.

Le calculé tres o cuatro años más que yo. Llevaba el cabello recogido en un moño detrás de la nuca. Unas gafas verdes de pasta le dotaban de un cierto aire de artista o de intelectual, y debajo de ellas unos ojos vivos, grandes y llenos de una luz y un brillo inusual, denotaban una paz interior y una serenidad de espíritu alejada del común de los mortales. Mi mirada quedó atrapada en el interior del campo magnético que desprendía y tuve una extraña sensación de familiaridad que me provocaba a un tiempo sentimientos encontrados de tristeza y júbilo. Segundos más tarde, una joven adolescente, su hija, intuí, se colocó detrás de ella, le susurró algo al oído y comenzó a empujar con suavidad la silla de ruedas en la que se hallaba postrada. Al pasar por mi lado aquella mujer me clavó la mirada durante unos segundos, hizo un leve gesto de cortesía con la cabeza y me dirigió una sonrisa amable antes de desaparecer, atravesando las puertas correderas de aquella sala.

Y entonces, dueño una repentina y extraña certidumbre, lo comprendí todo…

Supe la verdadera razón que me había traído de vuelta a Madrid.

Salí de nuevo al exterior de la terminal y tomé un taxi.

—¿Adónde vamos?

—Al hotel Palace, por favor

Marqué el número de Larry.

—¿Y ahora qué tripa se te ha roto, Sam? ¿Tienes idea de qué hora es aquí? Son las cuatro y media de la madrugada —dijo con la voz pastosa.

—Escucha, Lar. No voy a tomar ese avión —dije sin prestar atención a su queja.

—No sé por qué me lo temía, maldita sea. ¿Qué demonios ocurre ahora?

—Nada que puedas entender; mejor dicho, nada que te pueda explicar. He decidido quedarme en Madrid unos días más, aún no puedo determinar cuántos. Hay algunos asuntos que aún debo resolver aquí.

—¿Y qué pasa con tu mujer?

—No puedo hacer nada, salvo permitir su tratamiento y su recuperación. Tal vez en eso su padre tenga razón.

—¡Estás como una puta cabra! —le escuché resoplar.

—Escúchame bien, Larry —atajé, sin hacer caso a su comentario—. Quiero que llames al manager de Brown y canceles nuestra cita en Alfredo's. Explícale que lo siento mucho pero que he tenido que resolver un asunto familiar urgente en España tras la reciente muerte de mi hermana y que estaré encantado de volar en unos días a cualquier destino donde él se encuentre. Adórnalo con algo del estilo de: «Samuel está muy agradecido e ilusionado con este proyecto, pero para él su familia siempre ha sido y será lo primero». Tú lo haces mejor que nadie. Confío en ti.

—¿Te das cuenta de lo que me estás pidiendo? —La voz airada de Larry no escondía su frustración—. ¡Esto no funciona así! Eres un actor de teatro desconocido para el gran público al que le han servido en bandeja de plata la jodida oportunidad de su vida y ¿lo vas a tirar todo por la borda?

—No estoy tirando nada por la borda, Larry, no dramatices. Si me quieren a mí, esperarán —respondí con aplomo.

—Nunca has estado tan cerca del maldito Hollywood y perdona mi franqueza, pero dudo mucho que te vuelvas a ver en otra de estas.

—Hollywood siempre ha estado ahí y no va a ir a ninguna parte. No quiero perder la película, Larry, pero confío en ti y no tengo ninguna duda de que lo sabrás manejar.

—Es por ese chico, ¿verdad? Es por el chaval al que acabas de atropellar.

La pregunta me tomó por sorpresa, de igual modo en que lo hizo también mi propia respuesta.

—En parte sí, Lar. Por él y por otro chaval al que condené hace ya muchos años a una existencia de mierda y al que ya va siendo hora de que le levante el castigo.

—¿Pero de qué coño me estás hablando?

—Escúchame, Larry —dije, empleando un tono más severo—, eres mi agente; trabajas para mí y vas a hacer exactamente lo que te acabo de decir. ¿Estamos?

Larry resopló al otro lado del aparato.

—Eres un crío, Samuel Palacios. Eres un maldito y jodido crío.

—Lo sé.

Colgué el teléfono. Abrí la ventanilla para permitir que el aire fresco de la mañana me acariciara el rostro.

Entonces cerré los ojos y una imagen lejana acudió a mi memoria. Me hallaba de nuevo en el aula de historia, en clase de la profesora Jacky Bartone, aquella tarde en que me expulsó del curso como si hubiese de pronto adoptado el rol de una agente de inmigración, dejándome en evidencia frente a mis compañeros. El día en que probé por primera vez el alcohol. La Bartone golpeaba la mesa con sus largas uñas de porcelana, esperando impaciente a que comenzara a recitar el juramento de lealtad a la bandera de los Estados Unidos de América. Yo estaba de pie, junto a la pizarra, frente a la clase. Observé detenidamente, uno por uno, a todos mis compañeros... Sin embargo, en esta ocasión y a diferencia del recuerdo original, volteé el rostro hacia la profesora, y clavando una mirada desafiante en los ojos velados por la hostilidad xenófoba de aquella momia con pasaporte norteamericano, que hacía de las barras y estrellas de la bandera su escudo y su lanza, comencé a declamar con voz clara, firme y llena de determinación: «Juro lealtad a la bandera de los Estados Unidos de América y a la república a la que representa. Una nación, al amparo de Dios, con libertad y justicia para todos…».

Y con los ojos cerrados y una sonrisa en los labios repetía en mi cabeza esas palabras una y otra vez. Una y otra vez…

18

—Buenos días, señor Palacios. ¿Ha olvidado alguna cosa en el hotel?

El recepcionista que me atendió la mañana en que aterricé en Madrid me recibía desde detrás del mostrador con su sonrisa aceitosa y su actitud servil. Fermín, ese era su nombre, dejó todo lo que estaba haciendo para darme la bienvenida de nuevo a aquel hotel del que se debía considerar su legítimo cancerbero.

—Buenos días —respondí, devolviéndole el saludo—. No, no me he olvidado nada. Ha surgido un asunto importante de camino al aeropuerto que me obliga a permanecer por un tiempo en Madrid.

—Entiendo —dijo, consultando de inmediato su ordenador—. ¿Y de cuánto tiempo estamos hablando?

—Aún no lo sé.

—¿Misma *suite*? —preguntó y deslizó sus dedos sobre el teclado.

—¿Sería posible?

—¡Por supuesto, señor Palacios! No siempre tiene uno el honor de tener hospedado en su hotel a una estrella de la escena neoyorkina —exclamó, y me hizo un desafortunado y larguísimo guiño. Aquel tipo era tan sumamente patético que llegaba a resultar entrañable.

—Gracias. Muy amable —repuse.

—A mí me chifla el teatro. ¡Una barbaridad! De jovencito interpreté la obra *Eloísa está debajo de un almendro*, de Jardiel Poncela, en el casal de mi falla. Verá, es que soy de un pueblecito de Valencia, ¿sabe usted?, y desde bien niño soñé con venirme a Madrid y…

—¿Sería posible disponer estas tres semanas de un ordenador en la habitación? —atajé seco—. Necesito comunicarme con mi esposa en Nueva York.

—… triunfar sobre las tablas… —apostilló en un murmulló imperceptible—. Por supuesto, señor Palacios, lo tendrá usted instalado en su *suite* esta misma tarde. ¿O, debería decir, antes de que caiga el telón de la noche y se haga el oscuro total sobre el viejo escenario del Palace…?

Intuí que se acercaba otro guiño eterno y antes de permitir que sucediera recogí la llave y me alejé a toda prisa de debajo del almendro, de la falla y del mostrador de recepción.

Deshice la maleta y me senté en el borde de la cama. De la calle trepaba diáfano, como una enredadera de yedra tóxica, el ruido molesto e intranquilo de los cláxones de los vehículos, los silbatos de la policía y las voces airadas del gentío, que aquella mañana se manifestaba en la plaza de Neptuno contra su gobierno.

Me acerqué al escritorio y abrí el listín telefónico de la provincia de Madrid. Mi padre había dejado caer en nuestro breve encuentro del cementerio que aún vivía en la vieja casa de la colonia de El Viso. Descolgué el teléfono de la habitación, marqué el número de la línea exterior y fui pulsando cada uno de los nueve dígitos.

—Sí, dígame…

No esperaba escuchar al otro lado del aparato una voz femenina. No tenía suficiente información, pero no se me había ocurrido pensar que mi padre pudiese haber rehecho su vida al lado de otra mujer. Mi padre y mi madre nunca llegaron a firmar el divorcio, pero resultaba comprensible pensar que, tras largos años de ausencia y de silencio por parte de ella, él hubiese decidido que había llegado la hora de sustituir a su mujer en su lecho y sus afectos. Al fin y al cabo, el luto por la ausencia del ser amado suele desteñir pronto a gris con el tiempo y la distancia de la soledad. De todos modos, en aquel momento, no pude evitar percibirlo como una traición a la memoria de mi madre. Ya sé que estaba fuera de toda lógica, que no tenía ninguna razón, y que estaba siendo injusto, y hasta egoísta, con él; pero era hijo de ambos antes que juez imparcial de su causa.

—Buenos días. ¿Podría hablar con don Germán Palacios, por favor?

—El señor Germán no está —respondió la voz con un marcado acento latinoamericano—. ¿Quiere que le tome recado?

—No, no se moleste —respondí de inmediato—. ¿Estará de vuelta esta noche? Puedo llamarle más tarde, no se trata de nada urgente.

—¿Quién le llama?

Aquella pregunta me tomó por sorpresa y no quise entrar en detalles ni pormenores sobre mi identidad, además de que intuía que aquella mujer muy probablemente desconocía que Germán tenía un hijo varón con el que no mantenía ningún tipo de contacto desde hacía más de tres décadas.

—Soy… un sobrino suyo —replique, saliendo del paso—. Vivo en los Estados Unidos y estoy de paso por Madrid. Nos vimos en el funeral de mi prima Sara y quedamos en llamarnos en estos días.

—Pues verá —titubeó—. Es que… lamentablemente, el señor se marchó ayer por la tarde a Palma de Mallorca, a la casa de un matrimonio amigo suyo. Está muy afectado tras la muerte de la señorita Sara y quería descansar.

Aquella información me cayó como una losa y no fui capaz de articular palabra. Necesitaba volver a hablar con él antes de mi partida.

—Oiga, ¿está usted ahí? —repitió la voz al otro lado del aparato.

—Sí, sí, discúlpeme. Parece que se corta… —repliqué, tratando de disimular mi zozobra—. ¿Y de cuánto tiempo estamos hablando?

—De dos a tres semanas —respondió—. No lo ha dejado muy claro.

Me pareció una eternidad pero desestimé de inmediato la posibilidad de volar a Palma de Mallorca. Hubiera resultado inapropiado, incómodo para ambos y fuera de lugar. Quizás era mejor así después de todo: volver a reencontrarnos en Madrid, habiendo dejado pasar un tiempo prudencial para que descansara y para que se atenuara, en la medida de lo posible, el dolor de su pérdida.

—Gracias, muy amable —añadí antes de colgar.

Permanecí sentado en el borde de la cama con una extraña sensación de quietud y en un completo estado de aceptación, de rendición, de no resistencia.

Pedí un sándwich vegetal y un agua con gas al servicio de habitaciones y tras dar cuenta de ello sin mucho apetito bajé de nuevo a recepción, donde pregunté a Fermín que me aconsejara un lugar en el que realizar unas compras. Escogí media docena de camisas de una de las tiendas y ropa interior y tejanos de otra. Al ir a buscar la cartera para efectuar el pago, mis dedos se toparon accidentalmente en el bolsillo trasero del pantalón con el trozo de papel que me había entregado el padre Fulgencio en nuestro encuentro de hacía dos días, en el cual había anotado la dirección del taller de mi buen amigo Enrique. Me alegré de no haberlo extraviado y decidí hacerle una visita esa misma tarde.

En el taxi de vuelta no pude evitar volver a acordarme de él. ¿Cómo estaría después de tantos años? Recordaba a Enrique con ese aspecto desaliñado y frágil de aquellos que parecen haberse dado por vencidos en el juego de la vida antes incluso de comenzar la partida. A pesar de sus más de setenta y cinco kilos y sus enormes gafas de cristal grueso, era uno de esos seres invisibles que se las arregla para cruzar por delante de puntillas y sin hacer ruido, con la mirada baja y pidiendo disculpas por cualquier cosa, como si creyera, o alguien le hubiese hecho creer, que su existencia era solo un error, una pequeña broma de Dios. Nos hicimos amigos en el mismo instante en el que nos miramos, reconociéndonos de inmediato en la fragilidad del otro, y nunca tuvimos la menor intención de acrecentar ese vínculo aumentándolo o compartiéndolo con nadie más. Simultaneábamos complejos, carencias y miedos donde otros niños comparten travesuras, anécdotas y sueños. Ignorábamos a los otros muchachos por hacernos sentir diferentes, por señalarnos con el dedo de la burla como una pareja defectuosa dentro de su misma especie: el «enano rarito» y el «gordo cuatro ojos»... Eso éramos para el resto de la clase, esa es toda la atención que, en forma de desprecio cruel, solíamos recibir de los demás.

Enrique fue desde siempre mi mejor amigo, mi hermano de sangre. El único chico frente al que jamás sentí recelo o temor alguno ni proyecté mi tormentoso complejo de inferioridad. La única persona en este mundo a la que había permitido conocerme a fondo y de verdad.

Llegué al hotel con las compras. Al entrar en la *suite* me sobresalté ante la presencia inesperada de un miembro del *staff* que estaba acabando de instalar el ordenador en el escritorio. Sentí la tentación de esperar a que terminara para poder comprobar mi correo, deseando que Susan se hubiese restablecido y hubiera decidido escribirme explicándome el porqué de lo ocurrido. Finalmente cambié de opinión y decidí no hacerlo;

no estaba seguro de querer enfrentarme a lo que intuía que iba a leer en él. Me duché, me vestí con un vaquero y una de las camisas que acababa de comprar y salí a los pocos minutos del hotel.

En una cafetería situada frente al taller traté de observar a Enrique desde la distancia antes de que él me viese a mí, con el fin de acostumbrarme a su nueva apariencia y de ganar algo de tiempo para pensar en qué demonios le iba a decir después de todos estos años. Detrás de la maraña de coches que se agolpaban en el interior de aquel espacio lleno de grasa, de herramientas y de trastos no logré distinguir a nadie, hasta que entendí que era absurdo posponer el encuentro por más tiempo. Seguramente seguíamos siendo los mismos a pesar de todo y por mucho que las circunstancias y el paso de los años nos hubieran transformado a ambos.

Entré en el taller y comencé a inspeccionarlo con cautela, esperando encontrar a mi amigo de la infancia. A unos metros vislumbré unas piernas que asomaban por debajo de la carrocería de un coche antiguo y destartalado. Supuse que eran las suyas, puesto que en aquel lugar no había nadie más.

—¿Enrique? ¿Enrique Martínez? —pregunté.

—Sí, deme un segundo, por favor. Enseguida estoy con usted.

Al oír su voz, que nada tenía que ver con aquella otra infantil que aún podía rememorar con solo cerrar los ojos, se me aflojaron las piernas y el corazón comenzó a latirme con fuerza. Sentí el impulso de asomarme debajo del coche y decirle que había vuelto. En lugar de eso esperé a que terminara con lo que estaba haciendo, paladeando la intensidad del momento. Uno de esos instantes llenos de magia que llegan a convertirse en titulares de toda una vida. Que son la propia vida.

Al cabo de un par de minutos, Enrique se deslizó de debajo del coche para incorporase, se sacudió lentamente el polvo de su mono de mecánico y se limpió las manos llenas de grasa en una toalla de paño antes de reparar en mí.

—Ya estoy con usted. ¿En qué le puedo ayudar?

No fui capaz de articular palabra. No podía dar crédito a lo que estaba viendo. En aquel hombre de mi edad no había ni rastro de la imagen del frágil muchacho que yo había conservado en mi memoria a través de los años. Las gafas habían dejado de servir de parapeto de su mirada triste; el timbre grave de su voz y su sonrisa franca mostraban una seguridad y aplomo y una confianza en sí mismo que jamás tuvo, ni imaginé remotamente que pudiera llegar a tener; los kilos habían desaparecido por completo de sus carnes y su cuerpo enjuto, fibroso y juvenil se asemejaba al de un atleta de élite. No había nada en él que me recordara al verdadero Enrique. Ni siquiera se trataba de una versión mejorada de sí mismo. Era, simplemente, otra persona.

—¿Enrique? ¿Enrique Martínez Gaos? ¿Eres tú?

—Hasta donde sé y dice mi DNI, sí.

—Enrique… Soy yo, Samuel… Samuel Palacios.

Alcé lentamente la palma de mi mano izquierda donde aún se podía intuir una pequeña marca causada por el profundo corte que nos inferimos el uno al otro con una navaja para mezclar nuestras sangres el día previo a mi partida a Nueva York, con el fin de sellar nuestra amistad por y para siempre. Enrique tampoco articuló palabra, se quedó callado y muy quieto, mientras en su expresión iban poco a poco apareciendo las gafas y los kilos de más.

—Samuel… Samuel… Samuel…

Susurró mi nombre una y otra vez, muy despacio, como si intentara con ello recuperar todos esos días intermedios en los que deseó hacerlo y no pudo, como si aún no creyese del todo mi presencia o temiera que se volviese a desvanecer para siempre. Se acercó despacio a mí y nos fundimos en un abrazo al que ninguno de los dos quería, o se atrevía, a poner fin.

El abrazo de dos extraños de cuarenta y cinco años que, refugiándose en el hombro del otro, trataban en vano de ocultar las lágrimas, al igual que hicieran en su día, al despedirse, aquel par de amigos de apenas doce.

19

Cruzamos hasta la cafetería donde yo había estado antes de acercarme al taller. Nos sentamos en la misma mesa, junto a la ventana, y ambos pedimos un café solo.

Allí estábamos los dos, comportándonos frente al otro como adultos por primera vez en nuestras vidas: escrutándonos, evaluándonos, enjuiciándonos involuntariamente pero sin malicia, intentando computar en una ecuación imposible de resolver con quién había sido más cruel o benévolo el paso del tiempo. Yo le hablé de mis primeros años en Nueva York, de mi decisión de convertirme en actor, de mi reciente Tony, de Susan, de la muerte de mi hermana, del reencuentro con mi padre en el funeral..., en una cronología histórica desde nuestro adiós; pero, a decir verdad, deseaba hablarle de nuestro pasado en común; de las cosas que los dos habíamos vivido juntos y seguramente aún podíamos recordar con nitidez, no de las que el otro desconocía y a las que era ajeno por completo. Quería volver a comportarme como el chaval que fui con él, y conversar con mi amigo de la infancia en aquel lenguaje inventado y pueril cuyas palabras y significados solo nos pertenecían a ambos. Pero fui incapaz de hacerlo, y en aquel instante, olvidada ya hacía décadas mi paralizante timidez de la infancia y de la adolescencia, volvió a aparecer, como un huésped incómodo, ese desterrado sentimiento de inseguridad ante la única persona frente a la cual jamás lo había manifestado durante aquellos primeros años, sin poder dejar de preguntarme con creciente angustia si aún me consideraría su amigo del alma, su hermano de sangre, o si el tipo en el que me había convertido conseguiría, en todo caso, caerle más o menos bien. De tal modo que me centré en mi café, narrándole retazos de mi historia personal y escuchando pinceladas de la suya con interés templado, mientras mis ojos buscaban en el más leve de sus gestos la confirmación definitiva de que, a pesar de su nueva apariencia, aún estaba frente a aquel chico extraño, melancólico y grueso a partes iguales, demasiado complejo para ser tan solo un niño, demasiado sensible para ser varón, que fue coprotagonista por derecho propio del primer acto de mi vida.

—¿Tienes algún plan esta noche?

—No, ninguno.

—Pues no se hable más. Te invito a cenar en mi casa. No sé tú, pero a mí con un café no me da para mucho.

De camino a su casa entramos en un supermercado. Se tomó bastante tiempo en seleccionar el pescado y las verduras; lo hizo con esmero y ceremoniosidad, y comencé a intuir que su aspecto delgado y saludable no tenía nada de casual, y que su gusto por la comida basura y su pasión de antaño por los dulces de todo tipo eran otro vestigio más de aquel pasado cada vez más remoto. Tampoco compró vino, ni me preguntó si yo deseaba tomarlo.

Llegamos a su casa poco antes de las nueve de la noche. Era un piso no muy grande ni sobrecargado con objetos de decoración. Una mesa de cristal para cuatro comensales, una cocina americana incorporada al salón, y una puerta corredera que debía de dar a la habitación principal y al baño, componían todo el espacio. En cualquier caso, no se trataba de uno de esos pisos en los que nada más atravesar el umbral recibes una impresión más o menos ajustada de la personalidad o el gusto del que lo habita, y se podía percibir con claridad que era un lugar accesorio, funcional, y que en ningún caso sentía un apego especial hacia él. Dondequiera que habitara su alma desde luego no era entre aquellas cuatro paredes de color azul grisáceo.

Enrique llevó las bolsas del supermercado a la cocina, sintonizó algo de jazz en una emisora de radio y me invitó a que me pusiera cómodo en el sofá mientras comenzaba a calentar el horno y a limpiar el pescado. Recorrí involuntariamente el reducido espacio hasta que mi mirada se topó con una foto enmarcada de una mujer de treinta y tantos años junto a una niña adolescente frente al mar, colocada sobre una estantería vacía. Lo que más me llamó la atención no fue la foto en sí, sino que pegada a aquel marco, como si actuara de soporte del mismo, había una botella vacía de un whisky sin etiquetar.

Durante la media hora escasa que había durado nuestro encuentro, en el que yo había monopolizado la conversación, Enrique apenas había mencionado nada sobre su vida privada, aunque en aquel momento no me había resultado extraño. Sus intervenciones e intercambios habían sido en forma de pregunta: sobre mi carrera, sobre mi matrimonio, sobre mi madre, a la que aseguraba haber querido como si fuese la suya propia..., pero no había pronunciado palabra alguna en relación a su vida familiar, y entendí al ver aquella foto solitaria sobre la estantería del salón que tras ese silencio solo podía esconderse el dolor por la tragedia de una separación o de una pérdida. Acudieron a mi memoria las palabras del padre Fulgencio en nuestro encuentro de hacía dos días en las que había mencionado de pasada a su hija, y cómo, al hablar de ella, se había interrumpido a sí mismo y había mudado de un tono más o menos jovial a una expresión circunspecta: «Solía ver a

Enrique más a menudo, cuando su niña estudiaba en el colegio…, aunque es mejor que eso te lo cuente él…». Me aproximé hacia la estantería y observé la foto con detenimiento. La fecha en el margen indicaba que había sido tomada el 15 de julio de 1995.

—Son Noelia y Patricia —su voz resonó a mis espaldas—. Se mataron hace casi quince años en un accidente de coche de camino a la playa de Gandía, el verano en que fue tomada esa foto.

Enrique se secaba las manos con un paño al tiempo que iba colocando un par de platos y cubiertos sobre la mesa de comedor. En su voz no había rastro alguno de dramatismo y esbozaba una media sonrisa ladeada de aquellos a los que ya les ha hecho callo la herida o a los que ya no les restan ni fuerzas para rebelarse ni lágrimas para limpiarse por dentro.

—Perdona, no sabía… —dije, incómodo.

—No te preocupes, Samuel. Al único que de verdad tenía que perdonar era a mí mismo y al final, un buen día y sin saber muy bien cómo o por qué, lo conseguí. Y desde aquello ha pasado ya mucho tiempo. ¿Cenamos?

Me senté a la mesa, observando de tanto en tanto aquella foto de su mujer y su hija, intentando imaginar el dolor tan intenso con el que tuvo que aprender a convivir y preguntándome cómo había podido salir por sí mismo de aquel pozo (el más profundo y oscuro según cuentan todos aquellos que han experimentado una tragedia similar), hasta convertirse en el hombre que tenía delante. Un hombre que, o bien había perfeccionado hasta lo inimaginable el arte de engañarse a sí mismo, o parecía genuinamente sereno y feliz.

Durante la cena hablamos relativamente poco. Nos mirábamos mucho, eso sí, y nos daba una especie de risa tonta al hacerlo, como si fuéramos aún aquellos dos niños. El pescado estaba exquisito, las verduras perfectas, y me di cuenta de que en aquel momento lo más importante para Enrique era disfrutar de aquella cena, de aquel momento, de cada bocado, de cada aroma, de cada sabor, sin mezclarlo con palabras. Aquellas, si tenían que aparecer en algún momento, debían esperar al postre.

Al terminar le felicité y le dije que hacía tiempo que no cenaba tan bien, lo cual, lejos de ser una exageración para validar su esfuerzo mostrándome cortés, era bastante real; no porque no cenara en sitios fantásticos en Nueva York, incluso restaurantes con varias estrellas Michelín, sino porque, por norma general, cuando lo hacía, mis pensamientos estaban demasiado ocupados trazando espirales dentro de mi cabeza, y en muchas ocasiones, la mayoría, ni siquiera era consciente de lo que acababa de degustar.

Enrique recogió los platos y se dispuso a preparar café. Volvió a los pocos minutos con una cafetera llena y dos tazas de porcelana. Me sirvió a mí primero y a continuación se sirvió él. Seguidamente, se quedó mirándome unos segundos, mirándome de verdad, intensamente, como si necesitase ver algo más.

—¡Cuánto hemos cambiado! ¿No es cierto?

Lo retórico de la pregunta hizo que asintiera con un leve movimiento de cabeza.

—Aún no me has dicho cómo estás.

—¿Pero qué dices, Enrique? —murmuré con cierto rubor—. ¡Si desde que nos hemos visto no hemos parado de hablar de mí!

—No, Samuel —corrigió—, hemos hablado de lo que haces, de tu carrera, de tu matrimonio, de tu vida en Nueva York..., pero aún no sé cómo estás tú, más allá de tus éxitos y de tus fracasos. Solo quiero saber cómo está aquel que fuera mi mejor amigo de la infancia, cómo está de verdad, por dentro. Después de más de treinta años sin saber el uno del otro creo que nos lo debemos.

«¿Que cómo estoy? —pensé con un punto de incomodidad—. ¿Por dónde empiezo…?».

Que difícil encontrar una respuesta meditada y sincera para una pregunta que me había negado a hacerme durante la mayor parte de mi vida adulta. ¿Quién en su sano juicio es capaz de hacerse una pregunta así? ¿Quién posee de verdad el valor necesario para mirar adentro y arriesgarse a confrontar lo inevitable de la respuesta? Que uno tiene miedo, que poco o nada en esta vida ha salido como esperaba, que detrás de cada una de nuestras vidas excepcionales no suele haber más que un currículo adulterado con un puñado de pequeñas victorias sin importancia cuyo único fin es compararnos, tratando de no salir demasiado mal parados, con los currículos adulterados de los demás. «¿Cómo estás?». Qué pregunta tan sencilla de formular y, sin embargo, que respuesta tan difícil de elaborar con honestidad.

—¿Y tú, querido amigo? ¿Cómo estás tú? —pregunté, desviando de mí la atención incómoda, y dirigiendo una mirada llena de intención hacia la foto sobre la estantería.

Enrique dejo escapar una sonrisa imperceptible.

—Yo estoy en paz conmigo mismo, Samuel. Un sentimiento más profundo e intenso que incluso el amor o la felicidad, créeme. Pero no ha sido nada fácil llegar hasta aquí, esa es la verdad.

Enrique se levantó y se encaminó hacia la estantería. Tomó la foto de su mujer y su hija y la botella vacía de whisky y regresó con ambas a la mesa.

—Aquí las tienes —prosiguió—. Las dos cosas más importantes que ha habido en mi vida por diferentes motivos; las que más tiempo han permanecido junto a mí: mi familia y el alcohol. De ambas solo conservo una foto y una botella vacía, ni quiero ni necesito más. Ambas se han marchado para siempre. Una me fue arrebatada por arbitrio del destino y de la mala suerte, a la otra la tuve que arrancar a la fuerza porque solo me impedía enterrar a mis dos princesas junto al dolor de su pérdida. Ahora solo son un par de objetos que me ayudan a recordar cada día que el pasado es solo eso: un puñado de objetos sin vida en la estantería de la memoria. Pero por fin, con el tiempo, logré entender también que en ninguno de esos objetos, de aquello que representaban, seguía estando yo. No podía seguir identificándome eternamente con ellas. Tenía que salir de ahí.

Sus palabras me confundieron. Los problemas con el alcohol no parecían tener cabida en aquel cuerpo cuidado y juvenil, a pesar de que entendía perfectamente que hubiera llegado a ayudarse de él, como una muleta para poder seguir avanzando. Al fin y al cabo, cualquiera con cierta dosis de compasión hubiera podido encontrar en ello una justificación más que razonable tras una pérdida semejante y no por el contrario una muestra de debilidad de carácter. Pero fue su manera de decirlo, su serenidad al hacerlo, como si cada gesto, cada idea, cada palabra, estuviera revestida de un halo de sabiduría ancestral, lo que más me llamó la atención.

—¿Y cómo consigue uno dejar marchar todo eso? —me atreví a preguntar—. No debe de resultar nada fácil. ¿Recibiste algún tipo de ayuda profesional?

La carcajada de Enrique fue esta vez abierta y sin ambages. Una risa franca.

—Efectivamente, Samuel —afirmó—, del mejor psicoterapeuta de la historia: Charles Dickens.

Lo bizarro de aquella afirmación hizo que me preguntara si toda esa supuesta paz interior no era más que una manifestación encubierta de que había perdido la cabeza, habiendo sido superado por las circunstancias. Mi expresión de desconcierto le debió animar a explicarse mejor.

—Está bien —continuó, sirviéndose otra taza de café—. Te lo voy a contar todo desde el principio. No se lo he contado a nadie y no suelo pensar en ello demasiado, si te soy sincero. Vas a ser el primero en escuchar con pelos y señales la historia de este… ¿cómo llamarlo? De este viaje iniciático…

Y tras apurar de un sorbo su café, comenzó.

—Noelia y Patricia se mataron en la autovía de Valencia, camino de Gandía, a la altura de Motilla del Palancar, en la provincia de Cuenca. En el momento del accidente yo no me encontraba en casa ni tampoco en el taller; estaba en la oficina del banco donde llevaba trabajando desde que me gradué en la facultad de económicas de la Complutense. El día anterior tenía pensado llevar el coche al taller para hacerle una revisión antes de su viaje pero me quedé tramitando una compra de acciones para la cartera de un cliente importante y cuando quise darme cuenta se me había ido el santo al cielo, el taller donde habitualmente llevamos el coche había cerrado y simplemente lo dejé correr. El motivo del accidente fue un reventón de rueda en uno de los puntos más rápidos de la autovía. Dieron varias vueltas de campana y colisionaron contra la mediana. Murieron las dos en el acto. Tras el shock inicial intenté recuperar mi vida sin coger la baja laboral. De hecho, cualquier cosa era mejor que quedarme en una casa que se me caía encima. Por lo demás, lo llevaba relativamente bien, para mi sorpresa y la de todos mis compañeros en el banco. Aunque eso, como era de esperar, duró poco. Un día que estaba negociando otro paquete de acciones noté una especie de estallido dentro de mi cabeza y todo fundió a negro. No hace falta ser un genio ni tener una licenciatura en psicología o neurología para darse cuenta de que era aquel paquete de acciones que me quedé negociando la noche antes del accidente al que le asigné inconscientemente toda la culpa de que el coche de mi mujer saliera para Gandía al día siguiente sin haberse sometido a una puesta a punto en condiciones. El cerebro, en casos de tensión máxima, tiende a computar en identidades, y ese paquete de acciones que estaba negociando ahora representaba para mí el mismo paquete de acciones que el que desencadenó los acontecimientos que desembocaron en el accidente de mi familia.

Enrique hizo una pausa para beber un poco de agua.

—Hasta ese momento la bebida había estado presente en mi vida de manera habitual —prosiguió—, aunque uno no lo quiere ver y se escuda en que es «parte del trabajo»: las comidas con clientes e inversores, las salidas y fiestas con los compañeros al acabar la jornada... Siempre había una buena excusa para salir de copas. En el fondo, detestaba mi vida en el banco y cada vez con mayor frecuencia tenía que hacer de tripas corazón para engañar a unas pobres gentes que acudían confiadas a nosotros con los ahorros de toda una vida. A veces echaba la vista atrás, intentando recordar en qué momento de la carrera nos enseñaron que la verdadera economía consistía en quitarle su dinero al pobre para entregárselo al rico, como una antítesis moderna de Robin Hood. Nunca encontré una respuesta en los libros que lo respaldara, pero así funcionábamos allí. Un día le comenté al director de la sucursal que estábamos obrando de mala fe y engañando a una pobre mujer, una viuda, que iba a perder todos sus ahorros, a lo que con una flema terrible me respondió: «¿Crees que lo que produces al día vale el sueldo que cobras aquí? Te pagan lo que te pagan para que hagas lo que tienes que hacer y aprendas a vivir con ello. No hay más. Aquí dentro la ética y los principios morales se limitan a levantar la tapa del váter y a dejar el baño tal y como lo has encontrado». Sin embargo, el whisky siempre conseguía disipar ese sentimiento de culpa y devolverme a mi estado natural. Era mi ansiolítico sin receta y se convirtió en un socio indispensable en mi meteórica carrera como vendedor de humo en el banco. Hasta que, como no podía ser de otro modo, llegó el momento en que no podía compaginar las dos cosas y tuve que elegir entre beber para olvidar o trabajar para beber. No tuve apenas que pensarlo. Así que un buen día me despedí, cobré una cantidad nada desdeñable como finiquito y me fui a mi casa a hacer lo único que me quedaba por hacer. Lo único que de verdad seguía teniendo algún sentido de supervivencia: beber, anestesiarme, echar cada noche una partida de ajedrez contra la desesperación con la vana esperanza de acabar en tablas.

Enrique hizo una pausa, su mirada quedó perdida en algún lugar de aquella estantería situada frente a nosotros.

—¿Y qué tiene que ver Charles Dickens con todo esto? —pregunté, intrigado—. Antes has dicho que era el mejor psicoterapeuta de la historia.

Enrique mudó la expresión, su mirada volvió al presente. Esbozó una sonrisa.

—Lo verdaderamente increíble de los genios, Samuel, es que ciñéndose al ámbito de su disciplina son capaces de enriquecer a muchas otras. Charles Dickens y su *Canción de Navidad* son el perfecto ejemplo de cómo la buena literatura puede llegar a convertirse en una herramienta valiosísima para la psicoterapia, o incluso la espiritualidad. ¿Conoces la novela?

—Vivo en Estados Unidos —respondí con cierta sorna—. ¿A ti qué te parece?

—Entonces te será más fácil de comprender —dijo, sin dejar de sonreír.

La conocía perfectamente. Era una de esas historias intemporales que se reponían cada año por Navidad en la televisión de todo el mundo anglosajón, al igual que *Qué bello es vivir* y otras historias *feelgood* parecidas. Una especie de fábula con mensaje de paz, de esperanza y de otros tópicos similares apropiados al espíritu navideño. Los americanos y los británicos adoran esas historias de corte lacrimógeno y nunca parecen cansarse de ellas.

A Christmas Carol o *Canción de Navidad* narra la historia del viejo avaro, huraño y solitario, Ebenezer Scrooge, un acaudalado prestamista londinense, odiado y temido a partes iguales por todo el mundo que le conoce, que detesta todo y a todos, especialmente la Navidad y el espíritu navideño. Scrooge, aquella Nochebuena, en un sueño agitado, recibe la visita de tres fantasmas, el de las Navidades pasadas, el de las presentes y el de las futuras. Testigo presencial (en las Navidades futuras, las de su muerte) de su propio funeral, y viéndose solo, vilipendiado y olvidado por todo el mundo, se despierta a la mañana siguiente con la decidida intención de cambiar el rumbo de su destino y de aprovechar esta oportunidad que le vuelve a brindar la vida, dejando aflorar toda la bondad y la generosidad que albergaba de joven en su corazón y que llevaba enterrada en su interior desde hacía ni se sabe cuánto.

—Todo comenzó la madrugada de la Nochebuena del 2000. —Enrique continuó, paladeando cada palabra como si él mismo estuviera comenzando la narración de un cuento—. Sin lugar a dudas, la noche del año más terrible para vivirla en soledad. Era la quinta Navidad sin Noelia y sin Patricia, así que el sentimiento de abandono y desolación no me era ajeno y era plenamente consciente de cuánto se agudizaba en esos días en los que todo, por doquiera que vas, parece girar alrededor de la familia. Generalmente, durante aquellas fechas me anestesiaba multiplicando la cantidad de whisky que era capaz de ingerir. Hacía casi dos años que no trabajaba en el banco y que mi vida se había convertido en una espiral descendente, esperando que los análisis rutinarios a los que me había sometido estuvieran en lo cierto. Pesaba ciento cincuenta y siete kilos, tenía el colesterol a trescientos y pico, el hígado graso con las transaminasas por las nubes y con claros indicios de una cirrosis hepática incipiente. Era una bomba de relojería. Yo lo sabía; los médicos me lo avisaban, pero no tenía intención de hacer nada al respecto salvo dejarme morir. Aquella noche, después de cenar varias *pizzas*, desparramado en calzoncillos sobre el sillón, rodeado de cajas de cartón y botellas vacías, haciendo *zapping* mecánicamente, mis dedos se detuvieron en un canal en el que comenzaba esa película: *Canción de Navidad*, de Charles Dickens, protagonizada por Patrick Stewart. La vi de principio a fin. Me sonaba vagamente la historia, de haberla visto de niño, aunque no la recordaba con detalle. Los ojos se me llenaron de lágrimas durante varios fragmentos de la misma, en especial en la escena final, y me fui a la cama con la extraña sensación de tener un agujero o un vórtice en el centro del pecho. Esa misma noche, imagino que sugestionado por el recuerdo de la película, yo mismo recibí la visita de tres fantasmas, aunque estos no tenían forma corpórea ni mucho menos, tan solo eran representaciones conceptuales de mis miedos, de mis demonios internos. En mi sueño volví a reencontrarme de nuevo con aquel niño que fui, más o menos alrededor de la época en la que tú te marchaste a Estados Unidos. Me vi solo, apoyado contra la pared del patio del colegio, recibiendo las miradas de desaprobación y los insultos de los otros chicos, asustado, buscándote desesperadamente con la mirada, deseando con rabia que aparecieras en cualquier momento, que regresaras de una vez por todas de tu maldito viaje a Nueva York, escondiéndome avergonzado para devorar bocadillos enormes de jamón o embutido y todo tipo de dulces y chucherías con el fin de aplacar el hambre: el hambre de querer ser uno más, de ser como ellos, de jugar con ellos, de sentirme aceptado por lo que era, el hambre de sensaciones a las que todo niño debería tener derecho solo por el hecho haber nacido. Engullendo compulsivamente para sentir que estaba vivo, que al menos algo en mi vida era real y poder llenar así un vacío que, paradójicamente, jamás logré saciar con la comida. Luego, en las Navidades presentes, me vi tumbado en aquel sofá que se había convertido para mí en una segunda piel, alcoholizado, moviéndome e incluso respirando cada vez con mayor dificultad, sin mayor perspectiva de futuro que anticipar mi propia muerte; sin valor para tirar hacia adelante ni para quitarme de en medio. Atrapado en un cuerpo mórbido y falto de higiene en el interior de un piso vertedero. Sintiendo asco y rabia y culpa por seguir con vida mientras mi mujer y mi pequeña habían perdido la suya. Finalmente, me proyecté en el futuro, un futuro que aventuraba no demasiado lejano, pero no me vi en mi funeral. A diferencia del protagonista en la novela de Dickens me vi en una cama de hospital, lleno de goteros y de tubos, sin nadie que me hiciera compañía salvo un pájaro, un pequeño gorrión que cada mañana se posaba en la repisa de mi ventana y que en el preciso instante en que se daba cuenta de que había reparado en él comenzaba a volar lejos de mi vista, lejos de aquel hospital. En un momento concreto, en esta última parte del sueño, volví a visualizar la cama con aquel hombre tan gordo y lleno de goteros, que era yo mismo, tumbado sobre ella, pero por alguna extraña razón lo percibía todo desde la distancia, desde la repisa de la ventana. Y en cuanto aquel hombre moribundo, en aquel cuerpo grotesco, volteó la cabeza y posó su mirada en mí, extendí mis alas y comencé a volar. A volar lejos de aquel hombre cada vez más extraño para mí, lejos de aquel hospital, y, esta vez, sin ninguna intención de volver ni mirar atrás.

No recuerdo cuánto tiempo permanecimos en silencio. Deseaba abrazarlo, pedirle perdón por haberme ido de aquella manera sin apenas tiempo para habernos hecho ambos a la idea. Pero no lo hice. Respeté su silencio y me hice fuerte en el mío.

—Ya lo ves —continuó—. Uno solo tiene que imaginar cómo llegará al final de sus días si se niega o se resiste a cambiar para darse cuenta de que toda su vida no ha sido más que un cúmulo de errores y fracasos, que nadie va a echarlo de menos o a sufrir su ausencia, y, lo más trágico de todo, que ya es demasiado tarde para reaccionar. ¡Gracias, míster Dickens! Gracias por haber conseguido en una sola noche lo que el doctor Freud no suele lograr en toda una vida —exclamó, alzando su vaso de agua a modo de brindis.

—Eso no explica tu transformación —interrumpí, cada vez más intrigado.

Enrique sonrió.

—La segunda parte es la más sencilla, a pesar de que los cambios son más espectaculares, pero no se hubiera producido sin haber tenido previamente aquel sueño o premonición.

—Te escucho —dije, animándolo a seguir, absorbido por su historia.

—A la mañana siguiente me quedé en la cama, despierto, durante un par de horas. No sabía muy bien que había ocurrido durante la noche pero intuía que algo se había modificado dentro de mí. Necesitaba moverme, salir de allí... Me calcé unas zapatillas de deporte que me había regalado mi mujer precisamente unas Navidades y que no me había puesto hasta entonces y bajé a la calle. No fui capaz de caminar más de siete minutos, me ahogaba y mi propio peso era un freno a la hora de avanzar. A la mañana siguiente no podía moverme debido al dolor de las articulaciones y las agujetas, pero me juré que no pasaría ni un solo día en que no le dedicara al menos un minuto más que el día anterior. Y así lo hice. Al mes ya era capaz de caminar durante media hora, a los dos meses andaba durante cuarenta y cinco minutos, y a mitad del cuarto mes comencé a correr. Había perdido alrededor de veinticinco kilos y el médico me dijo que, aunque era preferible que siguiera paseando, podía correr suavemente y con moderación. Al año ya era capaz de correr diez kilómetros y casi había bajado de los cien kilos. Al principio corría con la extraña sensación de estar huyendo, como si alguien me persiguiese, pero un buen día comencé a correr hacia adelante y sin mirar atrás. Ya han pasado casi diez años desde aquella Nochebuena y ahora, a mis cuarenta y cinco años, con setenta y siete kilos de peso y con nueve maratones en ambas piernas sigo corriendo hacia adelante, y siempre sin mirar atrás.

—¿Y el taller?

—Eso fue lo más sencillo de todo —dijo mientras se levantaba de la mesa, abría uno de los cajones de una cómoda y sacaba un álbum de fotos—. Reflexioné un tiempo sobre lo que de verdad quería hacer. Regresar al banco no era una alternativa, ni tampoco nada que tuviera que ver con la economía. Descarté unas cuantas opciones y decidí que aquello que eligiera debería cumplir con dos requisitos: ser mi propio jefe y sentirme útil, contribuir de algún modo. Y entonces se me ocurrió la idea... Siempre, desde muy niño, me habían fascinado los coches y entendía bastante del tema debido a una mezcla de intuición y largas horas leyendo revistas de motor. Pero se trataba de algo más: necesitaba saber que jamás nadie volvería a tener un accidente por una mala puesta a punto de un vehículo si yo podía hacer algo al respecto para evitarlo, que nadie más reventaría una rueda o tendría un problema de motor si previamente antes había pasado por mi taller. Ese fue mi sueño, mi compromiso. Soy meticuloso y trabajo solo, pero no busco hacerme rico ni mucho menos, busco ser útil y evitar en la medida de lo posible que nadie tenga que pasar por el mismo infierno que pasé yo. Así que vendí la casa donde había vivido con mi familia, me mudé a este pequeño apartamento de alquiler y me dediqué a estudiar mecánica del automóvil en profundidad, y hace cinco años, justo el día que cumplía los cuarenta, abrí el taller.

—Es una historia... increíble —fue lo único que acerté a murmurar.

—No sé si es increíble —se justificó, tratando de quitarle importancia—, pero sí sé que es la que me tocaba vivir a mí. Hay una frase que llevo repitiendo cada día, al despertarme por la mañana, desde que acudí a mi primera reunión de Alcohólicos Anónimos hace ya casi diez años. Dice así: «Señor, dame serenidad para aceptar las cosas que no puedo cambiar, valor para cambiar las que sí puedo y sabiduría para reconocer la diferencia…». Y acorde a esos parámetros trato de vivir cada segundo.

La confesión de que pertenecía a Alcohólicos Anónimos me impactó. Pero fue su sencillez al decirlo, sin tratar de esconderlo o hacer apología de ello lo que más me sorprendió.

—Así que eres uno de ellos —dejé caer, tratando de restarle importancia.

—Sí —respondió sin titubear—, desde que fui consciente de que había perdido cualquier poder de control sobre el alcohol y de que no me quedaba otra alternativa que dejarlo para siempre. En un momento dado no me quedó más remedio que elegir entre beber o vivir.

—Claro —apostillé, zanjando el tema.

—Ven —dijo, invitándome a sentarme a su lado en el sofá—. Mira lo que tengo aquí.

Enrique abrió el álbum de fotos que había sacado de un cajón. Un álbum rojo, viejo y desgastado. Lo abrió por la primera página, una página en la que se podía leer con dificultad 1972. La primera de las fotos era de nuestra primera comunión, en el altar de la capilla del colegio, todos vestidos con aquel traje típico de marinero, con nuestros misales en la mano y cara de no entender muy bien qué pintábamos allí. La siguiente era una foto de los dos, abrazándonos, con la cara llena de barro y sujetando un balón. La tercera era de su décimo cumpleaños, soplando las velas de la tarta mientras yo, detrás de él, le colocaba unos cuernos sobre la coronilla… Y así fuimos pasando una página tras otra, retrotrayéndonos con cada una de las fotos al instante en el que aconteció. Si alguien ajeno a nosotros hubiera abierto ese álbum y lo hubiese mirado de principio a fin no habría sabido discernir si le pertenecía a él o me pertenecía a mí. Cada foto nos sugería un recuerdo: «¿Te acuerdas de la Nati, la de lengua, el escote que llevaba siempre?», «¿Y te acuerdas del Choto, el de mates, lo bizco que estaba y la mala leche que tenía?», «¿Y te acuerdas de aquella clase de gimnasia en que ganaste a todo el mundo en el salto de longitud…?». Y entre risas y «te acuerdas» fuimos repasando una por una nuestra pequeña historia en imágenes hasta que Enrique volteó la última página del álbum y lo cerró.

—¿Te das cuenta, Samuel, lo injusto que puede llegar a ser a veces el lenguaje?

—¿A qué te refieres?

—Mientras las mujeres, con la mayor naturalidad del mundo, se dicen entre ellas «Te quiero», nosotros nos tenemos que conformar con decirnos… «Te acuerdas».

20

From: svetlanakafelnikova@aol.com
To: samuelpalacios1965@gmail.com

Querido Samuel:

Imagino que a estas alturas ya sabrás por Larry todo lo que ha sucedido. Conociéndole, apostaría que no ha escatimado el más mínimo detalle.

No sé muy bien por dónde empezar, la verdad.

Estoy muy cansada, Samuel. Cansada de haber vivido contigo una mentira. De haber luchado todo este tiempo para nada.

Cuando el otro día saliste por la puerta supe que no te volvería a ver nunca más. Que lo nuestro se había acabado y que no tenía sentido tirar para adelante con nada. Ya no me quedaban fuerzas, Samuel. Ya no podía ni quería seguir luchando por algo que me recordaba a cada momento que había fracasado como mujer. Que no te había hecho feliz, ni había conseguido formar una familia contigo.

Me marchaba de este matrimonio con las manos vacías, sintiendo vergüenza y lástima de mí misma.

¿Qué quieres que piense de mí? ¿Qué soy en realidad, Samuel? Una mujer de treinta y ocho años que no ha logrado ser madre; una niña de papá que nunca ha sabido hacer nada por sí misma y que decidió entregarte su vida a los veintiséis deseando que me llevaras contigo de la mano hasta el fin del mundo.

O al principio, daba igual...

Y así fue durante los primeros años. Recuerdo aquellos paseos junto al East River (seguro que ya ni te acuerdas), comiendo helados y compartiendo nuestros sueños. Sueños tuyos y sueños míos junto a ti.

Pero esos sueños, los tuyos, los que solo te pertenecían a ti, se convirtieron poco a poco en mi pesadilla. Conforme se iban cumpliendo te iba notando más distante. Y con cada uno de tus éxitos te podía sentir más infeliz, más lleno de rabia, con más odio. Nunca logré entender por qué te obsesionabas tanto en alcanzar algo que en el fondo te hacía tan infeliz.

Desde hace algún tiempo buscaba en tus ojos alguna señal, por pequeña que fuera, de que aún me querías, de que seguía siendo importante para ti. Pero solo podía ver tu resentimiento y tu rabia. Como si, en el fondo, fuera yo la causante de tu desdicha.

Me siento como si hubiera pasado los últimos años de mi vida deshojando una margarita que siempre había estado muerta.

Cuando la otra noche ganaste el Tony supe que había llegado el final. Aquellas lágrimas que recogieron las cámaras de televisión no eran las de una esposa orgullosa, sino las de una mujer que sabía que acababa de perder a su marido.

Te he querido mucho, Samuel, y decidí quitarme la vida consciente de que aunque sabía que no volvería jamás a recuperar tu amor, el mío había sido de verdad. Algo que para ti siempre será un misterio, algo inalcanzable, algo que ni remotamente llegarás a experimentar. Mi muerte en aquel momento me pareció menos triste que tu vida y te tuve lástima.

He decidido ponerme en pie y tirar para adelante con todo, sola, confiando plenamente en mí misma, convencida de que no volveré a tocar ni las drogas ni el alcohol. Ya no las voy a necesitar sin ti.

Te deseo lo mejor, Samuel. De corazón y sin ningún rencor. Espero que algún día, tal vez en este viaje a España, consigas encontrarte. Lo cierto es que fue allí donde debiste de perderte por primera vez…

Siento mucho lo de tu hermana.

Cuídate mucho, Samuel.

21

Durante más de dos horas, aquella misma noche, traté de escribir una respuesta que se ajustara a aquello que sentía en relación a su carta. No me fue posible. Cada correo que comenzaba lo desechaba a las pocas líneas puesto que solo mostraba un color, dejando a un lado el resto que también formaba parte de ese mosaico de emociones en conflicto en el que me hallaba preso. En unos intentaba mostrarme comprensivo, tratando en vano de justificar lo injustificable de su acto, más cerca de la propiciación que de la empatía. En otros le dejaba clara mi indignación y lo egoísta que me parecía que hubiera decidido quitarse la vida precisamente el mismo día en que yo me encontraba viajando a España al entierro de mi hermana. En alguno le proponía que lo pensara mejor, que aprovechásemos esta circunstancia, alejados el uno del otro, para darnos algún tiempo con el fin de reflexionar, antes de tomar una decisión definitiva de la que nos pudiéramos arrepentir el resto de nuestras vidas. En el último le decía que tenía razón, que era consciente de que algo se había roto entre nosotros hacía tiempo y que únicamente era huir del conflicto y preservar el estatus quo lo que me había hecho no plantear la cuestión con anterioridad. Al final, no mandé ninguno. Decidí darme unos días antes de contestar para tratar de desentrañar ese ovillo enmarañado de sentimientos encontrados hasta dar con aquel que mejor se ajustara a lo que de verdad sentía. Quizá Susan, que había llegado a conocerme mejor que nadie, estuviese en lo cierto: tal vez era incapaz de amar, y solo me permitía, de tanto en tanto, transitar ese sentimiento conceptualmente, de manera fingida y edulcorada, cuando era consustancial a cualquiera de mis personajes que, uno tras otro, solían manejarse con más corazón del que jamás había mostrado tener yo.

Eran las diez de la mañana y acababa de desayunar en mi habitación. En el *hall* del hotel, parapetado tras esa garita de guardia que era el mostrador de recepción, con el cuello erguido como una comadreja, mirando de un lado a otro de manera nerviosa para que nada escapase de su radar, se encontraba Fermín.

—Buenos días, señor Palacios —dijo, interceptándome, cuando yo creía haber franqueado su paso apresurando el mío hasta la salida—. ¿Ha podido usted conectarse a internet?

—Sí, Fermín, muchas gracias —respondí a bocajarro, dejando escapar un suspiro de resignación—. Todo está perfecto.

—No sabe cómo me congratulo de ello —disparó, utilizando esa expresión tan pedante que, incluso a mí, en mi calidad de emigrante, me hizo rechinar los dientes—. Permítame que le robe un segundo de su precioso tiempo, señor Palacios. Me he tomado la grata libertad de confeccionar, *motu proprio*, una lista con los acontecimientos teatrales más sugerentes de la ciudad.

Fermín me entregó una hoja de papel con la letra más barroca que había visto en toda mi vida, utilizando diferentes colores para diferenciar el gradiente de calidad en función de cada espectáculo.

—Muchas gracias, Fermín —dije, echándole un ojo por encima, más por pura cortesía que por sincero interés.

—Ahí tiene de todo —prosiguió—, desde musicales de *Brodgüéy*, hasta la gran Conchita Velasco, pasando por el mejor flamenco, ¡y olé! Los espectáculos los ha seleccionado un servidor en función de la crítica, del factor boca a boca y de mi propia intuición como experto en la materia, por supuesto.

—No sabes cómo me congratulo, Fermín —dije, tratando de mantener la compostura y luchando por controlar las comisuras de mis labios—. Venir a España y no ir a ver a la gran Concha Velasco es como ir a Nueva York y no visitar la Estatua de la Libertad. ¡Imperdonable!

—Ya puede usted decirlo, ya —dijo, abriendo los ojos desmesuradamente.

Antes de abandonar definitivamente el hotel regresé una vez más al mostrador de recepción.

—Disculpa, Fermín. ¿Cómo queda de lejos, a pie, el hospital Gregorio Marañón?

Fermín se desplazó con un paso de claqué hasta una de las estanterías del fondo y regresó con un mapa de la ciudad.

—Mire —dijo, señalándolo con un lápiz—, nosotros estamos aquí y el Gregorio Marañón está aquí. Para alguien tan atlético y tan evidentemente en buena forma como usted, apenas se trata de un paseo de unos veinte, veinticinco minutos, *grosso modo*.

No pude aguantarme y dejé escapar una sonora carcajada. Aquel tipo era tan genuinamente patoso y singular que acababa de conquistarme para siempre. Y agradecí que en medio de toda aquella vorágine que me consumía por dentro alguien hubiese conseguido, aunque solo fuera fugazmente, hacerme reír.

No era disfrutar de un agradable paseo matinal en aquella soleada mañana de junio la razón por la cual decidí no tomar un taxi e ir caminando hasta el hospital donde se encontraba ingresado Antonio. Necesitaba ganar algo de tiempo, reflexionar sobre qué justificación podía esgrimir cuando me encontrara cara a cara con sus padres, que con toda seguridad habrían permanecido a su lado tan pronto tuvieron constancia de lo ocurrido. ¿Qué podía decirles? ¿Que durante dos días y dos noches, sobrepasado por las circunstancias, me había dedicado a emborracharme, a alternar con prostitutas y a visitar viejos amigos, en vez de quedarme junto a él? ¿Qué clase de ser humano es capaz de una cosa así…? Mientras trataba de ponerlo en perspectiva, durante aquellos escasos veinte minutos de trayecto, me atacaron por la espalda la culpa y la vergüenza, y decidí que lo mejor sería no hacer alusión a nada que pudiera intensificar su dolor. Mostraría mi pesar por lo ocurrido, me disculparía de corazón por mi ausencia sin entrar en mayor detalle y me ofrecería para ponerme al servicio de la familia en aquello en lo que pudiera serles de utilidad.

Tan pronto atravesé las puertas automáticas que daban acceso al interior del hospital volví a encontrarme en aquel recinto donde apenas hacía un par de días había acompañado a Antonio, antes de perderlo de vista tras las puertas de acceso a quirófanos.

Eran las diez y media de la mañana y aquel lugar estaba lleno hasta los topes, mucho más concurrido de como lo recordaba en aquella otra ocasión, a una hora más temprana. Gente que aguardaba su turno de visita con expresión compungida y que en el aburrimiento y tedio de su espera parecía tratar de averiguar si lo que tenía el de enfrente era «peor o mejor que lo suyo», o «más o menos grave que lo que padecía él». Y es que, hasta en la desgracia de la enfermedad, sentimos esa necesidad absurda y visceral de saber que nosotros siempre estamos un paso más allá que los demás.

—Disculpe, señorita. Hace un par de días acompañé a un chico que había sufrido un accidente y me gustaría saber si ya estaba en planta y se le podía visitar.

—¿Nombre completo?

—No lo sé, la verdad —me disculpé—. Sé que se llama Antonio y que tiene unos trece años, pero desconozco su apellido. Verá... fui yo quien lo atropelló.

—Entiendo —dijo, mientras tecleaba su ordenador—. Imagino que será Antonio Maldonado Espinosa. Un paciente con síndrome de Down que ingresó antes de ayer poco antes de las nueve de la mañana.

El corazón me dio un vuelco.

—¡Sí, ese es!

La enfermera mudó la expresión y dudó un instante antes de comenzar a hablar.

—Lo siento, señor...

—Palacios, Samuel Palacios.

—Señor Palacios, el chico está en la unidad de cuidados intensivos y solo los parientes más próximos pueden visitarlo durante las horas estipuladas.

—¿Podría al menos saber cómo está?

—No estoy autorizada a facilitar esa información. Pero si quiere y tiene un minuto, puedo avisar al doctor Velasco, que fue quien lo operó. Él le podrá informar mejor de la evolución del paciente.

—Sí, por favor, señorita, hágalo. Muchas gracias.

El doctor Velasco era el cirujano con el que tuve aquel fugaz encuentro frente a la entrada a los quirófanos la mañana en que Antonio ingresó en el hospital. El que me había dejado claro que mi presencia allí constituía un problema más que una solución.

Lo vi acercarse desde la distancia, con la atención fija en la pantalla de su móvil y caminando apresuradamente. La enfermera de recepción le hizo un gesto con la mirada indicándole el lugar donde me encontraba. Velasco se dirigió hacia mí con la mano extendida desde el momento en que me reconoció.

—Discúlpeme, estamos desbordados.

—¿Cómo está el chico, doctor?

—En coma inducido.

—¿Cómo dice?

—No se alarme, es un procedimiento habitual en este tipo de casos. Suministramos al paciente una serie de fármacos con el fin de reducir la tasa metabólica de los tejidos del cerebro y el flujo sanguíneo. De ese modo, los vasos capilares se estrechan disminuyendo la presión intracraneal. Con ello tratamos de reducir y retrasar los procesos cerebrales que ocurren tras el traumatismo con el fin de salvar la mayor cantidad de células posibles.

El doctor Velasco debió intuir por mi expresión de desconcierto que debía adecuar su explicación al nivel de comprensión del común de los mortales.

—En otras palabras —prosiguió—, es como enfriar el motor y permitir que el proceso de sanación ocurra lentamente. El cerebro está en un estado de inconsciencia controlada. Está abstraído, detenido, no responde a estímulos externos y nos resulta más fácil manipularlo para inspeccionar los daños y retirar posibles coágulos.

—¿Cuánto tiempo permanecerá en coma?

—Entre una y dos semanas, por norma general. Tres en algunos casos, los menos. A partir de ese momento sabremos si está experimentando alguna mejoría.

—¿Y las piernas? —pregunté, recordando la imagen dantesca de su cuerpo retorcido y desmadejado sobre el asfalto.

Mi comentario debió de molestarle por lo seco de su respuesta:

—Esa es la última de nuestras preocupaciones en estos momentos —dijo, mientras echaba un fugaz vistazo a su reloj—. Tiene fracturadas las dos piernas, pero, al fin y al cabo, eso tan solo es cuestión de tiempo y rehabilitación. Me preocupa mucho más que no pueda volver a hablar, que pierda sus facultades cognitivas y psicomotrices, o incluso…

—Incluso…

—Incluso que muera a consecuencia de las lesiones cerebrales. Es una posibilidad que todavía no podemos descartar.

Con qué intensidad retumbaron en mi cabeza aquellas palabras. Podía intuir que la operación iba a ser delicada y que la recuperación sería lenta y dolorosa, pero era la primera vez desde que abandoné el Gregorio Marañón hacía poco más de cuarenta y ocho horas en que se me hizo presente que su vida podía correr serio peligro y que ahora mismo no era más que una moneda lanzada al aire por la ciencia, esperando a que en un par de semanas saliera cara en lugar de cruz.

—¿Y los padres del chico? Me gustaría poder hablar con ellos.

—La madre acaba de bajar a tomar un café. Ha pasado las dos noches en vela sin separarse de él. Al padre no lo conozco. Solo ella pasa aquí todo el tiempo. Se llama Rosa y es más o menos de su edad. Si se pasa por cafetería seguramente la encontrará allí. Y ahora, si me disculpa…

No me llevó mucho tiempo descubrir a Rosa en una apartada mesa de la cafetería. Era la única que estaba sola, con el cabello revuelto y dos surcos amoratados sobre los pómulos hundidos, señal de que no había pegado ojo en varios días. Tenía la mirada perdida en su café, del que de tanto en tanto bebía un pequeño sorbo. Velasco había dicho que era una mujer de mi edad; pero a pesar de que en ese momento su apariencia era la de alguien relativamente mayor, su cuerpo menudo y sus facciones juveniles podrían arrancarle varias hojas a su calendario, y no habría sido descabellado pensar que aún transitaba el lado sur de la frontera de los cuarenta.

—¿Te importa que me siente contigo?

Rosa tardó algunos segundos en reaccionar, como si poco a poco fuera saliendo de un trance hipnótico.

—¿Cómo…?

—Que si te importa que me siente aquí un segundo —repetí en un susurro—. Puedo esperar si ahora no te viene bien, pero me gustaría poder hablar contigo en algún momento.

Me miró como si no comprendiera del todo mis palabras, se retiró el pelo de la cara con timidez y se incorporó levemente, antes de acceder a mi petición.

Me senté frente a ella e hice una señal al camarero para que se acercara a la mesa. Pedí un café solo y le pregunté si le apetecía tomar algo más. Negó con un movimiento de cabeza.

—Verás, Rosa... —carraspeé—. No sé muy bien por dónde empezar. Me llamo Samuel y... fui yo quien atropelló a tu hijo. —Hice una pausa intencionada y esperé a comprobar su reacción. No hubo ninguna, así que continué—: Aquella mañana me dirigía al aeropuerto. Antonio apareció de la nada y... bueno, imagino que el resto ya lo sabes.

El camarero apareció con mi café.

—Disculpa —dijo ella con un hilo de voz ronca—. Tráeme otro café a mí también.

Me dediqué a remover el azúcar sin levantar la mirada, tenso, asustado, consciente de que estaba a punto de recibir un aluvión de aquello que tanto había temido: gritos, reproches, insultos... No me atrevía a mirarla a los ojos por miedo a que descubriera en los míos la vergüenza que me producía mi propia cobardía al actuar así.

—Gracias, Samuel...

Aquello me tomó por sorpresa.

—¿Por qué...? —pregunté confundido, al tiempo que dejaba de remover el café y volvía a mirarla con un punto de extrañeza.

—Por acompañar a Antonio en la ambulancia hasta asegurarte de que estaba en buenas manos —respondió—. El doctor Velasco me contó lo ocurrido; me dijo que fue él quien te sugirió que te fueras a casa porque ya habías cumplido y no podías hacer nada más. Y que incluso tuvo que obligarte a que te marcharas porque en un primer momento te negabas a hacerlo… Gracias, de verdad. No todo el mundo en tu lugar hubiera reaccionado así. —Se me hizo un nudo en la garganta y no fui capaz de articular palabra—. Sé lo que estás pensando —continuó—, pero créeme que no siento ningún tipo de rencor hacia ti. Que Toni estuviera a esa hora solo y en mitad de la calle no es culpa tuya y te tocó a ti como le podía haber tocado a cualquiera. El único culpable aquí es el desgraciado de mi exmarido que no es capaz de hacer nada bien, ni siquiera cuidar de su propio hijo. Y mía, también, por no haber hecho todo lo posible para que el juez le quitara la patria potestad en su momento.

—Antonio estaba solo cuando ocurrió el accidente —acerté a balbucir, confundido—. No había ningún adulto con él.

—¡A eso es precisamente a lo que me refiero! —exclamó, con rabia—. Mi hijo había pasado el fin de semana con él porque era uno de los dos que le corresponden legalmente cada mes. Cuando el lunes por la mañana fue a la habitación de su padre para despertarlo y se dio cuenta de que no había pasado allí la noche se asustó al verse solo en la casa y se lanzó a la calle, desconcertado y muerto de miedo, hasta que pasó lo que tenía que pasar.

—¿Cómo sabes que fue eso lo que ocurrió?

—¡Porque lo sé! Lo sospeché desde el primer momento en que me dieron la noticia, pero cuando no me respondía las llamadas al móvil, ni a las de casa, se me ocurrió llamar a uno de los bares que suele frecuentar y el dueño me dijo que acababa de marcharse hacía apenas media hora con otros dos amigos suyos a casa de uno de ellos, y que iban puestos hasta las trancas. Eran las once de la mañana, hacía ya tres horas que acababan de atropellar a su hijo y él a su marcha, sin tener ni puta idea de lo que había pasado y sin dar señales de vida. Han pasado cuarenta y ocho horas y sigue con el teléfono apagado el muy cabrón. ¡Maldito hijo de puta! Ojalá en una de estas le reviente el corazón, que para lo que le sirve.

—¿O sea que su padre aún no ha venido por aquí?

—Ni ha venido ni vendrá. Conozco a Luis como si lo hubiera parido. Es un cobarde patológico y sabe que esta vez la ha jodido a base de bien. Esperará a que todo haya pasado antes de volver a aparecer como hace siempre. Enterarse de que su hijo está en coma no le quitará el sueño, te lo puedo asegurar.

Aunque podía entender su rabia me costaba creer que aquello fuese del todo cierto.

—Lo siento mucho, Rosa —dije, sincero—. Y lamento que fuera yo el que...

—Ya te he dicho que no fue culpa tuya —me interrumpió—. En serio, olvídalo.

Permanecimos en silencio, evitando mirarnos el uno al otro y sin saber muy bien qué decir. De pronto algo se me hizo presente:

—El doctor me ha dicho que aún puede estar de dos a tres semanas... así —evité emplear el término «coma inducido» porque me parecía excesivamente dramático—. ¿Tienes algún familiar que pueda quedarse con tu hijo alguna noche para que tú puedas descansar?

—Tengo una hermana —respondió, tras recapacitar un segundo—, pero trabaja de funcionaria en el ayuntamiento de Alcorcón y, aparte de tener casi una hora de coche, entra muy temprano a trabajar. Además, no se puede decir que nos llevemos demasiado bien.

—¿Y tú? ¿No trabajas?

—Cuando me dejan —respondió sin titubeos—. Soy autónoma. Trabajo como ayudante de maquillaje y peluquería para *spots* de televisión. El mundo no se va a parar ni España se va a hundir más en la crisis porque yo esté tres semanas sin trabajar. De todas formas, para mí eso es lo habitual. Se trata de mi hijo, y no me da la gana de que nadie se quede con él, excepto yo. ¿Qué clase de madre sería entonces?

No me fue difícil percibir en sus palabras un amargo poso de resentimiento. Era evidente que aquella mujer de aspecto frágil estaba reventada por dentro y solo le quedaban las fuerzas necesarias para cuidar como buenamente podía de su hijo discapacitado. Tal vez al elegir esa soledad compartida por ambos intentaba protegerle a su manera de la crueldad con la que a menudo trata el mundo a aquellos que son diferentes.

—Me gustaría ayudarte —dije, por fin, consciente de que me adentraba en terreno pantanoso.

—¿Ayudarme? ¿Cómo?

Saqué del bolsillo interior de mi americana una chequera. Rosa la miró con desconfianza.

—Sé que la vida de tu hijo no tiene precio y no quiero que me malinterpretes —continué hablando mientras rellenaba uno de los cheques—. El proceso de recuperación puede ser largo según dice el médico, y aunque me consta que el seguro corre con todos los gastos de hospitalización, también sé que probablemente pasarán unos meses hasta que puedas volver a trabajar.

Firmé el cheque por una cantidad de treinta mil dólares y lo deslicé boca abajo hacia su lado de la mesa.

—Solo intento tomar mi parte de responsabilidad —continué, mientras le acercaba el bolígrafo para que rellenara los datos que faltaban—. Déjame ayudarte, por favor. Es lo menos que puedo hacer por ti y por tu hijo.

Rosa ni siquiera le dio la vuelta para comprobar la cantidad.

—Tú lo has dicho, Samuel —repuso, clavándome una mirada líquida—. La vida de mi hijo no tiene precio y no voy a permitir que nadie se lo ponga. Si aceptara tu cheque de alguna manera lo estaría haciendo y me da pánico que por culpa de ello algo pudiera salir mal. Agradezco tu gesto de corazón, pero no puedo aceptarlo. Entiéndeme.

Entendía perfectamente lo que me quería decir. Comprendía, en cierto modo, ese miedo irracional, a medio camino entre la superstición y la creencia religiosa, de que cualquier acción contraria a la honradez podría ser el detonante de la tragedia, como si caminase sobre una fina capa de hielo que el menor paso en falso pudiese resquebrajar. Para Rosa, aceptar ese dinero habría supuesto, en su fuero interno, actuar de manera interesada, incluso egoísta, y fuera de los límites de lo moralmente correcto, poniendo así en peligro la vida de su hijo. Un ancestral y curioso silogismo de supervivencia.

—Como quieras —dije, resignándome, mientras me disponía a recoger el cheque para romperlo.

—Espera —dijo ella, y puso una mano sobre él, evitando en última instancia que lo rompiera—. Si de verdad quieres ayudar a Toni y no te hace falta ese dinero, hay algo que puedes hacer.

—No me hace falta. Dime…

Rosa le dio la vuelta al cheque y cogió el bolígrafo que estaba sobre él. Al ver la cantidad se le iluminaron los ojos.

—Vaya, o tienes mucho dinero o eres muy generoso —dijo, al tiempo que esbozaba una tímida sonrisa.

—O tal vez ese es el precio que le pongo a mi responsabilidad.

Rosa comenzó a escribir algo en el apartado reservado para el nombre del beneficiario. Al finalizar me entregó el cheque junto al bolígrafo.

—Está a nombre de Marcial Izquierdo. Es el director de la Fundación Síndrome de Down de Madrid. Si de verdad este dinero estaba destinado para mi hijo y para mí, nosotros queremos que lo tenga él. Estamos en deuda por todo lo que han hecho por Toni durante estos años. Nadie lo merece más que esa gente, créeme.

—Como quieras —dije, y me dispuse a devolverle el cheque.

—No, no —dijo, negándose a cogerlo—. Es mejor que se lo entregues tú.

Me volví a guardar el cheque en el bolsillo interior de la chaqueta. Le pregunté si tenía algún inconveniente en que siguiera pasándome de vez en cuando para ver cómo evolucionaba Toni. Me dijo que no, que al contrario, y que agradecía el interés que estaba mostrando por él. Le anoté en un papel mi número de móvil y el del hotel por si necesitaba cualquier cosa, a la hora que fuese, o si había novedades en cuanto a su recuperación. Ella me anotó también el suyo y la dirección de la Fundación Síndrome de Down. Quedamos en volver a vernos en unos días y nos dimos la mano antes de que se levantara de la mesa para regresar a la unidad de cuidados intensivos.

—¿Tienes hijos? —preguntó de repente, dándose la vuelta.

—No —respondí.

—Pues entonces aún no sabes lo que es el amor incondicional, el amor con mayúsculas; pero tampoco has sufrido el dolor más intenso: el de saber que un mal día, en una fracción de segundo, te pueden arrebatar ese amor para siempre.

—Creo que te entiendo.

—¿Vivirá, verdad, Samuel? —dijo, con ojos de niña pequeña.

—Claro que sí, mujer. Está en las mejores manos.

—¿Me lo juras?

—Te lo juro…

Se enjugó las lágrimas con el dorso de la mano con la que me decía adiós y salió por la puerta de la cafetería al reencuentro del único y verdadero amor de su vida.

22

Durante el resto del día no pude dejar de pensar en mi encuentro con aquella mujer tan singular. En ninguno de los posibles escenarios que hubiera podido recrear mentalmente se habría producido el desenlace del modo en que se produjo. En los Estados Unidos, por cuestiones menos graves, las víctimas y sus familiares, aún en el hospital, se frotan las manos junto con sus abogados conscientes de que las cifras que pueden llegar a percibir como compensación son astronómicas, hasta el punto en que son muchos los que se autolesionan en un intento fraudulento de engañar al sistema, algo que se consigue con relativa facilidad. En cierto modo, si me paraba a pensarlo, aquellos treinta mil dólares eran una cantidad ridícula en comparación con lo que podía haber llegado a desembolsar si el mismo accidente se hubiese producido en las calles de Nueva York. Y, sin embargo, me sorprendió que aquella mujer no quisiera aceptarlos a pesar de lo mucho que los pudiera necesitar y decidiera cederlos a aquella institución donde tenía puesta su gratitud. ¿Es posible que fuéramos tan distintos en un país y en otro? En los Estados Unidos ganar en el juego de la vida pasaba por acumular la mayor cantidad de riqueza posible al precio que fuera, incluso si se producía a través de una apropiación indebida, amparada por un sistema legal moralmente laxo, en el marco de una legislación caduca. No obstante, en este país azotado por la crisis, una pobre mujer, sola, con un trabajo precario y escasos medios económicos, y con un hijo discapacitado en situación de vida y muerte era capaz de plantarse y decir: «No. No quiero ese dinero. No le pongo precio a la vida de mi hijo. Dáselo a esa otra gente que lo merece y lo necesita más que yo». Toda una lección de desapego en medio de un mundo que solo entiende de aferrarse a las cosas materiales: dinero, relaciones, estatus... Toda una manifestación de integridad y valentía.

Aquella noche me acosté temprano y dormí del tirón. A la mañana siguiente tomé un taxi para acudir a la sede de la Fundación Síndrome de Down. Había concertado la noche anterior una cita con el director de la misma, Marcial Izquierdo, que se había mostrado muy complacido en recibirme, ya que había sido previamente informado por Rosa sobre quién era yo y qué era lo que me disponía a hacer.

Me sorprendió su arrolladora vitalidad. Acudió a mi encuentro en el *hall* con una sonrisa amplia y me dio la mano con firmeza, mirándome directamente a los ojos, algo a lo que no estaba acostumbrado y que, en los Estados Unidos, se consideraba de mala educación, y se toleraba con cierta reserva como una muestra del carácter apasionado y un tanto extravagante de los habitantes del sur de Europa. Le dijo a la señorita de recepción que no le pasara ninguna llamada y me invitó a que le acompañara a su despacho.

—Me gustaría haberle recibido en otras circunstancias, Samuel —dijo y me invitó a sentarme con un gesto—. Imagino que esto está siendo tan duro para usted como para nosotros.

—Así es —dije—. Pero tutéame, Marcial, por favor.

Marcial sonrió, asintiendo.

—Toni es un chaval muy especial —continuó—. Aquí todos le queremos mucho. Los padres de los otros chicos están consternados con la noticia, aunque hemos preferido no contárselo al resto de sus compañeros. Estos chicos tienen menos herramientas a la hora de lidiar con impactos emocionales de este tipo.

—Sí, me lo puedo imaginar.

Nos quedamos en silencio. No sabía muy bien qué decir. Dudé en si mostrarme interesado en sus actividades y en el funcionamiento de la fundación o dejar a un lado cualquier tipo de convencionalismo y entregarle el cheque. Marcial se me adelantó.

—Me ha dicho Rosa que tenías intención de hacer un donativo a la fundación.

—Sí —dije, y saqué el cheque del bolsillo de mi chaqueta y se lo entregué.

—Vaya —exclamó—. Es un donativo muy generoso. Muchas gracias. Créeme que le daremos el mejor uso posible.

Marcial sostuvo el cheque frente a él.

—Citibank Manhattan... ¿Vives en Nueva York?

—Sí, desde niño —respondí con un punto de extrañeza motivada por su repentina curiosidad—. Mi madre y yo nos mudamos allí cuando tenía doce años.

—¿Y cómo sigue esa vieja y presumida Gran Manzana?

—Hasta hace cinco días estaba en su sitio y como siempre. ¿Por qué? ¿Has estado allí alguna vez?

—Se puede decir que sí —asintió, riendo y guardó el cheque en un cajón de su escritorio—. Pasé allí catorce años de mi vida nada menos: del ochenta y cuatro al noventa y siete.

—¿En serio? ¿Y a qué te dedicabas allí, si no es indiscreción?

—No, no, para nada —se apresuró a responder—. Era stock bróker, corredor de bolsa para la firma Goldman Sachs, en Wall Street.

Aquello me impactó. Había conocido en su día a algún bróker de Wall Street y aquel hombre no parecía poseer ninguna de las características que les confiere su particular idiosincrasia de grupo. A primera vista, Marcial Izquierdo se encontraba en las antípodas de cualquiera de ellos, aparte de ser el director de una fundación sin ánimo de lucro cuyo objetivo era la integración de personas discapacitadas, un mercado donde conviven otro tipo de valores completamente distintos a los que se compran y se venden a diario en el parqué del New York Stock Exchange.

—Vaya —sonreí—. Nunca lo hubiera dicho. No das el perfil.

—Te estarás preguntando: ¿qué demonios hace un tiburón de Goldman Sachs al mando de una ONG? ¿Pueden existir acaso dos mundos más opuestos?

—Me has leído el pensamiento.

—¿Te apetece un café?

—Si no es mucha molestia…

Marcial se dirigió a una máquina Nespresso e introdujo una cápsula de café.

—Sucedió de la manera más extraña en uno de esos bochornosos días de julio en Nueva York. No hace falta que te describa cual es la sensación: la camisa, empapada, se te pega al cuerpo y el alquitrán a la suela de los zapatos. Se hace difícil incluso respirar. Eran las dos de la tarde y un reguero de «trajes» nos dirigíamos a nuestras respectivas oficinas tras el *lunch break*. Yo había comido poco y rápido. Disponía aún de unos veinte minutos y me negaba a volver a una oficina donde, ley de Murphy, ese día se había estropeado el aire acondicionado, al parecer debido a las altas temperaturas, lo cual no deja de tener su gracia. Así que decidí comprarme un helado y me senté a disfrutarlo en un banco de Battery Park mientras esperaba la hora de volver a fichar. Me dediqué entonces a contemplar a decenas de tipos como yo: tipos de mi edad, vestidos igual que yo, atrapados en el laberinto sin salida de sus neurosis. Me quedé mirándolos un buen rato, sin emitir juicio, sin evaluar. Solo los miraba, y al hacerlo me di cuenta de que, en realidad, me estaba observando a mí mismo desde la distancia. A continuación, un pensamiento profundo y visceral surgió de la nada; una voz interior que me repetía una y otra vez: «¡Se acabó! ¡Se acabó! No eres uno de ellos, Marcial...». —Me acercó la taza de café y un sobrecito de azúcar—. He tenido una educación católica muy estricta —prosiguió—, y siempre, desde muy joven, he creído que la vida era un coche deportivo que conducía yo a toda velocidad, y que Dios era mi copiloto. Aun así, aquella tarde, sin oponer resistencia, solté las manos del volante, levanté el pie del acelerador, me acomodé en el asiento contiguo, y pensé: «Señor, ya va siendo hora de que lo cojas tú».

—¿Y qué ocurrió con tu trabajo? —pregunté, completamente absorbido por su historia.

—Bueno, como mi vida no es una película de Hollywood y además soy de un pueblecito de Valladolid, no me dio por ponerme a cantar y a bailar. Subí a mi oficina, hice las cuatro llamadas que tenía pendientes antes del cierre de la bolsa, marqué el número de Iberia y compré un vuelo a España para el día siguiente. Un vuelo de ida, sin retorno. Salí de Goldman Sachs sin despedirme ni recoger mis cosas y me fui directo al embarcadero donde atracan los barcos que cruzan hasta Staten Island. Quería ver la Estatua de la Libertad durante la puesta de sol por última vez.

—¿Nunca has intentado saber qué provocó realmente tu decisión? —pregunté, mientras removía el café.

Marcial me sonrió y se tomó su tiempo para contestar, como si se lo estuviera planteando por primera vez.

—Posiblemente ese día me ocurrió lo mismo que a aquel viejo aparato de aire acondicionado de Goldman Sachs —improvisó, rascándose el mentón—. Tal vez mi mente también se paró, dejó de funcionar. O por lo menos dejó de hacerlo siguiendo su patrón habitual. Y al no pensar en nada empecé a comprenderlo todo. Solo cuando cesa el ruido comienzas a escuchar esas otras voces que nunca han dejado de estar ahí, esa especie de brújula interna a la que nunca le hacemos ni puñetero caso. Quizás si ese día hubiésemos tenido una agradable temperatura de veintitantos grados con una brisa fresca soplando desde el río Hudson, yo aún seguiría en aquel despacho del bajo Manhattan, quién sabe…

—¿Y cómo termina un antiguo tiburón de Wall Street gestionando una ONG? —pregunté, intentando conectar los puntos y sin prever aún el final de la historia.

—Ah, amigo mío —dijo, masticando cada palabra—. ¡Esa es la verdadera madre del cordero!

No entendí esa expresión pero tampoco hizo falta. Lo supe en cuanto extrajo del cajón de su escritorio una foto enmarcada de una niña con los rasgos característicos del síndrome de Down.

—Al poco de llegar a España me instalé en Madrid. Me procuré trabajo en una consultoría donde conocí a la mujer de mi vida: Marisa. Dios, al volante, debió de ver mi expresión de pánfilo, puesto que redujo la marcha, aparcó en la cuneta y abrió la puerta de atrás invitándola a subir. Al cabo de pocos meses se quedó embarazada, y nueve después la vida nos bendijo con Alma, un ser de luz que, a diferencia de la mayoría de los niños que suelen llamar «normales», no apareció con un pan debajo del brazo, sino con algo infinitamente más valioso: mi verdadero propósito en la vida.

La historia cerraba con broche de oro. Pero aún deseaba saber una cosa más.

—¿Nunca has echado de menos la ciudad? Muchos dicen que Nueva York es como una droga que no se consigue dejar del todo.

Marcial cogió la foto de su hija y la volvió a guardar en el cajón.

—A veces, no te voy a mentir. En ocasiones, cuando veo alguna película en el cine o en la televisión y reconozco algún lugar por donde he pasado y que está conectado a un determinado recuerdo me da un pequeño vuelco el corazón: un restaurante, una calle, un parque…, qué sé yo. Pero sobre todo echo de menos aquella vitalidad y energía de la juventud. Aquellos sueños que solo pueden soñarse y materializarse allí. Aquella sensación de estar en el centro del universo… Echo de menos esas cosas abstractas, esas sensaciones, pero no extraño para nada lo que llegó a ser mi día a día en Wall Street. No uso Chanel, no he probado nunca la cocaína y no me gusta nada el Dom Pérignon, así que aquella vida de lujo y exceso tampoco es que rimara mucho conmigo y la dejé atrás sin ningún esfuerzo, como el que se olvida de un romance de verano tan pronto llega septiembre.

Era la locura con más sentido que había escuchado en toda mi vida, y a pesar de comprenderla, había algo en ella que no se ajustaba a mi manera de entender la vida, para ser exactos, a la manera en la que la entendemos la mayoría, en la que aprendemos desde niños que uno elige su propio destino, que forja su propia suerte.

—Bueno. No quiero robarte más tiempo, Marcial. Se está haciendo tarde.

—Espera —atajó—. Todavía no me has dicho a qué te dedicas tú.

—Soy actor —respondí sin pensar—. En Broadway.

Los ojos de Marcial se abrieron como platos.

—¡Vaya! ¿Qué te parece? ¡Tenemos a todo un actor de Broadway en la fundación! Eso sí que no se ve todos los días. ¿Es posible que te haya visto actuar alguna vez?

—No, no lo creo. Mi carrera comenzó a consolidarse a partir del 2000. Tú ya te habías marchado de la ciudad.

—Mejor así —se apresuró a añadir—. Si te llego a reconocer, no hubiese sido capaz de articular palabra. Soy un verdadero tontaina cuando se trata de alternar con famosos. Debe ser mi lado castellano.

Ambos reímos aquella ocurrencia. A continuación, Marcial volvió a sacar el cheque del cajón de su escritorio.

—¿Sabes una cosa, Samuel? Tú mismo acabas de elegir el destino de este dinero. No puede tratarse de una coincidencia sin más.

—¿A qué te refieres? —pregunté extrañado.

—Verás —dijo, mientras me entregaba un pequeño dosier—. Desde hace algunos años, la fundación viene realizando cursos y talleres de interpretación. A algunos se nos ocurrió la brillante idea de que sería una magnífica forma de potenciar sus habilidades sociales y de interacción con los demás. Los resultados fueron increíbles desde el inicio. El taller permitió descubrir el talento artístico de algunos que de otra manera hubieran pasado inadvertidos. Los niños disfrutan una barbaridad, los más tímidos muestran su cara más abierta, y los padres lo agradecen porque los sábados por la tarde pueden dedicarse a sus cuestiones personales sin tener que estar pendientes de sus hijos. Así que todos contentos.

—¿Qué tipo de trabajo lleváis a cabo?

—Bueno, como te puedes imaginar, no trabajamos textos de Shakespeare o de Calderón. Se trata de cosas sencillas que tengan una cierta resonancia en ellos. Son los propios profesores los que escriben las versiones.

—¿Y estos niños... son capaces de memorizar?

Marcial hizo una pausa, adoptando un semblante serio.

—La única diferencia entre estos chicos y tú y yo, es que ellos tienen una copia adicional del cromosoma 21, nada más. La mayoría de ellos consiguen aprender sin dificultad y retener extensos párrafos.

—¿Entonces el dinero estaría destinado a impartir más talleres? ¿A contratar más profesores?

—No exactamente —respondió—. Algo que me lleva rondando la cabeza desde hace algún tiempo es la posibilidad de organizar un festival de fin de curso donde los chavales puedan actuar en todas esas obras delante de un gran público. Algunos padres están en contra porque tienen más miedo al ridículo que sus propios hijos, pero sé que a los niños les hace una ilusión bárbara. El problema es que cuando te pones a hacer números no salen las cuentas por ninguna parte: el alquiler de un teatro, el diseño de luces, la confección del vestuario... Los gastos se disparan y como no se trata de uno de los problemas más acuciantes que tiene que solucionar la fundación nunca he visto el momento de llevarlo a buen término. Pero eso ha cambiado con tu donativo. Así que vas a ser el primer mecenas de la joven compañía de actores de la Fundación Síndrome de Down de Madrid.

Aquello me gustó, nunca había sido mecenas de nada y me pareció un proyecto que merecía la pena.

—¿Y podría ver el trabajo que lleváis a cabo con los chicos, si no es mucha molestia? —dije, devolviéndole el dosier.

—Por supuesto. ¡Faltaría más, señor productor! —exclamó, sonriendo—. Acércate por aquí pasado mañana, el sábado por la tarde, a partir de las cinco. Se van a morir cuando sepan que hay un actor profesional, nada menos que venido de América, viéndolos actuar. Quizás puedas darles un consejo o dos...

—Hasta el sábado, entonces —dije, levantándome de la silla.

Marcial me tendió la mano y se la apreté con firmeza. Esta vez yo también le miré a los ojos. Cuando estaba a punto de salir por la puerta algo me mordió en lo más profundo de la conciencia.

—Verás, Marcial... —titubeé—. Lo cierto es que no puedo atribuirme el mérito de este donativo. Ese dinero estaba destinado para Rosa y fue ella quien me sugirió que te lo entregara a ti. A decir verdad, es ella quien merece vuestra gratitud.

Marcial se reclinó con los dos brazos sobre su escritorio.

—Lo sé perfectamente, Samuel. Sin embargo, aunque te cueste creerlo, en este viaje en particular también tú vas de copiloto.

23

Encendí el ordenador. Entré en mi cuenta de correo electrónico y volví a releer la carta que me había enviado Susan un par de días atrás, tratando de encontrar en ella una perspectiva nueva que me ayudase a manejar aquella situación con mayor serenidad.

No funcionó.

Volví a apagarlo y me dejé caer sobre la cama con una molesta sensación de desasosiego.

De pronto algo se me hizo presente, algo en lo que no había reparado desde aquella mañana en el aeropuerto en la que todo mi cuerpo reaccionó con rechazo ante la proximidad de un vaso de whisky. ¿Habría sido algo esporádico, una situación puntual debida en parte al estrés acumulado a raíz de lo ocurrido, o incluso a la salvaje resaca producida por el abuso compulsivo y continuado durante las jornadas precedentes? ¿O tal vez se trataba de algo más categórico y permanente; de una reacción bioquímica de mi propio organismo provocada por el deterioro de la enzima encargada de metabolizar el alcohol tras casi treinta años de consumo ininterrumpido? Si así fuera y tuviese por ello que abandonar indefinidamente la bebida a causa de una intolerancia, ¿cómo habría de encarar de ahí en adelante el día a día, los momentos de duda y confusión, las situaciones de depresión y estrés, las constantes idas y venidas de mi voluble estado de ánimo? ¿Y de qué manera silenciar entonces aquellas voces internas que me habían torturado desde niño, apuntando hacia todo aquello aborrecible y execrable que, según ellas, había en mí? No recordaba haber dejado de beber ni un solo día desde aquel en que lo probé por primera vez junto a Randy Schroeder en la escuela superior. El alcohol era tan parte de mí como podía serlo mi carrera, mis recuerdos o mi voz.

No me permití reflexionar sobre el tema ni un segundo más. Me incorporé de inmediato y me encaminé en dirección al mueble bar. Lo abrí y saque una botellita de Cardhu para consumo individual. Desenrosqué el tapón y vacié todo su contenido en un vaso ancho de cristal. Al aproximármelo a los labios se produjo de nuevo aquella situación anómala en la que mi sentido del olfato hizo saltar todas las alarmas de mi bioquímica, respondiendo al estímulo con una fuerte náusea. Pero en esta ocasión estaba decidido a perseverar, así que me pincé con dos dedos la nariz, incliné la cabeza hacia atrás, y vertí el whisky directamente en el interior de mi garganta, evitando que rozara la lengua o el paladar. Apenas un par de minutos más tarde, y aún con el reconfortante calor del líquido acariciándome el interior del pecho, corrí a abalanzarme sobre la taza del inodoro, vomitando hasta el último mililitro de aquel añejo escocés de malta. Un indecoroso final para un licor que había permanecido doce largos años en barrica.

Ahora ya no tenía ninguna duda; al parecer la bebida y yo acabábamos de sellar nuestro divorcio por siempre y sin reconciliación posible. Tiré de la cadena, me quedé observando cómo el agua arrastraba con ella los últimos treinta años de mi vida por el desagüe y me encaminé hacia el lavabo con intención de cepillarme los dientes.

El teléfono del hotel sonó en la habitación contigua. Me terminé de enjuagar la boca a toda prisa, salí del baño y descolgué, dejándome caer sobre la cama, aún con un ligero mareo. El incombustible Fermín, una vez más, se hallaba al otro lado del aparato:

—Perdone mi injerencia, señor Palacios. Hay un caballero que dícese llamar... Enrique Martínez, que ha telefoneado a la recepción del hotel con la intención de comunicarse con usted. ¿Desea que le pasemos la llamada?

—Sí, sí, Fermín. Pásamela, por favor.

—Por supuesto, don Samuel. Siempre es para mí un honor y un placer saludarlo y serle de alguna utilidad, ya lo sabe. Que descanse... digo, ¡buenos días! Le paso la llamada...

Tras unos breves segundos la voz de Enrique se escuchaba diáfana al otro lado del aparato.

—Samuel, ¿estás ahí...? ¿Me oyes...? ¡Samuel!

—Sí, sí, Enrique. Te oigo perfectamente. ¿Cómo estás?

—Pues cómo voy a estar, ¡de los nervios! ¿Tienes idea de qué día es hoy?

—Viernes..., 16 de junio.

Al otro lado del aparato, Enrique se arrancó con una sonora carcajada.

—¡No, hombre no! Me refiero a qué acontecimiento importante tiene lugar esta tarde.

Me vi momentáneamente entre la espada y la pared.

—No sé... ¿Tu cumpleaños...? —balbucí, tratando como pude de salir del paso.

—¡Mucho más importante, Samuel! ¡Infinitamente más importante! ¡Dónde va a parar! —Enrique hizo una larga y estudiada pausa dramática para conseguir un efecto, antes de responderse a su propia pregunta—: ¡Hoy debuta la selección española de fútbol contra Suiza en el Mundial!

A punto estuve de echarme a reír. Aquella información que me proporcionaba el bueno de Enrique, como si hubiera decidido compartir conmigo el misterio mejor guardado del universo, no me daba ni frío ni calor. En honor a la verdad, nunca me había interesado el fútbol de selecciones, ni me había sentido identificado con el equipo nacional.

—¡Es cierto, no había caído! —repuse, con una fingida exclamación, puesto que no deseaba crear un menoscabo en su entusiasmo de niño.

—Me lo imaginaba, señor importante —atajó—, pero para eso estoy yo aquí: para recordártelo. El partido es a las cuatro. Te vienes a verlo a mi casa, sí o sí. No admito un «no» por respuesta. Y como me digas que no te interesa lo más mínimo el *soccer,* o que en «tu país» se considera un deporte para niñas, o peor aún, que vas con la selección de Estados Unidos, tú y yo vamos a tener más que palabras. Avisado quedas.

Aquello me hizo reír.

—Ok... ¡Ok!

—Imagino que por «ok» quieres decir «vale», «de acuerdo», «está bien...», o algo parecido. Aquí, en España, aún conservamos la vieja costumbre de hablar en cristiano.

—De acuerdo —concedí finalmente, disfrutando de la fina ironía y de la renovada personalidad de mi amigo de la infancia.

—¡Estupendo! A las cuatro menos cuarto, entonces. No te retrases.

—Allí estaré.

—Ah, y una cosa más: no hagas planes para esta noche, me gustaría que al acabar el partido me acompañases a un sitio.

—Perfecto. Buenos días, Enrique.

De pronto tuve una extraña intuición.

—Y buenos días para ti también, Fermín.

A lo que tras unos segundos de un silencio sepulcral...

—... Buenos días, señor Palacios —murmuró una avergonzada voz.

Alrededor de las tres de la tarde abandoné el hotel con la intención de ir dando un paseo hasta la casa de Enrique. A medida que se acercaba la hora del partido las calles se iban quedando más y más vacías, hasta el punto de que, a eso de las cuatro menos diez, toda aquella parte de la ciudad se hallaba envuelta en un manto de quietud que la dotaba de un cierto aire apocalíptico o espectral.

Una voz sobrexcitada y nerviosa sonó al otro lado del telefonillo.

—¡Llegas cinco minutos tarde! Sube. Está a punto de comenzar.

La puerta estaba entornada y nadie salió a recibirme. Sonaban los primeros acordes de una música que creí reconocer vagamente, y que me retrotrajo de inmediato a aquellos olvidados años de mi infancia en Madrid. Sonaba el himno nacional de España.

—¡Madre mía! —resopló Enrique, nada más terminó, con un brillo acuoso en la mirada—. ¡Si encima tuviese letra, sería ya la *repera*!

Durante la primera parte del partido apenas cruzamos palabra. Enrique se limitaba a refunfuñar y a hacer comentarios peyorativos sobre el pobre juego de la selección, y a lanzar improperios contra el árbitro.

En el descanso, Enrique aprovechó para ir a la cocina a preparar café; a punto estuve de sugerirle que lo cambiase por una tila.

Resultaba entre sorprendente y fascinante presenciar un cambio tan acusado en su comportamiento en relación a nuestro primer encuentro de hacía tres noches. Aquel hombre que me había parecido la viva imagen de la cordura y el sentido común, maldecía y se retorcía en el sofá con cada ocasión de gol malograda por la selección y se mordisqueaba las uñas compulsivamente ante cualquier contra del equipo rival. En la segunda mitad, cuando Suiza anotó su primer y único tanto (el que a la postre le dio la victoria), se derrumbó como un pesado fardo sobre el sillón, se quedó quieto como una estatua, y no volvió a moverse ni a decir palabra hasta el pitido final. Seguidamente, apagó el botón de encendido en el mando del televisor y permaneció ensimismado, con la mirada ausente, durante al menos un par de minutos que se me hicieron eternos, hasta que, por fin, reaccionó.

—Bueno —dijo, acompañando un suspiro con una sonrisa forzada, como queriendo quitarle hierro al asunto—. No pasa nada, otra desilusión más.

—No tenía ni idea de que te lo tomabas tan a pecho —comenté sorprendido.

—Bien, pues ahora ya conoces mi secreto mejor guardado, Samuel —admitió, con ademán melodramático—. Acabas de ser testigo de cuál es la horma de mi zapato, mi talón de Aquiles y mi melena de Sansón, todo junto. La única cosa en el mundo capaz de sacarme de mis «casillas»..., y no me refiero al portero de la selección. Este fútbol del demonio va a acabar conmigo algún día. Te lo juro, es superior a mí —sentenció, resignado.

—Siento mucho que te lo tomes así —repliqué, tratando de reprimir la risa y de mostrarme comprensivo.

—No te preocupes. Ya estoy más que acostumbrado. En lo relativo al fútbol soy todo un profesional de la decepción. Te recuerdo que también soy del Atleti, como tú.

—Verás cómo reaccionan. Es solo el primer partido.

Enrique me dedicó una mirada condescendiente, como reprobando mi comentario por ingenuo.

—Samuel, si de algo entiendo en esta vida, aparte de coches y de números, es de fútbol; y no se trata de haber perdido el primer partido sino de lo que he visto en la actitud de los jugadores y en el sistema de juego del equipo. ¿Pero qué se puede esperar de un seleccionador que se apellida «del Bosque»...? ¡Pues eso mismo, que en vez de futbolistas convoque leñadores! —Enrique sonrió complacido de su propia ocurrencia. Luego me miró directamente a los ojos, muy serio—: Me juego lo que quieras a que en este Mundial no alcanzamos ni la ronda de los cuartos. ¡Jugando así es imposible!

—Es probable —asentí, con la intención de dejar zanjado el tema de una vez por todas—. Quizá tengas razón.

—Dame un minuto —dijo mientras se levantaba del sofá con un ánimo y actitud muy diferentes—. Me doy una ducha rápida, me cambio de ropa y nos vamos. Hay algo que quiero enseñarte.

—¿Adónde me llevas? —pregunté, intrigado.

—A mi santuario… —respondió con una sonrisa llena de misterio y un brillo infantil en la mirada.

24

Estaría mintiendo si dijera que aquella tarde en que acompañé a Enrique a uno de sus encuentros de Alcohólicos Anónimos no dejó una profunda huella en mí. Estaría mintiendo, además, si dijera que, más allá de mis viejos prejuicios y de mi pudor (llegué a sentirme por momentos como un vulgar espía de sus intimidades), no se produjo en mí, por alguna extraña circunstancia, un despertar tardío de una parte adormecida de la conciencia, un seísmo que hizo tambalear los cimientos sobre los que había edificado mis creencias más sólidas en lo relativo al uso y abuso del alcohol: al porqué y a sus consecuencias, y por extensión, como una lección subyacente, a la vida en sí. Comprendí, en aquel momento, qué es lo que lleva a muchos a ahogar sus esperanzas, sus motivaciones o sus sueños, en un vaso de licor. Entendí por qué es de vital importancia elevar el listón donde un ser humano sitúa el umbral de su tolerancia al dolor: esa levadura podrida en la que a menudo fermenta la adicción. Lo descubrí a través de algunas de las historias que compartieron, en un acto de vulnerabilidad y valentía infinitas, varios de los asistentes a la reunión, narrando experiencias de su tragedia personal en la guerra diaria contra ese enemigo que jamás se bate en retirada con una sinceridad y sencillez emotiva que hacían que resultara imposible no escucharlas con el corazón en un puño.

Cada una de las historias era diferente y, sin embargo, no dejaban de ser la misma: divorcios, violencia, familias rotas, despidos, robos, condenas... Todas ellas notas discordantes dentro de una misma partitura, pronosticando un desenlace inevitable de enfermedad o de locura, y haciendo llegar, una y otra vez, a través de la marea del tiempo y del abuso continuado, un mensaje de desesperanza en el interior de cada botella, para todos aquellos que habían tenido la desgracia de convertirse, por uno u otro motivo, en náufragos de sus propias vidas.

Aún soy capaz de recordar con nitidez los rostros de alguno de los presentes en aquella reunión: todos sonreían abiertamente como un común denominador. Acusaban recibo a cada uno de los valientes que se ponía de pie, se presentaba nada más que con su nombre de pila, y compartía con el resto de nosotros su historia personal: sin disfraces ni bisutería, sin justificaciones ni medias tintas, levantándose, para todo aquel que quisiera escuchar, la gasa que cubría cada una de sus heridas más profundas. Heridas que en algunos casos aún sangraban y que, muy probablemente, nunca llegarían a cicatrizar. Hombres y mujeres que no tenían ningún rubor en reconocerse como alcohólicos, como enfermos de un mal que solo uno mismo se puede diagnosticar, y que daban las gracias a Dios (según cada cual lo entendía), por haberles proporcionado la fuerza de espíritu necesaria para mantenerse sobrios al menos un día más.

Tras cada una de las experiencias compartidas se guardaba un minuto de silencio, como si con ello se quisiera generar un espacio en blanco en el que experimentar el poso que cada intervención dejaba en el interior de sus conciencias. Así lo llevaban haciendo desde aquel día (más o menos lejano en cada caso), en que llegaron a su primera reunión; y el centenar o millar de relatos que habían escuchado desde entonces se había convertido, con el paso del tiempo, en la tinta de sus diarios, la gasolina de su motor, la razón más poderosa detrás de su sobriedad.

El encargado de moderar la sesión y de conceder el turno de palabra dio por terminadas las intervenciones y todos, incluido yo, nos cogimos de las manos haciendo un círculo alrededor de la sala. Entonces, como si se tratara de una oración, comenzaron a repetir aquellas palabras que había escuchado pronunciar de boca de Enrique la primera noche en que cené en su casa: «Señor, dame serenidad para aceptar las cosas que no puedo cambiar, valor para cambiar las que sí puedo y sabiduría para reconocer la diferencia».

La noche era cálida y el firmamento estaba cubierto por un tapiz de estrellas. Enrique me preguntó si me quedaban fuerzas para pasear un rato por el parque del Oeste antes de cenar. Le dije que sí. Tenía tantas dudas rondándome la cabeza que lo último en lo que pensaba era en comer. Al enfilar la calle del pintor Rosales vimos a unos metros de distancia, arrastrando los pies, con los hombros caídos y la cabeza gacha, a un hombre que había explicado en la reunión cómo perdió a su familia por culpa de su adicción.

—Míralo. Pobre Lucas —murmuró Enrique—. La soledad del alcohólico que ya no bebe es la más difícil de sobrellevar.

—¿Está solo? —acerté a preguntar, aún conmovido por el recuerdo de su historia.

—Completamente. No solo perdió a su mujer sino a sus dos hijas, que decidieron quedarse con su madre y no lo visitan ni en Navidad.

—¿O sea que ya habías escuchado su historia? —pregunté, confundido.

—Sí, claro, ¡varias veces! —respondió, con una sonrisa—. Aunque tengo la sensación de que hoy la contaba para ti.

—A mí también me ha dado mucha lástima. Pero al menos ha logrado dejar de beber. ¿No debería encarar la vida con un poco más de optimismo?

Enrique dejó de andar. Se detuvo en seco y yo hice lo mismo.

—¿Tú de verdad piensas que en cuanto logramos controlar la adicción nuestra vida se convierte de la noche a la mañana en «sonrisas y lágrimas»? ¿Que vamos todos juntos, cogidos de la mano y cantando hacia un horizonte arcoíris?

—No. A lo que me refiero...

—¡Los problemas siguen siendo los mismos, Samuel! Continúan estando ahí; no van a ninguna parte. Lo único que cambia con la sobriedad es que todo se magnifica y se hace más real porque no hay cómo evitarlo ni dónde esconderse. El dolor se sufre con mayor intensidad, el miedo asusta más y la soledad produce mayor sensación de abandono...

—Entonces, ¿por qué querría uno dejar de beber?

Enrique se detuvo junto a un banco a la entrada del parque y se sentó en él. Yo hice lo mismo.

—Porque no se puede insensibilizar la emoción selectivamente, amigo mío. No puedes decir: ¡aquí está toda la porquería! Aquí está el dolor, la angustia, la vergüenza, la soledad, el miedo... No me apetece sentir nada de esto, ¡voy a tomarme unas copas a ver si se me pasa! Esto no funciona así, porque si te emborrachas también estás anestesiando todo lo demás: el amor, la gratitud, la alegría de estar vivo..., y entonces un buen día comienzas a preguntarte por qué demonios no consigues encontrarle ningún sentido ni propósito a tu vida.

—Siempre he creído que uno bebe para lidiar con el sentimiento de culpa —reflexioné en voz alta, tratando de conectar los puntos de mi propia historia.

—¡No, al contrario! ¡La culpa es una bendición del cielo! ¡Bienvenida sea la culpa! No conozco un mejor antídoto contra la adicción.

—¿Me estás hablando en serio?

—Completamente —respondió sin titubear—. Si no tienes dentro de ti una dosis saludable de culpabilidad no eres más que un sociópata. Lo que de verdad lleva a uno a caer en las redes del alcohol no es la culpa: es la vergüenza.

—¿Qué diferencia hay?

—La culpa es decir: «Lo siento, ha sido un error, no volverá a suceder».

—¿Y la vergüenza?

—La vergüenza es decir: «Lo siento, *soy* un error, no volveré a aparecer». —Samuel hizo una pausa y comenzó a atarse el cordón de uno de sus zapatos que se había desanudado—. La vergüenza es esa que nos obliga a rehuir todo el tiempo la mirada del otro, la voz que nos recuerda a todas horas que no somos suficiente; que no valemos para nada ni hacemos nunca nada bien, que siempre nos las arreglamos para estropearlo todo. Es ese diablillo que vive permanentemente encima de nuestro hombro, pinchándonos la conciencia a todas horas, aconsejándonos que nos escondamos de todo y de todos antes de que se descubra que, en realidad, no somos más que un fraude, un tipo con suerte que se las ha arreglado, no se sabe muy bien cómo, para no ser descubierto aún.

—¿Qué es un alcohólico entonces, Enrique? —pregunté, angustiado ante la perspectiva de que su respuesta destapara esa verdad dolorosa que siempre me había negado a confrontar.

Enrique me miró directamente a los ojos, me puso una mano en el hombro con afecto y esbozó una sonrisa, como si hubiese comprendido a la perfección la verdadera razón de mi pregunta.

—Un alcohólico, Samuel, es alguien que está perdido y asustado en medio de un laberinto en el que nadie se molestó en colocar una puerta. Alguien que lleva tanto tiempo sin encontrar respuestas que ni siquiera es capaz de recordar la pregunta. Alguien al que las dos palabras que más reconfortan no son «te comprendo», «te acepto», o «te perdono», sino «yo también»... Alguien para el que una copa es demasiado y cien no son suficientes.

Continuamos paseando en silencio, atravesando sin rumbo fijo las entrañas del parque del Oeste, cada uno inmerso en sus propias cuitas. Al cabo de unos minutos comencé a narrarle todas aquellas cosas que me había reservado la noche de nuestro primer encuentro por temor a que me juzgara y a no mostrar la mejor versión de mí. Me atreví a hablarle de mis recurrentes problemas con el alcohol y las drogas (algo que no pareció sorprenderle). Le conté la situación actual de crisis en mi matrimonio: la petición de divorcio por parte de Susan y su posterior intento de suicidio. Por último, le confesé que había atropellado a aquel chico, justo el día antes de haber cenado en su casa, y que no encontré el valor necesario para compartirlo con él en su momento. Pero ahora ya no tenía ningún sentido ocultarle nada, porque me di cuenta de que aquel hombre que caminaba en silencio junto a mí, ayudándome a aliviar con su silencio y su sola presencia el peso de tanta carga, volvía a ser de nuevo mi mejor amigo, y lo habría sido igualmente, aunque no nos hubiéramos conocido desde los seis años.

25

La oscuridad se fue tornando penumbra a medida que íbamos aproximándonos a la salida del parque del Oeste. Al dejar atrás una pequeña alameda, en medio de una explanada recubierta de adoquines y rodeada de agua, apareció una curiosa edificación compuesta por tres monumentos de piedra de diferente tamaño, equidistantes entre sí, con reminiscencias egipcias e iluminadas indirectamente por luces halógenas colocadas a ras de suelo, que dotaban al conjunto de una belleza sublime.

Un guardia de seguridad uniformado se aprestaba en aquel momento a cerrar las puertas del monumento principal, el más grande de los tres, apremiando a los últimos turistas a que abandonasen su interior en lo que parecía ser el final de la jornada de visita.

—¿Qué es eso, Enrique?

—¿No lo habías visto nunca? —preguntó, sorprendido.

—No. Es la primera vez.

—Sí, es posible, ahora que lo dices —rectificó—. No lleva tanto tiempo en Madrid. Lo trajeron, piedra a piedra, desde Egipto. No recuerdo la fecha con exactitud, pero es muy probable que alrededor de la misma época en que te trasladaste con tu madre a Nueva York.

—¡Es espectacular! —dije, mientras me aproximaba a él para contemplarlo más de cerca.

—Lo es.

—¿Cómo se llama?

—Templo de Debod —respondió.

—¿Cuál es su historia?

—No estoy muy seguro —apuntó—. Es un regalo del gobierno de Egipto a España por una acción de buena voluntad. Es el monumento más antiguo que hay en Madrid, tiene como dos mil y pico de años. Aunque lo más significativo es que en este mismo lugar se produjo con anterioridad el levantamiento del Cuartel de la Montaña, al día siguiente del alzamiento nacional en Ceuta, el 18 de julio del 36. Creo recordar que por esa razón el templo se inauguró en aquella misma fecha casi cuatro décadas después.

El corazón me dio un vuelco al oírlo.

—Ese es el día que nació mi madre, Enrique. El día en que comenzó la Guerra Civil.

—¡Estupendo! —dijo, rodeándome el cuello con el brazo—. Entonces, a partir de ahora, el templo de Debod será para nosotros el monumento con el que Madrid quiso inmortalizar la memoria de tu madre. ¿Qué te parece?

Noté cómo los ojos se me humedecían y sentí la pulsión de abrazarlo, pero no lo hice.

—¿Te das cuenta? —continuó—. Solo llevas tres días sin probar una gota de alcohol y ya va apareciendo toda esa emoción que desde hace tanto estaba adormecida. Siempre ocurre igual. A partir de ahora verás y sentirás las cosas con mayor claridad.

Su comentario no ayudó, sin embargo, a disipar mis dudas.

—No lo sé, Enrique. Me siento tan perdido y tan cansado que ya no estoy seguro de nada. Es como si llevara años caminando por un desierto en mitad de la noche. A veces, de tanto en tanto, veo un destello fugaz en la oscuridad, allá a lo lejos, en el horizonte. Pequeños destellos de luz que prometen una claridad que nunca termina de llegar. ¿Qué me ha pasado, Enrique? ¿Cómo es posible que haya llegado hasta aquí? Una vida malgastada en pos de un sueño vanidoso e inútil.

Enrique no hizo ningún comentario al respecto, se limitó a fruncir el ceño como si acabara de darse cuenta de algo de suma importancia y, a continuación, volteó la cara hacia el monumento.

—¡Vaya! ¿Qué te parece? El templo está tratando de comunicarse con nosotros a través de ti. ¡Fascinante!

—¿Cómo dices?

—¡Shhhh! ¡Escucha…! Dice que él también fue arrancado a la fuerza de su país hace aproximadamente los mismos años que tú. Dice que también él, al igual que tú, se ve obligado cada día al «noble propósito» de entretener a los demás, y que recibe a cambio por ello toneladas de admiración con las que ya no sabe qué hacer…

—Deberías escribir horóscopos o tarjetas de Navidad. ¡Qué imaginación!

—… Dice que él también, al igual que tú, ha acabado en un lugar que no le correspondía, que él no eligió. Que, como tú, también se siente completamente solo, a pesar de estar rodeado a todas horas por una multitud, y se pregunta a cada momento justo lo mismo que te acabas de preguntar tú: «¿Qué me ha sucedido?», «¿Cómo es posible que haya llegado hasta aquí?». Escúchalo, Samuel. Escúchalo bien, porque es tu propia historia la que está escrita en esas piedras.

Me quedé observando el templo como si hubiera cobrado de pronto una nueva dimensión, como si pudiera oírlo respirar, como si pudiera compartir su dolor.

—Un templo egipcio de dos mil años de antigüedad en el centro de una moderna capital europea —añadió—. ¡Qué disparate! ¿No crees?

Comprendí al instante cuál era el mensaje que trataba de lanzarme con su comentario.

—¿Estás insinuando que mi vida en Nueva York es un error? ¿Un «disparate»?

—No estoy hablando de la ciudad. La ciudad y el templo carecen de importancia, son solo una metáfora. Lo que quiero decir es que tal vez te has empeñado en elegir una vida que no es la que te tocaba vivir.

Aquello me empezaba a sonar a filosofía *new age* y a punto estuve de hacérselo saber, pero decidí escucharlo sin interrumpir.

—Te conozco desde los seis años, Samuel. Una edad en la que todavía no hemos sido manipulados ni condicionados por lo que los demás esperan de nosotros, o por nuestro propio nivel de exigencia... Una edad en la que somos un lienzo en blanco y en la que se puede percibir con absoluta claridad nuestra verdadera esencia, nuestro talento natural, y si te tomas la molestia de mirar más de cerca, también nuestro propósito en la vida.

—¿A dónde quieres ir a parar? —pregunté, sin ocultar una cierta incomodidad.

Enrique me miró a los ojos. Se mordió el labio inferior dejando escapar un suspiro, antes de continuar.

—En tu caso, ninguno de esos talentos incluía el deseo de ser el centro de todas las miradas, el deseo de actuar frente a los demás.

—¿Cómo puedes saber tú eso? —protesté—. Hace una eternidad de aquello; solo éramos unos críos.

—Eras un tímido patológico, Samuel. Nunca he conocido a nadie igual.

—Tú aún lo eras más que yo —contraataqué.

—No, Samuel. Yo no era tímido —se apresuró a corregirme—. Yo vivía con el estigma de ser el gordo de la clase. Si hubiera tenido tu planta habría llegado a ser el más extrovertido y popular. De hecho, a día de hoy, soy el alma de la fiesta allá donde voy, porque la gente me encanta, me fascina y no me produce ninguna ansiedad. Yo nunca jugaba con los demás porque ellos no querían hacerlo conmigo, no porque no quisiera jugar.

—No tuve más remedio que escoger —interrumpí, tratando de zanjar el tema—; aquella timidez enfermiza y mi vocación no eran buenas compañeras de viaje.

Enrique soltó una carcajada.

—¿Tu vocación? ¿En serio me estás diciendo que actuar es tu vocación? ¡A mí!

—¡No sé por qué te hace tanta gracia! Lo lleva siendo desde antes incluso de marcharme a Nueva York.

Enrique se recompuso y dejó de reír en el acto.

—Efectivamente, Samuel. Más o menos alrededor de la época en la que tu hermana sufrió el accidente que la dejó inválida, ¿me equivoco? —Se aproximó y colocó su mano sobre mi hombro—. ¿Pero es posible que después de todo este tiempo no te hayas dado cuenta aún?

Un escalofrío me recorrió la columna y me deshice de su mano con una sacudida violenta.

—¿De qué? ¿De qué coño me tengo que dar cuenta, Enrique? ¡Dímelo tú, que pareces tener respuesta para todo, a pesar de que tu vida está aún más jodida que la mía!

Tan pronto lo hube escupido me mordí la lengua.

—Vaya —dijo, encajando el golpe—. Parece que voy a tener que llevarte de copas para controlar toda esa emoción.

—Perdona… No quería decir eso. Has mencionado a mi hermana y…, bueno… con su muerte tan reciente, yo…

—Sara había muerto para ti mucho antes, Samuel, no te engañes —me interrumpió—. Más de treinta años antes, el día en que cayó rodando por aquellas escaleras. Y todo lo que representaba murió ese día también. Todos esos talentos y dones que ella sí poseía para actuar, para acaparar todas las miradas, dejaron de tener valor. Su luz se apagó de repente. De todos modos, tu hermana sí había nacido para estar arriba de un escenario; tú no. Tal vez en tu inocente y aún confusa cabeza de niño debiste de pensar que si tu padre se había mostrado siempre tan orgulloso de ella por todas aquellas virtudes, quizá tú, esforzándote en adquirirlas poco a poco, en hacerlas tuyas, ahora que aquel espacio quedaba vacío... —Enrique hizo una pausa, antes de continuar—: Lo que resulta más conmovedor, Samuel, es que, después de treinta y tres años, todavía sigas luchando por hacer realidad la que ha sido desde siempre tu mayor obsesión: llegar a ser como Sara para conseguir que tu padre se sienta por fin orgulloso de ti. Has superado con creces la primera parte de tu objetivo, eso no te lo puede negar nadie; la segunda, sin embargo, no. ¿Y sabes por qué? Porque el amor no es una ecuación matemática que da siempre el mismo resultado si introduces las mismas variables, y dónde lo entregamos, o dejamos de hacerlo, es en la mayoría de los casos todo un misterio para nosotros mismos. Tu padre eligió a Sara y no a ti por cosas en las que ni ella ni tú teníais nada que ver. Con todo, resulta sobrecogedor que la persona que más influencia ha ejercido sobre tu vida sea alguien a quien llevas sin ver desde los doce años y que nunca ha querido saber nada de ti.

Una ola de calor invadió todo mi cuerpo y una sensación extraña, como de vértigo, se apoderó de mí. Era como si sus palabras hubiesen logrado atravesarme el pecho y un torrente de agua estancada, acumulada durante años como una ciénaga de emoción podrida, se desbordase en mi interior. Una emoción que brotaba ahora en un llanto sin consuelo en forma de cascada de liberación y alivio.

Enrique no dijo nada. Se alejó a una distancia prudencial y se sentó en un banco próximo.

No recuerdo cuánto tiempo permanecí así, con la mirada perdida en aquel templo egipcio que parecía temblar y desdibujarse a través de mis lágrimas como si fuera el reflejo en un oasis de los que proliferan en su lugar de origen. Lo que sí recuerdo con nitidez es que a medida que Enrique las había ido pronunciando no me fue difícil reconocer en sus palabras el velo transparente de la verdad, con el que inexplicablemente yo me había vendado los ojos todos estos años.

Me enjugué las lágrimas, aún entre sollozos, y me acerqué hasta el banco donde él estaba sentado.

—Eres… un hijo de puta, ¿lo sabías? —fue lo primero que acerté a balbucear, desplomándome junto a él.

—Sí. Ya lo sé. Mi padre se encarga de recordármelo cada día —respondió con ironía—. ¿Cómo estás?

—Como si me hubiese quitado treinta kilos de encima —respondí, dejando escapar un estertor de congoja.

—¡No me digas! ¡Vaya un tío con suerte! ¡Y yo que tuve que ponerme a correr maratones durante años para conseguirlo!

—No me hagas reír, por favor —dije, secándome las humedades de los ojos con un pañuelo—. Lo último que querría es que me saliera un arcoíris en la cara.

Enrique se recostó sobre el banco, satisfecho.

—Al final, será cierto eso de que la verdad nos hace libres, ¿no te parece?

—Es posible —apostillé.

Probablemente aquella proposición fuese cierta, pero haber logrado desentrañar el enigma del porqué de mi permanente insatisfacción en la vida no me daba soluciones ni respuestas para una pregunta que acababa de instalarse en mí como un huésped no bienvenido, y que jamás había tenido necesidad de formularme hasta ese momento.

—¿Y ahora qué?

—Pues ahora que te he matado y contado veinte, me temo que no te queda otra que volver a la casilla de salida. Las reglas siempre han sido las mismas para todos.

Aquella no era la respuesta que estaba esperando, por mucho que quisiera endulzarla con su analogía.

—En menos de un mes cumplo cuarenta y cinco años. Un poco tarde para permitirme el lujo de «volver a la casilla de salida». ¿No te parece?

Enrique arqueó las cejas, abriendo los ojos como platos.

—¡Pero si ni siquiera has acabado de jugar la primera parte del partido, Samuel!

—¿A qué te refieres? —pregunté, sin entender su comentario.

—Permíteme que utilice un símil futbolístico —repuso—. Todo en esta vida se explica y se entiende mejor a través del fútbol. No lo digo yo, está comprobado científicamente por la NASA.

—Pues dispara —repliqué, aceptando entrar en la convención—. Porque si te soy sincero ahora mismo no se me ocurre cómo darle la vuelta al marcador.

Enrique se tomó su tiempo antes de empezar.

—La vida es como un partido de fútbol, Samuel. Está dividida en dos partes. Si te cuidas, haces las cosas medianamente bien y procuras de alguna manera no irte a la calle por una tarjeta roja antes de tiempo, es muy probable que el día de mañana llegues hasta los noventa. Pues bien, cualquier entrenador que se precie sabe que lo importante tiene lugar en las segundas partes, a partir del minuto cuarenta y cinco. Ahí es donde introduce los cambios de sistema y de jugadores, y es ahí donde también, en la mayoría de los casos, se ganan o se pierden los partidos…

—¿Y? —interrumpí—. ¿Adónde quieres ir a parar?

—Tú vas a cumplir cuarenta y cinco en poco más de tres semanas, ¿no es cierto?, tiempo más que suficiente para que reflexiones y decidas qué cambios vas a introducir a partir de entonces.

—Ese es el problema, Enrique. Que ni siquiera estoy seguro de que haya algo que cambiar.

—Bueno, parece que la vida te está dejando bastantes pistas —atajó—. Es más, creo que de alguna forma, y según tú mismo me has contado, ya está tomando algunas decisiones por ti.

—¿Cómo cuáles? —pregunté, más desconcertado que al principio.

Enrique dejó escapar un leve suspiro de resignación.

—¡Cuánta razón tiene el dicho ese de que no hay más ciego que el que no quiere ver!

—¡Déjate de lugares comunes y acertijos, por favor, y dime lo que tengas que decirme de una vez! —protesté.

—Está bien. Cómo quieras. Si la montaña no va a Mahoma...

—¡... la montaña no va a ningún sitio! —apostillé, impaciente.

Enrique se dejó caer hacia atrás, apoyando ambos brazos sobre el respaldo del banco, antes de comenzar a hablar:

—¿Te parece casual que justo la misma noche que celebras tu mayor éxito profesional recibas una llamada de tu padre, con el que no tienes ningún contacto desde niño, informándote de la muerte de tu hermana? Quizás la única razón en el mundo que te podía traer de vuelta a España. ¿Te parece casual, además, que apenas tres días después, cuando te dispones a coger un vuelo de regreso, atropelles a un chico que en estos momentos está ingresado en la unidad de cuidados intensivos...? Seguramente lo único que te podía retener en el país... ¿No te parece que hay algo, o alguien, que ya está tomando decisiones importantes por ti?

—No son más que meras coincidencias, Enrique, por favor... —dije, sin querer enmascarar una cierta condescendencia—. No quieras buscarle tres pies al gato.

Sinceramente, no me había parado a pensar en ello, pero me parecía una soberana estupidez proponer la idea de que ambos acontecimientos pudiesen estar relacionados entre sí. Siempre me habían irritado esos iluminados que creían percibir señales o mensajes ocultos por todas partes; que estaban convencidos de que el universo y sus misterios eran una serie de códigos encriptados que algunos habían encontrado la forma de desentrañar.

—¿En serio? —prosiguió Enrique—. ¿También es una coincidencia que tu mujer te pida el divorcio justo cuando está sucediendo todo esto? ¿O que tu propio organismo decida, literalmente, de la noche a la mañana y sin previo aviso que ya has tenido suficiente, autogenerándose una intolerancia al alcohol...? ¿De verdad no ves en todo ello alguna señal de que el cambio ha comenzado a producirse ya, a pesar de ti?

—Te reconozco el mérito como terapeuta —dije, sonriendo y sin hacer mucho caso a su diatriba—, pero como adivino estás aún a años luz.

—Samuel —dijo, serio de repente—, sea lo que fuere que has venido a hacer a España tiene que ver con encontrarte a ti mismo y con hacer cambios en la segunda parte del partido. El universo, de un modo todavía invisible para ti, está empeñado en que lo ganes.

—¿Y tú cómo puedes estar tan seguro?

—Porque fue exactamente lo que me sucedió a mí.

—De todas formas, esos cambios de los que me hablas no te garantizan la victoria —dije, tratando de refutar su teoría—. Siempre puedes acabar perdiendo.

—Hay un modo en el que es imposible no ganar —observó, esbozando una sonrisa cargada de intención.

—¿En serio? ¿Y cuál es? Si se te está permitido revelar el mayor secreto del universo, claro está.

—Cuando el equipo no se encuentra a gusto en el terreno de juego, cuando cada ocasión de gol es otra oportunidad fallida, cuando nada parece funcionar... —susurró, siguiendo con el símil futbolístico—, lo mejor que uno puede hacer es permitir que cada jugador elija la posición que desea ocupar en el campo, tirar la pizarra de las tácticas y las estrategias bien lejos, repantigarse cómodamente dentro del banquillo, y esperar a que suceda la magia... —Enrique volvió a incorporarse hacia adelante, como si fuera a desvelarme un gran secreto—. Es imposible perder así, Samuel —continuó—, porque en el hipotético caso de no conseguir la victoria al terminar el partido se habrá llegado al final de los noventa minutos con la absoluta certeza de que ha merecido la pena jugar cada segundo. Y en la vida eso es lo único que de verdad importa, ya que poca o ninguna trascendencia tiene el resultado tras el pitido final. Allá a donde vamos no hay ligas ni copas. —Permanecí un largo rato en silencio, sin querer añadir ni restar nada a aquel momento—. Venga, vámonos a cenar. —Se levantó—. Tú estarás lleno de alimento para el alma pero yo estoy ya que no me tengo en pie.

Nos fuimos caminando en dirección al metro de plaza de España donde Enrique debía de coger el tren. Apenas hubimos recorrido cien metros se detuvo en seco, como si de pronto recordara haber dejado atrás algo de valor.

—¡Espera! —exclamó—. ¡Pero si se nos olvida lo más importante!

Enrique desapareció detrás de un seto de arbustos que había a la entrada del parque. Desde mi posición no me fue posible distinguir lo que estaba haciendo. A los pocos segundos regresó con un ramillete de flores de variedades distintas.

—¿Y eso? —pregunté, extrañado.

—Ven. Sígueme —dijo, sin responderme.

Retrocedimos de nuevo junto al templo de Debod. Enrique dividió el ramillete en dos más pequeños. Me entregó uno a mí y él se quedó con el otro. Tras permanecer unos segundos en silencio se santiguó y lanzó a lo lejos las flores, que cayeron mansamente sobre el agua del foso que lo rodeaba.

—¡Por la señora María! —dijo, finalmente.

Me invitó con la mirada a que yo hiciera lo mismo. Las lancé con fuerza y se deslizaron con suavidad junto a las suyas.

—Por mamá… —susurré, mientras contemplaba ensimismado su respuesta silenciosa en forma de ondas en el agua.

26

From: samuelpalacios1965@gmail.com
To: svetlanakafelnikova@aol.com

Querida Susan:

He pasado los últimos días desde que recibí tu correo tratando de elaborar una respuesta que se ajustara lo más fielmente posible a aquello que sentía en relación a tu petición de divorcio y a todo lo que ha sucedido a continuación. No me ha sido posible; en parte, porque era consciente de lo mucho que había en juego, y en parte, porque, aunque te cueste creerlo, esta vez no pensaba solo en mí.

No puedo explicarte con detalle todo lo que me ha ocurrido en Madrid en apenas una semana. Temo que creas que se trata de una estratagema para ganar tiempo, para generar algo de comprensión en ti, y no es así.

Ante todo quiero dejar muy claro que no hay nada que desee más en este mundo que estar al lado de tu cama en esa clínica de rehabilitación, a pesar de que entiendo perfectamente tu postura y la de tu padre respecto a que transcurra un tiempo prudencial antes de volver a vernos y, tal vez, después de todo, sea mejor así. Necesitas descansar, ver la vida con otros ojos, como decías en tu carta, y dejar atrás este mal sueño.

Claro que recuerdo los paseos junto al East River de los que me hablas en tu correo. Recuerdo aquellos helados también: tú siempre lo pedías de limón, porque decías que tu vida ya era bastante dulce y a veces resultaba empalagosa. Yo probé esos dos sabores a un tiempo, el ácido y el dulce, en aquella ocasión en la que te quité, con aquel primer beso, los restos de limón que se habían acumulado junto a una de las comisuras de tus labios. Restos que tal vez imaginé, o que deliberadamente dejaste ahí.

Hay tantas cosas de mí que no sabes, Susan, tantas que yo mismo desconocía y que estoy apenas comenzando a vislumbrar, que ni siquiera tengo muy claro por dónde empezar. Lo cierto es que toda mi existencia no ha sido más que una farsa, un monólogo mal interpretado, una pantomima sin sentido en la que cada personaje, cada sueño, cada pequeña victoria, traía consigo fecha de caducidad. Todo menos tú. No obstante, fui poco a poco excluyéndote de mi vida al tiempo que me iba ausentando de la tuya: esa que me entregaste sin exigir nada a cambio mucho antes de nuestra boda en los Hamptons; esa que has estado a punto de quitarte por algo tan absurdo como es el amor mal correspondido de un patético personaje de ficción: un bufón sin gracia, en una obra mal escrita.

No tengo derecho a exigirte nada, esa es la verdad; ni tú tienes nada que demostrarme a mí. No existe ningún reproche, ningún pero, que pueda ponerle a cualquiera de los millares y millares de días que elegiste permanecer junto a mí, a pesar de mí.

Recuerdo una vez en la que me dijiste que el problema de nuestra relación era que los dos estábamos enamorados de la misma persona, pero eso no es cierto. Tú sí lo estabas de mí, mientras que yo nos odiaba a ambos: a ti por estarlo ciegamente, a mí por no ser capaz de hacerlo.

La poca dignidad que me quedaba como ser humano la empleé, consciente o inconscientemente, en separarte de mí.

Nos alejamos de las personas que más nos importan no por aquellos actos injustos, dañinos o desleales que cometen contra nosotros, sino por los que cometemos nosotros contra ellas, en un desesperado intento de protegerlas de nuestra maldad.

Sé perfectamente que soy el origen y el fin de tus problemas con el alcohol. Me consta que empezaste a beber para percibir un mundo nuevo a través de mi propia realidad distorsionada, para entender y habitar el mismo universo que yo, y en última instancia, para huir del dolor que te producía mi dolor. Hemos sido tres amantes en ese matrimonio, Susan: tú, la bebida y yo. Tú has decidido abandonarnos a los dos, mientras que a mí me habéis abandonado ambas.

No he vuelto a beber desde el día después de tu ingreso. No voy a mentirte, no he tenido nada que ver en la decisión. Simplemente mi cuerpo ha dicho basta. Algo, o alguien, ha tomado esa decisión por mí. Y, sin embargo, gracias a ello y a pesar de la distancia que nos separa, por primera vez en mucho tiempo creo poder volverte a ver. Y ahora que soy capaz de verte no estoy seguro de querer decirte adiós. No es lo mismo que te amputen una pierna gangrenada que una que ha sanado y ya no duele. Y estoy convencido de que eso puede ser de nuevo nuestro matrimonio: un órgano vital que, milagrosamente, recibiendo los cuidados y atenciones necesarios, logrará sanar con el tiempo.

Lo cierto es que yo también estoy en una clínica de rehabilitación como tú. Rehabilitación en el sentido literal. En la tuya hay sanatorios, charlas y un psicólogo. En la mía hay templos, reuniones y un amigo. Pero los dos estamos en medio de nuestra encrucijada, decidiendo qué camino tomar a partir de ahora.

El destino vuelve a repartir las cartas y nos regala a ambos una oportunidad. A ti te ha salvado la vida; a mí me la ha puesto delante. Nada me gustaría más que acompañarte en algún tramo del camino que decidas tomar, cogerte de la mano con fuerza, e irnos juntos, entre besos y risas, a por otro helado, como en aquellos paseos de juventud junto al East River.

Uno de un sabor que sea muy dulce. Uno que no sea de limón.

27

Era un día espléndido. Lo supe en cuanto abrí los ojos, aún envuelto por la oscuridad opaca que reptaba por aquella *suite* de esquina a esquina. Lo supe sin necesidad de abrir cortinas ni balcones. Lo supe porque había decidido que así fuera.

El reloj situado sobre la mesita de noche señalaba las doce del mediodía. No podía dar crédito y llegué a valorar la posibilidad de que se hubiese parado en algún momento de la noche. Había dormido once horas del tirón, más del doble de lo que solía ser habitual en mí, incluso en aquellas ocasiones en las que llegaba a casa borracho y sin tenerme en pie. Un sueño plácido, profundo, reparador, desprovisto de las pesadillas y las sombras que solían agitar mi descanso y a las que me había acostumbrado con los años como el que se acostumbra al oleaje en alta mar, o al constante traqueteo de un tren en la distancia. Me sentía extrañamente... bien. No puedo describirlo de otro modo. Simplemente lo estaba y, para mi sorpresa, no había tenido que suceder nada extraordinario para que así fuera.

Permanecí tumbado en la cama, con la habitación a oscuras y la mente en blanco, hasta que decidí ponerme en marcha.

Tras ducharme y vestirme bajé al *hall* del hotel donde, un día más, el incombustible Fermín se encontraba atendiendo sus tareas de conserjería. Esta vez fui yo quien se adelantó.

—Buenos días, Fermín.

Alzó la vista y me lanzó de soslayo una mirada inquieta, expectante, seguramente mortificado por la vergüenza y asustado por las funestas consecuencias que podía prever tras aquel incidente del día anterior en el que intuí con acierto que había permanecido al otro lado del aparato en mi conversación telefónica con Enrique. Me dispuse a aplacar sus dudas y cualquier resquemor que pudiera haberle ocasionado aquel inocente y desafortunado desliz que, muy lejos de enojarme, me había hecho cierta gracia, y no dejaba de ser una muestra más de aquel carácter suyo tan peculiar, que había pasado de parecerme ridículo y esperpéntico en un principio a resultarme simpático, y hasta encantador.

—Buenos… días, señor Palacios —dijo, tras un ligero carraspeo y bajando la mirada.

—Vaya mala pata ayer la selección, ¿no?

Fermín alzó la mirada y se quedó en silencio, sopesando si aquella frase no era más que un vano intento de entablar conversación casual, o si se trataba de algún mensaje subliminal.

—¿Se refiere usted al partido de fútbol de España? —preguntó, timorato.

—¿A qué me voy a referir, si no? —pregunté, a mi vez, con el tono más alegre y despreocupado del que fui capaz.

—Verá usted, señor Palacios, yo es que no soy muy de fútbol —dijo, arrastrando las palabras, inseguro de hacia dónde iba la conversación—. Aunque claro, como español, duele, qué duda cabe.

—Tenías que haber visto a Enrique —dije con intención, forzándome a reír al mismo tiempo—. Ya te lo puedes imaginar. ¡Se lo llevaban los demonios!

Fermín comenzó, a su vez, a reír tímidamente.

—Sí, me lo puedo imaginar…

Aquella risa forzada de ambos fue *in crescendo* por contagio hasta convertirse en una carcajada en toda regla a la que tardamos un buen rato en poner fin.

—Bueno... que tengas un gran día, Fermín —dije, tratando de atenuar la risa y secándome las lágrimas con el dorso de la mano.

Apenas me hube alejado unos pasos Fermín volvió a reclamar mi atención.

—Señor Palacios...

—Dime, Fermín.

—Gracias...

Y sacó de su bolsillo un pañuelo blanco con el que comenzó a secar las suyas.

Había esperado que llegara aquella tarde de sábado con gran expectación desde el momento en que Marcial me invitó a presenciar una de las sesiones del aula de teatro de la fundación. Sentía una curiosidad bárbara por saber cómo se desenvolvían aquellos chicos en esas lides.

A decir verdad, sentía un cierto desasosiego al albergar el secreto temor de que alguien hubiera podido correr la voz, y, una vez allí, me viera descubierto y señalado como el culpable del atropello de Antonio.

La cita era a las cinco en punto de la tarde y apenas era la una y media cuando salí del hotel. Mis pies, como autómatas, se encaminaron en dirección al parque del Retiro.

Me senté en una terraza frente a un estanque donde se alquilaban pequeñas embarcaciones de madera. Una atracción que parecía gozar de gran popularidad, a juzgar por la cantidad de gente que esperaba su turno en la cola. Me recordaba una versión a escala de the Pond, en Central Park, una laguna diseñada y construida por la mano del hombre, donde familias, grupos de amigos o parejas de enamorados, disfrutaban a golpe de remo del sol, la brisa y el paisaje, en los atemperados meses que comprenden desde el principio de la primavera hasta el comienzo del otoño en el parque más famoso del mundo.

Pedí un bocadillo de jamón, una cerveza sin alcohol, una bolsa de patatas y unas aceitunas, y me dediqué exclusivamente a observar y a escuchar. Puse especial atención en las conversaciones que mantenía la gente de las mesas colindantes. Lo hacía sin ánimo de juzgar o curiosear. Deseaba tan solo conocer cómo eran las vidas de los otros en aquella ciudad que un día fue la mía: qué les preocupaba, qué les divertía, qué les molestaba, qué les motivaba... Fue un auténtico baño de realidad. Aquellas vidas, tan sencillas en apariencia, estaban en las antípodas de la mía. La de aquella compleja y atormentada estrella de teatro. Y entonces, ese sentimiento de superioridad frente a mis semejantes, que contrastaba con aquel otro de la infancia en el que el miedo a los demás me mortificaba, se fue desvaneciendo poco a poco, como si se tratase de alguna de aquellas pequeñas embarcaciones de madera que, habiéndose llenado de agua, se hundiera ahora mansamente en el estanque de mis viejos prejuicios.

Permanecí sentado en aquella terraza por espacio de dos horas. Aún no eran las cuatro, así que decidí hacer tiempo dando un paseo por el interior del Retiro hasta llegar al Museo del Prado, un lugar que nunca visité durante aquellos doce primeros años de vida en Madrid.

No había mucha gente en el interior del museo. Recorrí alguna de sus salas. Observaba con curiosidad y admiración aquellos cuadros que rescataban imágenes de antiguos libros de texto en mi etapa de estudiante en los dominicos. No permanecía por demasiado tiempo delante de cada pintura. Solo el justo y necesario. Me pregunté entonces: ¿cuánto tiempo hay que permanecer observando un cuadro? ¿Qué indica el sentido común? Si pasas por encima y sin detenerte delante de cada obra maestra pareces un tipo carente de sensibilidad y cultura, incapaz de apreciar el arte con mayúsculas. Si te quedas absorto delante de alguna de ellas pareces un diletante engreído, y, francamente, un auténtico imbécil. Así pues, ¿cuánto tiempo debe permanecer uno mirando un cuadro? Tal vez sea ese, aún a día de hoy, uno de los mayores enigmas por resolver de la humanidad.

Al salir del museo tomé un taxi y le indiqué al taxista que me llevara a la dirección donde se encontraba la Fundación Síndrome de Down.

Recordaba vagamente las instalaciones, de tal modo que me dirigí al despacho de Marcial. Pero antes de hacerlo entré en el cuarto de baño, donde, para mi sorpresa, lo encontré orinando.

—¡Samuel! Qué bien que hayas podido venir.

—Sí —respondí, situándome frente al inodoro más próximo al suyo, pretendiendo hacer lo propio, pese a no tener ganas—. Sentía mucha curiosidad.

—Perdona que no te dé la mano —dijo, exponiendo la obviedad.

Marcial terminó y yo fingí hacer lo mismo. Seguidamente, ambos nos dirigimos a lavarnos las manos.

—¿Hay noticias de Antonio? —dijo, mientras se las enjuagaba.

—No, que yo sepa —respondí—, aunque no he vuelto a hablar con Rosa desde el miércoles.

—Imagino que si hubiese habido alguna novedad ya nos lo hubiesen comunicado —conjeturó, alzando la voz por encima del ruido del secador de manos—. Estas cosas enseguida se saben.

—El médico que lo está tratando, el doctor Velasco, me dijo que aún era pronto para determinar, que habrían de transcurrir dos o tres semanas antes de poder hacer una valoración definitiva —expliqué, secándome las mías.

Marcial se recompuso frente al espejo, y una vez el secador de aire caliente completó su ciclo, se aproximó a mí con una amplia sonrisa en los labios, ofreciéndome su mano.

—Ahora, sí.

Nos dimos un fuerte apretón, y le devolví la sonrisa contagiado por la suya.

—Gracias por venir —dijo.

—Gracias a ti por invitarme.

—Vamos. Ya va siendo hora de que los conozcas.

Recorrimos el pasillo que atravesaba el *hall* de la entrada y subimos un tramo de escaleras. A mano derecha se encontraba una puerta pintada de verde sobre la que había rotulada una inscripción que creí reconocer de inmediato, puesto que pertenecía al primer verso del celebré soliloquio de Jacques en *Como gustéis*, de Shakespeare, aquella obra de teatro en cuya noche de estreno conocí a Susan: «El mundo es un gran escenario, y simples comediantes los hombres y las mujeres…».

En el aula había aproximadamente una quincena de chicos y chicas de edades comprendidas entre los diez y los veinte años, todos ellos con los rasgos faciales característicos del síndrome de Down. En aquel momento bailaban como locos una canción pop de un cantante español que no reconocí. Nuestra presencia no pareció interrumpirlos, y siguieron bailando ajenos a nosotros mientras Marcial hacía las presentaciones pertinentes con Ramón, el voluntario encargado de impartir las clases y de dirigir el montaje en el que llevaban trabajando, según él mismo me explicó, desde hacía cuatro o cinco meses.

Ramón me acercó una silla y la colocó junto a la suya, invitándome a que me sentara. Cesó la música y demandó silencio y atención. Los chicos obedecieron a regañadientes. Les informó de que no iban a realizar juegos ni improvisaciones en aquella ocasión y que pasarían directamente a hacer un pase completo de la obra, que al parecer estaba montada desde hacía un par de semanas. Uno a uno, se fueron colocando al final del aula, esperando que llegara el turno de su intervención. Cinco chicas y un chico permanecieron en el centro del espacio que hacía las veces de escenario, ante la atenta mirada del resto de sus compañeros.

Ramón me susurró entonces que la obra en la que habían estado trabajando era *La sirenita*, basada en un cuento de Hans Christian Andersen. Eligieron aquella pieza (que apenas tuvieron que adaptar), por el hecho de que se había llevado al cine con anterioridad, convirtiéndose en un éxito de taquilla sin precedentes y un referente para la mayoría de los chavales de aquella edad. Todos se sabían los diálogos de la película de memoria y eso facilitaba su puesta en escena. Además, el texto, pese a alejarse del patrón recurrente de final feliz, tan presente en la literatura infantil, hablaba de ser fieles a los dictados del corazón por encima de cualquier otra cosa, y era precisamente la integridad uno de los valores que la fundación más deseaba inculcar entre aquellos jóvenes. La sirenita, enamorada del apuesto príncipe, ve cumplido su deseo de convertirse en un ser de carne y hueso y de morar en la tierra, un lugar hostil donde enseguida se siente perdida, asustada, diferente y fuera de lugar, un sentimiento con el que muchos de aquellos chicos podían llegar a identificarse.

La introducción musical que servía de antesala de la obra comenzó a sonar en el aula, mientras aquellas cinco jóvenes sirenas nadaban y hacían cabriolas alrededor de su padre, el rey de los mares. Yo me recosté en la silla y respiré hondo, dispuesto a sumergirme con ellos…

Creo recordar que fue Pablo Picasso quien dijo en una ocasión: «Todos los niños nacen artistas. El desafío es que lo sigan siendo cuando crecen». Nunca había tenido la oportunidad, ni el interés, de acudir a ninguna representación de teatro infantil en Nueva York, pero aquella célebre frase del genial pintor cobró, súbitamente, un nuevo significado para mí. Su nivel de implicación era tan abrumador y había tanta verdad en todas sus acciones, que por momentos llegué incluso a imaginar burbujas ascendentes acompañando cada una de sus intervenciones. No había esfuerzo, no había vanidad, no había máscaras. Aquel escenario improvisado era su patio de recreo, aquel océano profundo su verdadera casa.

La más joven de las hermanas, la sirenita que daba nombre al título de la obra, fue braceando hacia la superficie, vio al apuesto príncipe, que flotaba inconsciente en el agua tras el naufragio de su navío, y lo arrastró con suma delicadeza hacia la orilla con la intención de salvar su vida... De ahí en adelante mis ojos quedaron prendados de aquella deliciosa criatura durante el resto de la representación.

No le calculé más de once o doce años. Tenía el pelo rubio y muy rizado, y llevaba unas gafas de pasta a juego con sus rasgados ojos verdes. Se movía como pez en el agua sobre el escenario, y esa naturalidad y desparpajo lo acompañaba de un colorido en la inflexión de su voz y una sinceridad en el uso de la palabra que a buen seguro hubiese dejado con la boca abierta, y serias dudas existenciales, al estudiante más aventajado de la prestigiosa Juilliard de Nueva York.

Transitaba por la alegría con idéntica sencillez y destreza con que lo hacía a través de la tristeza; y cuando, en la escena final, tras haber fracasado en su irrenunciable propósito de enamorar al príncipe, se cumplía el maleficio que la condenaba a ser por toda la eternidad esa espuma de mar que la ola moribunda deja como beso en prenda sobre la orilla, su espíritu comenzaba a ascender, lentamente, al encuentro de «las hijas del aire», en dirección a aquel etéreo reino de las almas inmortales; y a uno le parecía entonces estar ascendiendo tras ella, siguiendo el desdibujado rastro que acababa de dejar su estela.

—¿Quién es ella, la sirenita? —pregunté sin dejar de aplaudir.

—Es Alma —respondió Ramón—. La hija de Marcial.

—Alma..., claro.

Y entonces acudió a mi memoria aquella fotografía que días antes me había mostrado Marcial en su despacho... y su historia cobró así un nuevo sentido.

28

La semana siguiente resultó ser un paréntesis de cordura en medio de la vorágine. Parecía como si todas mis tribulaciones, sinsabores y amarguras se hubieran desvanecido de pronto, o por lo menos se hallaran suspendidas temporalmente. Recorrí Madrid a pie, de norte a sur y de este a oeste, con la mirada limpia y fresca de un forastero recién llegado, con la agilidad en los pies de un turista de antaño, ávido por impregnarse de la cultura, la historia y el pulso de la ciudad durante el breve espacio de tiempo de su viaje. Dejaba cada mañana el reloj en la habitación; no me importaba saber la hora y me guiaba tan solo por la que veía, de tanto en tanto, en el reloj de alguna iglesia o de alguna marquesina publicitaria. Podría haber continuado sin hacer otra cosa durante semanas, es cierto; nómada errante en mi propia ciudad abandonada. Pero pocos tienen la consciencia o la fortuna de llegar en algún momento a comprender que a través de esa cotidianeidad y desapego se va tallando día a día el diamante de nuestra existencia, y por aquel entonces yo aún estaba a años luz de contarme entre uno de ellos. Las cosas que más valor tienen, por definición, las más hermosas, son las que no se compran ni se pagan con dinero, y Madrid, con sus parques y rincones, sus iglesias y tejados, y aquellos atardeceres imposibles de color magenta, se convirtió para mí, en aquella idílica semana de exilio, en el más valioso de los tesoros. Un tesoro para el que ya nunca más habría de necesitar un mapa.

El lunes a primera hora de la mañana me acerqué hasta una librería ubicada en la Gran Vía. Adquirí cuatro ejemplares de la obra de Gabriel García Márquez: *Cien años de soledad* (aquella novela que comenzó a leer para ayudarme a conciliar el sueño la joven colombiana que había conocido días antes en el burdel París), *El coronel no tiene quien le escriba*, *El amor en los tiempos del cólera* y *Memorias de mis putas tristes*, un título que me llamó la atención tanto por su crudeza como por la extraña coincidencia de que hubiese sido precisamente aquella «puta de ojos tristes», a la que bauticé con el nombre de Michelle en recuerdo de mi amor de juventud, la primera que me descubriera a su autor; como si ella misma fuera uno de los personajes a los que se hacía mención en el título de la novela, y que, cansada de vivir en un universo inventado de negro sobre blanco, hubiese logrado escapar de entre sus páginas con el fin de encontrarme aquella noche, acunarme con una de sus más bellas historias y mostrarme las virtudes del creador que la soñó.

Y así fueron transcurriendo aquellos días tranquilos, entre paseos, siestas y lecturas. Al regresar al hotel, siempre después del crepúsculo, abría el ordenador y comprobaba con desánimo que Susan seguía sin responder al correo que le había enviado días antes. Su silencio dolía más que su petición de divorcio.

Decidí aparcar mis frustraciones durante el fin de semana y el sábado, a eso del mediodía, abandoné el hotel en dirección al Gregorio Marañón.

Me acerqué hasta el mostrador de recepción y le pregunté a la enfermera si sería tan amable de comunicar con la planta de cuidados intensivos para que alguien le informara a Rosa de mi presencia. Minutos más tarde estábamos sentados, uno frente a otro, en una apartada mesa de la cafetería.

A pesar de que me comentó que todo seguía igual, reconocí en ella un halo de esperanza que no percibí en sus ojos en nuestro primer encuentro. Seguramente el cansancio había ido acumulándose en proporción a sus horas de vigilia, y, aun así, tenía mucho mejor aspecto que el día en que la conocí. Debía de tratarse de una intuición muy íntima, no cimentada en las observaciones y los partes médicos que recibía a diario del doctor Velasco, puesto que este, fiel a su carácter adusto y pesimista, apenas dejaba caer, según ella misma me explicó, «que cada día que pasaba era una batalla vencida, pero que aún quedaba mucho para ganar la guerra». Estuvimos, asimismo, hablando de los acontecimientos que se habían precipitado en la Fundación Síndrome de Down tras mi donación y cómo, paradójicamente, cuando aquella horrible pesadilla hubiese quedado atrás y Antonio volviera otra vez a correr y a jugar, esa terrible desgracia acabaría teniendo, contemplada desde la serenidad de la distancia, un final feliz. No estuvimos más de quince minutos juntos, lo suficiente para ponernos al día de todas estas cuestiones, y Rosa regresó de nuevo a la unidad de cuidados intensivos. Antes de hacerlo, mientras yo sacaba unas monedas para pagar los cafés, me miró directamente a los ojos, colocó su mano derecha con suavidad sobre mi mejilla y dijo:

—Eres un buen hombre, Samuel. No trates de convencerte lo contrario.

El domingo me levanté tarde y únicamente salí de la habitación en todo el día para bajar al restaurante del hotel durante el *Sunday brunch*. Tan pronto regresé de almorzar me senté delante del ordenador y comencé a escribir una extensa carta a mi mujer, sin levantar la mirada de la pantalla ni los dedos del teclado por espacio de tres horas. Envíe aquel email finalmente, que tras una escrupulosa labor, más de borrones que de palabras, decía lo siguiente:

> Querida Susan:
>
> Llevo toda la semana pensando en ti. No puedo dejar de preguntarme cómo vas evolucionando en tu recuperación.
>
> Lo cierto es que, lo creas o no, te echo mucho de menos.

Algunas tardes me veía con Enrique. Quedábamos en su casa para ver algún partido de la selección, que iba acumulando victorias y pasando rondas, o me acercaba por su taller a la hora de comer. En una ocasión se me ocurrió preguntarle si no había pensado en rehacer su vida junto a otra mujer. Él, sonriendo y mostrándome su alianza, me respondió que aún estaba casado, y que la ausencia de su mujer no era más que una cuestión de perspectiva y un problema de logística.

Una tarde, poco después de cerrar el taller, le acompañé dando un paseo hasta su casa. Enrique detuvo la marcha frente al escaparate de una librería y se quedó abstraído, observando el interior.

—No sé por qué no te conté esto en su día —dijo, con la mirada perdida en aquel escaparate—. No entiendo por qué me lo callé.

—¿De qué estás hablando? —pregunté, deteniéndome junto a él.

—¿Te acuerdas del padre Alfonso, el Cuervo, nuestro profesor de lengua y literatura en los dominicos?

—¡Cómo iba a olvidarlo! —respondí sin vacilar—. Fue el único que me puso un sobresaliente en toda mi vida.

—A eso voy, precisamente —dijo, como si de pronto algo le remordiera la conciencia—. El Cuervo acababa de entregarnos las calificaciones del examen de la última evaluación de séptimo: una redacción de final de curso. Yo había sacado un cuatro y medio, lo cual me obligaba a recuperar la asignatura en septiembre…

—¿De verdad vamos a hablar de nuestras notas en la EGB? —pregunté, sin dar crédito.

Enrique ignoró mi comentario.

—El padre Alfonso me llamó al finalizar la clase y me ofreció la posibilidad de subir la nota y evitar así tener que recuperar la asignatura.

—Qué generosidad —apunté con socarronería, tratando de zanjar el tema.

Enrique siguió a lo suyo. Absorto con su propia historia.

—Acepté, por supuesto, y se lo agradecí. A continuación, sacó de su cajón dos ejercicios. En el primero había escrito, junto al encabezamiento, un diez; en el segundo había escritas, junto a tu nombre, las iniciales «S/C». Me sugirió que los leyera ambos antes de comenzar.

—¡S/C! —repetí divertido—. Vamos a ver… ¡Qué puede ser…! ¿Sin Comentarios?

—El otro era un ejercicio brillante de un buen estudiante que había puesto todo su empeño en hacerlo bien. En el tuyo no se percibía ningún esfuerzo, más bien al contrario: las palabras, las frases y los conceptos fluían con la mayor naturalidad de algún lugar que estaba mucho más allá de la capacidad, la sensibilidad o la madurez que se le presupone a un niño de once años.

—¿… Sin cariño? —continué.

—Nadie te conocía mejor que yo, y a pesar de eso, no fui capaz de reconocerte en aquellas palabras tan profundas, tan vulnerables, tan llenas de poesía.

—¿… San Cosme? ¿Sor Citroën…? —repetí, en voz baja y sin escucharle.

—¡Sin calificar, Samuel! —exclamó, cortando de raíz mi evasiva—. «S/C» significa «Sin calificar». Al preguntarle el porqué de aquellas dos iniciales en tu ejercicio el padre Alfonso me respondió que él solo estaba capacitado moralmente para juzgar la evolución y aprendizaje de los alumnos; el talento y el alma se los dejaba por entero a Dios, que era quien tenía en última instancia el poder de concederlos. Esas fueron sus palabras textuales.

Nos miramos un buen rato sin decir nada. Enrique volvió a desviar la mirada hacia el escaparate lleno de libros, invitándome con aquel gesto a hacer lo mismo.

—Ahí lo tienes, Samuel —dijo, al fin—. Creo que ese es tu escenario.

—¿Estás insinuando lo que creo?

Enrique entro en la librería y me pidió que esperara fuera un momento. Salió a los pocos segundos con un cuaderno de tapa roja y un lápiz.

—Toma —dijo, y me los entregó envueltos en una sonrisa—, ya es hora de que cambies la estrategia de partido, hora de que encuentres tu camino.

—Pero si no he escrito nada desde hace siglos —balbucí, justificándome.

Enrique me agarró el brazo y comenzamos a caminar de nuevo.

—¡Y aún te sigues preguntando por qué no logras ser feliz…!

29

Días más tarde regresaba al hotel tras unos de mis paseos vespertinos, que se habían convertido por entonces en un hábito diario y un bálsamo. Las calles estaban desiertas. En el restaurante, a la hora de la cena, solo me encontraba yo. Un camarero de unos veinte años vino a atenderme con cara de fastidio.

—*Good evening, sir. What would you like to drink?*—preguntó, con un marcado acento local.

—Agua con gas, por favor.

—Perdone —rectificó, sorprendido, entregándome la carta—. No pensaba que fuera usted español.

—¿Parezco extranjero?

—No, pero como España está jugando las semifinales del Mundial…

Había olvidado por completo que aquel día la selección se jugaba el paso a la final.

—¿Cómo van?

—Empate a cero —respondió, al tiempo que se aflojaba el nudo de la pajarita.

—¿Cuánto queda?

—Un cuarto de hora…

De pronto escuchamos un estruendo en forma de griterío procedente de la cocina en lo que solo podía tratarse de un gol de la selección. El joven camarero miró en aquella dirección y comenzó a moverse como si se estuviese orinando encima.

—Déjalo —dije, sonriendo y cerrando la carta—. Estoy seguro de que lo que menos te apetece es perderte los últimos minutos del partido por culpa un solo cliente. Pediré cualquier cosa al servicio de habitaciones.

—No, caballero, disculpe, para mí el trabajo es lo primero —explicó, digno—, pero bueno, como usted vea...

Y se alejó a toda prisa en dirección a la cocina, por si acaso se me ocurría tomarle la palabra.

Presencié pegado al televisor el último cuarto de hora de partido, compartiendo ese estado de nervios que solo podía atreverme a imaginar en el bueno de Enrique. Recuerdo la sensación de alivio en el momento en el que el árbitro pitó el final del encuentro.

El teléfono móvil vibró sobre la cama. Era Larry.

—Larry. ¡Qué hay de nuevo, amigo!

—¡Vaya! —exclamó—. ¡Parece que alguien está de buen humor! ¿Me he perdido algo?

—¡España acaba de clasificarse para la final del Mundial de *soccer* de Sudáfrica!

Larry dejó escapar un suspiro de resignación.

—¡Alabado sea Dios! Ya nos podemos morir en paz, entonces.

—Ya casi me había olvidado de tu regusto por el sarcasmo —repuse, irónico—. Lo empezaba a echar de menos.

—Siento mucho ser una vez más la tormenta en tu bonito y soleado día de pícnic, pero considero que esto es importante.

—¿De qué se trata, Lar?

Larry guardó silencio durante unos instantes, como si aquello que se disponía a desvelarme no le resultase nada fácil de compartir.

—Está bien, ¡qué demonios! —dijo, por fin, arrancándose—. Tengo una noticia mala y otra muy mala. ¿Cuál quieres oír primero?

—Primero la mala —respondí sin pensar.

—La mala es que no vamos a hacer la película de Universal. Lo siento.

Noté cómo mi temperatura corporal descendía súbitamente y a punto estuve de dejar caer el móvil.

—¿Cómo? —balbucí—. ¿Qué ha pasado…?

—Intenté retrasarte la cita y ganar algo de tiempo —respondió a bocajarro—. Le conté tu situación familiar al mánager de Brown, que me pidió encarecidamente que te mostrara sus condolencias. Me dijo que hablaría con Doug para organizar un nuevo encuentro y que no creía que retrasarlo supusiera ningún problema, dadas las circunstancias, pero lo cierto es que no ha vuelto a cogerme el teléfono.

—Ya…

—Hoy ha aparecido en portada de *Variety* y de *Hollywood Reporter* el nombre del protagonista. ¿Estás sentado?

En aquella ocasión decidí hacer caso de mi agente y me dejé caer sobre el borde de la cama.

—Dispara —dije, preparándome para lo peor.

—David McIntyre. ¿Puedes creerlo?

—No lo estás diciendo en serio, Larry. Eso es imposible.

Larry alzó la voz y comenzó a hablar atropelladamente.

—¡Yo he pensado lo mismo al principio! ¡Te lo juro! ¡No podía dar crédito! Pero he llamado a su agente para felicitarla y esa jodida serpiente me lo ha confirmado todo.

—No puede ser, Larry. Es imposible. ¡McIntyre no!

—Escucha —interrumpió—. Esa víbora de Chris Shepherd sabía de primera mano que tú eras la primera opción del director. Estaba al corriente en todo momento de los detalles de la negociación. Sabía que la profesión estaba esperando a que dieras una respuesta tras reunirte con el director, ya que era un secreto a voces que el personaje era para ti. Lo cierto es que todo el mundo se preguntaba por qué demonios no dabas señales de vida; nadie lo podía entender. Alguien debió filtrar algo en relación al intento de suicidio de Susan y la gente dio por sentado que estabas pasando por momentos difíciles en tu matrimonio, y nadie en Hollywood se la quiere jugar con un protagonista que está atravesando una mala racha personal, ya lo sabes.

David McIntyre era la mediocridad hecha actor. Coincidí con él diez años atrás en un montaje teatral que yo protagonizaba y en el que él apenas tenía un pequeño papel, que siempre se las arreglaba para interpretar de manera abominable. Presuntuoso hasta la saciedad, odioso hasta la médula, y complaciente hasta la náusea con los círculos de poder, tenía la dudosa habilidad de crear conflicto allá por donde pasaba, pero siempre se las apañaba de un modo u otro para trabajar, rindiéndole una suerte de pleitesía descarada y aceitosa al director o productor en boga del momento. Era un tipo detestable que, sin embargo, estaba a punto de ver realizado mi sueño de juventud: el de convertirse de la noche a la mañana en estrella de cine.

—¿Quién es ella? —pregunté—. ¿La coprotagonista?

Larry se quedó callado unos instantes, valorando su respuesta, consciente de que aquello había de dolerme aún más si cabe.

—Cate Blanchett acaba de decir que sí.

Cate Blanchett, para colmo de males. Una actriz con dos Óscares, considerada como una de las que mejor criterio tiene a la hora de elegir en qué proyecto embarcarse. Aquella información resultó ser la estocada final.

—No hay nada que podamos hacer, ¿verdad? —pregunté, sabiendo de antemano la respuesta.

—Me temo que no, amigo mío —repuso Larry—. Aquí se acaba el sueño. Lo siento.

Ambos mantuvimos el silencio durante unos segundos.
—¿Y la otra?
—¿Cómo? —preguntó Larry, desconcertado.
—Has dicho que tenías una noticia mala y otra muy mala —repuse, recordándole su propia frase.
Larry dejó escapar una risa forzada al otro lado del aparato.
—Me temo que es la segunda petición de divorcio que vas a escuchar en el mismo mes, campeón.
—No te entiendo...
—Escúchame, Sammy —interrumpió—. Me he dejado los cuernos tratando de sacar esto adelante y me he quedado con la misma cara de gilipollas con la que imagino que te has quedado tú. Soy consciente de que el *timing* no podría haber sido más espantoso, pero lo cierto es que teníamos la película en el bolsillo y eres tú el que por pura cabezonería la has dejado escapar. Me he pasado toda la vida soñando con una oportunidad así: poder ver a uno de mis actores en la pantalla grande de un proyecto de esta envergadura. No es por el dinero, te lo juro. A mi edad te mueves ya por otras cosas. Era el culmen perfecto a una carrera que comenzó barriendo escenarios y colocando luces hace cuarenta años en un teatrucho de mala muerte en Brooklyn.
—Lo siento mucho, Larry —murmuré—. Te juro que en ningún momento pensé que peligraba la película. Los dos sabemos que el proceso de luz verde tiende a eternizarse en proyectos de este tipo.
—No tienes por qué disculparte, Samuel —replicó, adoptando de pronto un tono paternal—. Las cosas han salido así y así se van a quedar, pero recuerdo que en tu fiesta por el Tony te comenté que la única razón por la que seguía en este negocio, cuando todo marchaba mal, era por respeto al compromiso que siempre he admirado en todos mis actores. Ese amor a la profesión, esa disciplina, esa pasión contagiosa que persiste aun cuando se llevan años sin trabajar y no se tiene ni para pa-

gar el maldito alquiler… Tú, por el contrario, lo tienes todo, Samuel: el talento, la suerte, el mecenazgo de tu suegro, pero te falta precisamente aquello que tienen en cantidades desorbitadas los demás y que no se puede comprar: el amor, la dedicación, la pasión por actuar. Nunca te lo he dicho, pero siempre he pensado que te dedicabas a esto como podías haberte dedicado a cualquier otra cosa; que no tenías puesto en ello tu corazón, y que tu único objetivo era lograr el éxito a cualquier precio, el poder, la notoriedad… Solo Dios sabe por qué o para qué. —Larry hizo una pausa—. Esta profesión es algo muy sagrado para mí, Samuel. Es más sagrada que mi religión. Aunque si me permites serte franco, después de diez años llevando tu carrera aún no he sido capaz de descubrir qué es lo que significa para ti. Lo que sí tengo muy claro es que, por algún motivo que se me escapa, esta iglesia no es tu iglesia, esta casa no es tu hogar.

Entendía perfectamente la reflexión de mi agente y sabía que estaba en lo cierto. Por primera vez distinguí a ese amigo que siempre había permanecido agazapado en un segundo plano, ensombrecido por la presencia del representante agresivo y socarrón, y sus palabras me llegaron llenas de sinceridad, sin enojo ni reproches, sino más bien revestidas de un cariño paternal.

—Entonces… ¿rescindimos el contrato de mutuo acuerdo? ¿No es eso?

—Si te soy sincero, Sam, no estamos rescindiendo ningún contrato —se apresuró a corregir—. En realidad, eres el primero con el que estoy compartiendo la noticia de mi jubilación. Me he quedado sin batería, amigo mío, y la poca que me quedaba la había puesto en esto. Esta película era mi despedida por la puerta grande de esta jodida jaula de grillos. Desde el suicidio de Roger Feldman, hace tres o cuatro meses, no he conseguido levantar cabeza, a pesar de que la actividad desenfrenada llegó a diluir por momentos la impotencia y la rabia que sentí cuando me enteré de su muerte. Bárbara, que es la que mejor me conoce, fue la primera en darse cuenta, y la que me planteó hace unos meses que dejara todo esto y que nos trasladáramos a Florida, donde vive mi hija mayor. Samantha ha sido mamá hace ya un mes y medio y todavía no conozco a mi nieta. ¿Puedes creerlo? En este maldito negocio acabamos sustituyendo el verdadero amor por el que otros inventan, escriben o interpretan. Y a mis setenta años he llegado por fin a la conclusión de que por fuerza tiene que haber algo antinatural en todo ello. Pero no me hagas mucho caso porque hoy estoy un tanto sensible; o tal vez es que empiezo a chochear.

Las palabras de mi representante me conmovieron y me hicieron olvidar, momentáneamente, el fiasco de la película.

—Me gustaría que nos viéramos antes de que decidáis trasladaros a Florida —dije.

—Claro —atajó—. Aún me quedan cosas por cerrar en Nueva York y he de despedirme del resto de mis actores. No creo que podamos marcharnos antes de la Navidad. Llámame cuando estés de vuelta en la ciudad y nos vamos un día a cenar los cuatro. Estoy convencido de que Bárbara hará muy buenas migas con Susan.

Aquella invitación casual volvió a sacudirme por dentro.

—Verás, Larry. No creo que Susan vaya a venir. Me temo que lo del divorcio va en serio.

—Créeme, Sam —apostilló—. Vendrá. Esa mujer aún no está preparada para decirte adiós.

Nos quedamos ambos en silencio sin saber muy bien qué más añadir.

—Lo hemos pasado bien, ¿verdad, amigo mío? —dije, rompiendo el silencio incómodo.

—Sí, Samuel —respondió con la voz quebrada—. Ha merecido la pena cada segundo de este jodido viaje; esa es la verdad.

—Hasta pronto, Lar…

—Hasta siempre, Sammy. ¡Maldito quijote del demonio…!

Aquellas serían las últimas palabras que habría de escuchar en boca de mi representante. Nueva York para él carecía de sentido sin sus actores, sus teatros, sus estrenos, y sus reuniones para cerrar repartos o firmar contratos. Un par de meses más tarde tuve noticia de que se había instalado en una zona residencial de la ciudad de Aventura, cerca de Fort Lauderdale, en el estado de Florida, junto a su mujer, su hija y su nieta recién nacida; con sus programas de mano, sus pósteres y sus innumerables fotos junto a las estrellas más rutilantes de cada momento, intentando recuperar la vida que, según él, el teatro le había arrebatado, y tratando de olvidar al mismo tiempo la que, durante cerca de cuarenta años, le había regalado.

Permanecí sentado en el borde de la cama durante un buen rato, como aquellas otras ocasiones en las que, siendo un adolescente, me quedaba embobado durante horas observando los pósteres de viejas películas de los ochenta sobre las paredes de mi habitación en casa de mi tía Isabel, remplazando en la imaginación mi nombre y mi rostro por el de la estrella masculina retratada en cualquiera de las litografías que había adquirido a base de mucho esfuerzo con mis ahorros. ¡Qué cerca había estado de lograrlo! Sin embargo, en aquel preciso instante, tuve la certidumbre de que ya no habría de volver a suceder. Aquel había sido el primer y último tren y yo ni siquiera me encontraba presente en la estación a la hora convenida.

A mi memoria acudió entonces una lejana conversación, ocurrida el día que me gradué de la escuela superior, en el Astoria High School de Queens. Annette Neuenschwander, la ganadora del Premio Valedictorian a la excelencia académica de ese año se aproximó hasta donde yo me encontraba, durante la fiesta en honor de los recién graduados.

—Y bien, español. ¿Qué vas a hacer? ¿Has elegido ya universidad?

—La verdad es que no.

Annette comenzó a reír.

—Vaya, aún te queda mucho para ser un verdadero americano, entonces.

—¿Qué quieres decir, Annette?

—En este país, a los dieciocho años, uno ya tiene que tener muy claro qué es lo que quiere ser en la vida.

—Pero eso ya lo sé.

—¿Ah, sí? ¿Y qué es?

—Voy a ser un actor famoso. ¡Una estrella de Hollywood!

Annette me miró muy seria.

—Lo creo —dijo—. ¿Pero por qué lo quieres ser?

Aquella pregunta me tomó por sorpresa.

—No lo sé. ¿Tiene que haber una razón?

Annette dio un gran sorbo a su Coca-Cola y, a continuación, me la pasó.

—¡No puedes tener éxito en nada si primero no tienes un «porqué»! —exclamó, categórica—. El «porqué» es la gasolina que te mantiene en marcha. Las razones siempre van primero, las acciones después. Descubre el porqué y encontrarás el cómo.

Quizás Annette Neuenschwander, la chica más lista de mi instituto, estuviese en lo cierto después de todo. Quizás, a pesar de todos mis propósitos y grandes planes sobre cómo alcanzar mi sueño, adolecía del ingrediente más importante en cualquier receta para el éxito: no sabía por qué demonios lo quería ser.

Llevaba varias horas dormido cuando el sonido del teléfono móvil me sobresaltó. Encendí la luz de la mesita de noche y comprobé el número. No apareció ningún nombre de mi lista de contactos. Se trataba de uno de esos números de más de diez dígitos que suelen proceder de una centralita. Supuse que debía de tratarse de alguna empresa de *telemarketing* o de telefonía móvil de los Estados Unidos, ajenos al hecho de que me encontraba en otro huso horario, puesto que eran las cinco y media de la madrugada en Madrid.

—Sí —balbucí, adormilado.

—Samuel…

Al otro lado del aparato una voz femenina, quebrada por el llanto se deshacía en un mar de sollozos.

—Sí —repetí—. ¿Quién es?

—Samuel… soy yo… Rosa.

Al oír su nombre el corazón se me encogió. Me incorporé sobre la cama y traté de tranquilizarla.

—Rosa. ¿Qué ocurre? ¡Cálmate! ¡No llores, por favor!

—Samuel… —su voz seguía llegando entrecortada por la congoja—… Antonio…

—¿Qué ha ocurrido? —dije, apenas en un susurro, sobrecogido por el pavor, preparándome para lo peor.

Aquellos segundos de angustia se me hicieron eternos, hasta que, finalmente, Rosa pudo contener sus lágrimas por un instante. Lo suficiente como para ser capaz de balbucir…

—Antonio…

—¿Sí…?

30

Aquella moneda lanzada al aire, que había estado suspendida durante varias semanas, salió cara. No me atrevo a conjeturar qué me hubiese deparado la vida a partir de entonces de haber salido cruz; solo Dios o el universo lo saben. Pero sé que la sombra de aquel trágico accidente, de haber sido ese el resultado, me hubiese perseguido y atormentado durante el resto de mis días y no hubiera sido capaz de perdonármelo jamás.

De todas formas, puedo reconocer aquel instante en el que corría en dirección al Gregorio Marañón, exultante como un padre primerizo, como el punto de inflexión que me permitiría comenzar a transitar el camino de retorno. No quiero decir con ello que, de haber podido elegir, no hubiese preferido regresar en el tiempo para evitarle a Antonio todo el sufrimiento que aún le quedaba por delante, pero sí que fui consciente de que, de alguna forma, aquel feliz desenlace había logrado hacerme despertar de un trance en el que llevaba sumido varias décadas, como si yo mismo también acabará de salir de un coma inducido: indemne, sin secuelas, dispuesto a ponerle fecha y nombre a la primera página en blanco del diario por abrir del resto de mi vida.

Poco antes de las siete de la mañana entraba por la puerta del hospital. En el mostrador de información una enfermera me comunicó que Antonio acababa de ser trasladado a planta.

Llamé a la puerta, torpe ante la situación.

Rosa asomó la cabeza y cerró la puerta a sus espaldas.

—Se ha vuelto a quedar dormido —susurró—. Dice el doctor Velasco que los primeros días es normal. Vamos a desayunar. Me muero de hambre.

Parecía diez años más joven. Llevaba el pelo recogido en una coleta y una sudadera azul celeste con el anagrama de la Universidad Complutense de Madrid. En el ascensor me miró sin decir palabra y tan pronto se cerraron las puertas comenzó a reír de forma descontrolada; apenas unos segundos más tarde, sin embargo, se abrazó a mi cuello, apoyó su frente sobre mi pecho y rompió a llorar.

En la cafetería pidió huevos fritos con beicon, tostada con mantequilla y zumo de naranja. Yo pedí un café solo.

—Apenas he podido comer nada en estos días. Te juro que se me había cerrado el estómago.

—Me lo puedo imaginar —añadí.

—¡Ay, Samuel, Samuel, Samuel…! —exclamó, estirándose y acompañando un suspiro de alivio—. Creo que es el día más feliz de toda mi vida. Ni siquiera recuerdo haber sido así de feliz el día en que nació.

Me explicó entonces que a eso de las tres de la mañana le pareció oír que Antonio la llamaba. Desde hacía una semana, a los trece días del accidente, el equipo médico que había estado monitorizando a diario su actividad cerebral desestimó que existiera una lesión en el cerebro y, por tanto, una vez reducido y controlado con fármacos el edema causado por el traumatismo desapareció con ello el riesgo de presión intercraneal que pudiese afectar la masa encefálica, decidiendo, por unanimidad, interrumpir el proceso de sedación por barbitúricos, lo que vulgarmente se conoce por el nombre de «coma inducido», a lo que Antonio había reaccionado sorprendentemente bien, siendo capaz de mover en apenas un par de días los dedos de las extremidades y la cabeza. A veces, incluso lograba mantener los ojos abiertos durante un breve intervalo de tiempo y respondía a los estímulos externos de forma satisfactoria, evolucionando, según terminología médica, de un estado de vigilia sin respuesta a un estado de mínima conciencia. De todos modos, aún no había conseguido hablar, factor que se considera determinante para concluir que el paciente ha recuperado la conciencia y se encuentra fuera de peligro. Aquella madrugada, un par de horas antes de que Rosa me comunicara la noticia por teléfono, logró hacerlo, pronunciando las primeras palabras después de tres semanas de silencio: «Mami, tengo sed...».

—¿Cómo se encuentra? —pregunté.

—Bien. Está bien. Bastante aturdido, como es lógico, teniendo en cuenta toda la porquería que le han estado metiendo en el cuerpo durante estas semanas.

—¿Qué te ha dicho?

—No es consciente de nada, el pobre. Me preguntaba que por qué estábamos allí, que si había pasado algo.

—¿Y tú qué le has respondido?

—La verdad. Que le había atropellado un coche y que llevaba tres semanas en el hospital. —Rosa debió percibir mi expresión de desconcierto—. Mi hijo no me ha mentido ni una sola vez en toda su vida, Samuel. Yo no pienso mentirle a él. Además, tarde o temprano iba a saberlo.

—¿Qué ha dicho el equipo médico?

—Le han hecho una primera valoración. Parece que todo está bien. La comunicación es buena y sus respuestas coherentes. Velasco se mostró bastante optimista desde que interrumpieron el proceso de sedación la semana pasada y vieron lo bien que reaccionaba a los estímulos. Al parecer, incluso durante el coma inducido, había signos de actividad cerebral. Con todo y con eso dice estar impresionado con la rapidez de su recuperación ya que normalmente los pacientes que salen del coma y empiezan a comunicar suelen hacerlo de manera más gradual, menos lúcida. Aquí en el hospital se ha corrido la voz y algunos ya le llaman «el niño milagro».

El camarero regresó con la comanda.

—A primera vista, no parece que vayan a quedarle secuelas de ningún tipo —continuó—, por lo menos en cuanto a sus facultades cognitivas y del habla. Su edad y el hecho de que no hubiera lesiones cerebrales graves tienen gran parte de culpa. Aunque no se puede descartar nada hasta que haya transcurrido por lo menos un mes.

—¿Y las piernas? —pregunté, recordando su figura retorcida sobre la cuneta.

—Las tiene destrozadas, y hay que operarle de los dos ligamentos cruzados de las rodillas, pero ese, dentro de lo que cabe, es el menor de los males, y son entre tres y cuatro meses de rehabilitación. A esas edades el cuerpo reacciona mejor y la musculatura tiende a atrofiarse menos. Según Velasco, para Navidad esto se habrá quedado en un mal sueño.

—Me gustaría conocerlo, si no te parece mal.

—¡Claro! —exclamó, poniendo su mano sobre la mía—. ¡Faltaría más! Y ya le he hablado de ti.

—¿Ah sí? —pregunté, dudando de que aquello fuera una buena noticia.

Rosa me miró directamente a los ojos, seria, limpiándose las comisuras de los labios con una servilleta de papel antes de hablar.

—Sí, Samuel. Le he dicho que, gracias a ti, aún sigue con vida. Que le cuidaste en todo momento hasta que lo trajeron al hospital.

Nos quedamos ambos en silencio. En realidad, no había nada más que decir.

—He hablado con mi hermana Laura poco después de llamarte —explicó—. Se va a quedar con Antonio un par de días. Me ha convencido para que descanse el fin de semana. Si sigo sin salir de este hospital creo que me voy a volver loca.

—¿Y ya has pensado qué quieres hacer?

El rostro de Rosa se iluminó con una sonrisa infantil, como si ya hubiese considerado la pregunta previamente.

—Me gustaría ir al mar. ¡Necesito ver el mar! —dijo, esbozando una sonrisa adolescente.

—Pues no se hable más…

Me ofrecí a llevarla a la playa de Valencia al día siguiente. Era lo menos que podía hacer por ella después de todo. Al principio se negó, argumentando que no quería causarme ninguna molestia y que no estaba segura de si hacía bien ausentándose de Madrid; pero, ante mi insistencia, accedió. Me escribió su dirección en una servilleta de papel, donde quedé en recogerla a las diez de la mañana.

Rosa terminó su desayuno y me preguntó si le acompañaría a dar un paseo por los alrededores del hospital para estirar un poco las piernas, así daríamos tiempo a que Antonio volviese a despertar. Al levantarnos para salir de la cafetería reparó en una bolsa de plástico, con el logotipo del Palace, que había traído conmigo.

—¿Qué llevas ahí?

—Lo sabrás a su debido tiempo —respondí.

Estuvimos paseando durante aproximadamente una hora. Rosa apenas había abandonado el hospital en una ocasión, para coger algo de ropa, durante aquellas tres semanas. Bromeaba diciendo que se sentía como si hubiera estado presa durante años y le acabaran de conceder la libertad condicional. Miraba todas las cosas como si las estuviera viendo por primera vez. Me habló también de que Luis, el padre de Antonio, aún no había dado señales de vida; que tenía el teléfono desconectado y que nadie lo había visto o tenía idea de su paradero. Me aseguró que tan pronto regresara a casa con su hijo, tras la operación de ligamentos, contrataría a un abogado con el fin de comenzar el proceso para revocarle definitivamente la patria potestad. Quizás algo bueno iba a salir de todo esto, dijo, tratando de convencerse a sí misma.

Al final, nuestros pasos volvieron a conducirnos hasta la puerta del Gregorio Marañón.

—¿Preparado para conocer a mi tesoro? —preguntó, ilusionada.

—Creo que sí.

—¡Vamos, pues!

En la habitación, que se componía de una sola cama para el paciente y un sofá junto a la ventana que daba al exterior, donde imaginé que Rosa trataba sin éxito de conciliar un puñado de horas de sueño cada noche, se encontraba en aquel momento una joven y risueña enfermera que acababa de traerle a Antonio su desayuno, compuesto en su totalidad de alimento líquido y de papilla. Al vernos entrar, la joven sanitaria hizo un comentario trivial sobre lo formal y lo guapo que era el muchacho, y salió del cuarto.

Era la primera vez que lo veía con los ojos abiertos. Su imagen desmadejada en un lateral de la avenida de América, y aquella otra posterior, dentro de la ambulancia, entubado y conectado a una vía, volvieron a hacérseme muy presentes. En esta ocasión, las percibía borrosas y desdibujadas, como si el hecho de estar de nuevo frente a él tuviese un efecto de goma de borrar, atenuando el impacto emocional que me habían causado aquellas imágenes, archivadas desde entonces en algún lugar de mi cerebro.

Antonio fijó su mirada en mí y volvió a mirar a su madre, como tratando de averiguar a través de ella quién era yo y a qué se debía mi presencia. Rosa lo percibió al instante.

—Mira, Toni —dijo, acercándose a él y peinándole con delicadeza el cabello alborotado—. Este es Samuel. Antes te he hablado de él, ¿te acuerdas?

Antonio movió la cabeza afirmativamente. Luego agarró con ambas manos el vaso de zumo de naranja del desayuno y se lo acercó a los labios.

—¿Cómo estás, Antonio? —dije, aproximándome unos cuantos pasos, y situándome a los pies de la cama.

—Bien —respondió, sin darse tiempo a elaborar la respuesta—. Llámame Toni, todos me llaman Toni. ¿A que sí, mamá?

—Sí, hijo. Los que te queremos te llamamos Toni.

—¡Pues me quiere un montón de gente, entonces! —exclamó, divertido.

—Todo el que tiene la suerte de conocerte, mi vida.

Rosa le dio un beso en la frente y se levantó, invitándome a que ocupara su lugar en la cama. Obedecí, no sin cierto recelo, al principio.

—¡Encantado de conocerte por fin, Toni!

Le ofrecí la mano y me dio la suya. Una mano que, aunque él lo ignorase entonces, no era la primera vez que sostenía entre las mías.

Nos quedamos ambos sin saber qué más decir. Rosa, desde el sofá, se nos adelantó, tomando de nuevo la iniciativa.

—Toni, ¿a que no sabes a qué se dedica Samuel?

Antonio negó con la cabeza.

—¡Es actor en América!

Los ojos de Antonio se abrieron como platos.

—¡¿De verdad?!

—Sí, así es... —respondí con cierto rubor ante aquel arrebato inesperado de entusiasmo.

El chico se incorporó sobre la cama, como si aquello que acababa de saber mereciera de pronto concentrar toda su atención sobre mí.

—¡Yo también soy actor! —exclamó—. ¡En la fundación! ¡Soy el mejor actor de entre todos los chicos! ¡Un día ganaré premios como Pablo Pineda!

Me volví hacia Rosa para preguntarle quién era Pablo Pineda, presuponiendo que debía de tratarse de algún actor español del que nunca había oído hablar.

—Es un chaval de treinta y tantos años con síndrome de Down que ganó el año pasado la Concha de Plata al mejor actor en el festival de cine de San Sebastián. Desde que se hizo famoso la mayoría de los chavales en la fundación sueñan con ser cómo él.

—¡Pero yo soy el que más se le parece! —puntualizó—. ¡Como actor, digo!

—¡Baja, Modesto, que sube Toni! —bromeó ella.

Aquello hizo reír a Antonio, que ahora parecía estar disfrutando de mi presencia y del rumbo que había tomado la conversación. Costaba creer que aquel muchacho de grandes ojos azules y mirada vivaracha hubiera estado, tan solo unos días antes, asomado al borde del precipicio que separa la vida de la muerte.

Seguimos conversando sobre cosas triviales. Descubrí que le gustaba el fútbol y que, al igual que yo, también era seguidor del Atleti de Madrid. Mientras compartíamos nuestras preferencias respecto a algunos jugadores, entrenadores y otros equipos, me pareció ver asomar una sombra en el rostro ensimismado de Rosa. No me fue difícil elucubrar que quizás aquella estampa de Antonio, conversando animadamente con un hombre adulto, resultaba ser algo muy doloroso para ella, y la ausencia de un padre para su hijo y de una familia para ella acababa de hacerse muy presente en la columna del «debe» de la hoja de balance de sus sueños por cumplir.

—Te he traído un regalo —dije, mientras me dirigía a por la bolsa de plástico del Palace que había dejado apoyada junto a la pared.

—¿Un regalo? ¿Para mí? —preguntó extrañado, buscando con la mirada la aprobación de su madre.

—A decir verdad, no es un regalo —aclaré—. Es algo que te pertenece. ¿Y sabes por qué lo sé? —Antonio negó con la cabeza—. Lo sé porque se llama como tú…

Le acerqué la bolsa de plástico del Palace, de donde, con mucho cuidado, casi ceremoniosamente, extrajo la estatuilla del Tony.

—¿Qué es?

—Es el premio al mejor actor de teatro del año —dije, haciéndole una carantoña en el pelo.

—¿De verdad? —preguntó con los ojos fuera de las órbitas.

—¡De la buena!

—¿Y me lo puedo quedar?

—¡Claro, Toni, es para ti! —apostillé.

—¡Mira, mamá! —gritaba y reía, agitando el galardón en el aire.

Rosa se deshacía en un abril de emociones mientras yo me despedía para siempre y sin remordimientos del único de los dos Tony que no había hecho nada por mi felicidad.

El doctor Velasco entró en la habitación justo en aquel momento de éxtasis. Apenas tardó un instante en hacerse una composición de lugar y se apartó prudentemente a un lado. Yo me despedí de Antonio y de Rosa, emplazándola al día siguiente frente al portal de su casa, y a continuación me dirigí hacia la puerta con intención de marcharme. Antes de atravesarla, Antonio me interrumpió:

—¡Gracias, Samuel!

—Nada, hombre, ya te he dicho que el premio no es cosa mía. Te lo has ganado tú solito, campeón.

—No lo digo por eso —me corrigió—. Lo digo por haber cuidado tan bien de mí.

Un silencio sepulcral tomó la estancia. Busqué apoyo en la mirada de Rosa y del doctor Velasco, pero ambos la bajaron, conscientes de que aquel era un momento muy íntimo entre los dos.

—Verás, Toni… —dije, tratando de encontrar el valor y las palabras justas—. Lo cierto es que fui yo quien te atropelló.

Antonio desvió la mirada confundido, tratando a su vez de encontrar la de su madre y su médico.

—¿Y tú también te hiciste daño?

—No, Toni, yo no me hice daño —respondí, con un nudo en la garganta.

—¡Pues me alegro, porque me caes guay!

Rosa se dio la vuelta, escondiendo el rostro.

—Hasta pronto, Toni —dije, despidiéndome con la mano.

—Hasta pronto, Samuel —añadió con una sonrisa de oreja a oreja, al tiempo que volvía a abrazarse a su tocayo y nuevo amigo.

El doctor Velasco abrió la puerta y me acompañó hasta el pasillo.

—Resulta curioso, ¿no le parece?

—¿El qué, doctor?

Velasco alzó la mirada.

—Que sea precisamente a estas personas a las que llamemos «disminuidos psíquicos».

Me quedé observándolo durante un instante, sopesando sus palabras. En la expresión de aquel hombre no había rastro de aquella otra gélida e impenetrable que había podido observar en nuestros encuentros previos, cuando la vida de Antonio pendía de un hilo. Ahora, por el contrario, veía en ella la de un hombre muy humano, tan agradecido y aliviado como podía estarlo yo.

—Muchas gracias, doctor.

—¿Por qué? —preguntó extrañado.

—Por habernos salvado la vida a los dos.

31

No logré pegar ojo en toda la noche. Acaso instantes aislados de una ligera duermevela. No se trataba del insomnio producido por unos hechos definidos y contrastados: el fiasco de la película, la recuperación milagrosa de Antonio, o la situación de ruptura inminente de mi matrimonio; se trataba de una energía mental descontrolada que iba en todas las direcciones a la vez y que me producía un vértigo difícil de dominar. En un momento y sin razón aparente, el vórtice cesó y todo se detuvo. Sentí una paz como nunca antes la había experimentado. Tumbado sobre la cama y mirando al techo tuve la extraña sensación de que había ocurrido algo de magnitud considerable pese a no ser capaz entonces de determinar el qué; algo a lo que, sin embargo, no tardaría en darle nombre.

Eran las siete menos cuarto de la mañana. Me afeité y me vestí y bajé a desayunar al bufé del hotel. Al terminar, a eso de las ocho, me acerqué hasta el mostrador de recepción, al que acababa de incorporarse Fermín para comenzar su turno diario. Le pedí que contratara en mi nombre un coche de alquiler para esa misma mañana. Se puso a ello de inmediato y me confirmó que lo tendría en la puerta del hotel en aproximadamente una hora.

El vehículo llegó al hotel a la hora convenida. Para aquella ocasión preferí contratar un modesto utilitario.

Llegué con diez minutos de adelanto a la dirección que Rosa me había proporcionado y decidí esperarla dentro del coche. A las diez en punto la vi salir del portal, buscándome a izquierda y derecha con la mirada inquieta. Llevaba unos shorts ceñidos y una camiseta ajustada de tirantes color crema que estilizaban su figura y que le conferían un aspecto adolescente, casi infantil. Resultaba impactante comprobar el espectacular efecto que había producido, tanto en su talante como en sus facciones, un cambio anímico tan acusado, apenas un día después de haber salido indemne de aquel purgatorio.

Abrió la puerta del copiloto, lanzó su mochila de colegiala en el asiento de atrás y me dio dos besos.

—¡Llévame al mar, marinero! —exclamó divertida.

Apenas hablamos durante el viaje. Rosa había traído unos cedés de música española y se pasó canturreando y mirando por la ventanilla la mayor parte del trayecto, ensimismada, como ausente, seguramente tratando de exorcizar, a través de la letra y la melodía de aquellas viejas canciones de amor aprendidas de memoria, todas las sombras y la mala emoción que había ido acumulando durante su largo calvario en el hospital. Si es cierto eso de que la música eleva el espíritu y ayuda a curar las penas, a Rosa tan solo le debía de quedar por dentro algún pequeño rasguño en el momento en el que, tras más de tres horas de viaje y de concierto *a capella*, nos adentrábamos en la ciudad de Valencia.

—Llevo más de diez años sin pisar la playa, ¿puedes creerlo? —dijo, con nostalgia—. Desde que me separé de Luis.

—Es mucho tiempo, sí.

—Siempre he creído que la playa es un club privado para familias felices con una estricta política de membresía. Desde que la mía se rompió, decidí que ya no pintábamos nada allí.

Seguimos las indicaciones que nos señalaba el GPS en dirección a la Malvarrosa. Aparcamos en un estacionamiento subterráneo junto a un lujoso hotel que llevaba por nombre

Las Arenas. El calor era asfixiante y la humedad se me pegó a la ropa nada más abandonar el vehículo. Caminamos hasta el comienzo del paseo que a aquella hora estaba abarrotado de una muchedumbre que infestaba las terrazas de un sinfín de bares y restaurantes. Asimismo, un reguero de gente paseaba por aquel ancho corredor de baldosa que discurría en paralelo al mar, a lo largo de un itinerario que se perdía más allá de donde alcanzaba la vista, serpenteando entre viejas casas de pescadores en el margen izquierdo y modernos merenderos en el derecho, como una suerte de malecón gastronómico donde saciar el apetito y enjuagarse el sabor a salitre del agua de mar. Puestos ambulantes ofreciendo abalorios de todas formas y colores, de artículos de cuero y marroquinería, de toallas y pareos, de gafas de sol y juguetes de playa, todo colocado con esmero sobre una tela extendida en el suelo, como pequeños tesoros hundidos que el Mediterráneo hubiera devuelto a la orilla durante su ciclo de bajamar. Y presidiéndolo todo, como una ancha lengua de arena dorada y fina, sirviendo de parapeto entre el mar y el asfalto, la playa de la Malvarrosa, donde millares y millares de cuerpos se bronceaban o quemaban en función de su lugar de procedencia.

Rosa parecía ajena a toda aquella actividad frenética que nos rodeaba y una vez tuvo el mar al alcance de la vista comenzó a desvestirse hasta quedarse en un escueto bikini color turquesa.

—Vamos a darnos un baño —dijo, mientras guardaba su short y la camiseta en la mochila.

—No he traído bañador.

Ella compuso una mueca de fastidio.

—¡Viene a pasar un día en la playa y se le olvida el bañador! ¡Típico de hombre! No quiero ni imaginar qué sería de vosotros si encima os tuvieseis que depilar.

No trató de convencerme y se dirigió a la orilla sola, atravesando un sendero de listones de madera. Acordamos que la esperaría en media hora en la terraza de un restaurante del paseo llamado La Muñeca, e iría encargando un arroz. Me senté mirando al mar y esperé a que alguien se acercara a tomarme nota de la comanda. El dueño del establecimiento, Paco, un tipo extrovertido y muy simpático, con un marcado acento local, me sugirió que pidiera el arroz «a banda», según él, el plato estrella de la carta.

Rosa regresó a la media hora, secándose el pelo con una toalla y con la expresión en el rostro de una niña el día de Reyes.

—No sabes lo que te pierdes. ¡El agua está buenísima!

El arroz «a banda» nos fue servido a los pocos minutos. Reconozco que me alegré de haber hecho caso al dueño del local porque aquello resultó ser un verdadero regalo para el paladar. Rosa apenas dijo nada durante la comida y tan solo dejaba, de tanto en tanto, escapar algunas interjecciones destinadas a subrayar lo que sin duda estaba resultando ser para ella una más que placentera experiencia sensorial.

—Solo por momentos como este merece la pena vivir en España —dijo tras su último bocado, dejando la cuchara sobre la paella vacía y proyectando una mirada ensimismada en dirección al mar.

—¿Has estado en otros países?

—Estuve una vez en Irlanda a los quince años, en un curso de verano para aprender inglés que organizaba mi instituto. No he vuelto a viajar nunca más.

—¿Por alguna razón en especial?

A Rosa pareció incomodarle un tanto mi pregunta a tenor de la expresión de disgusto que se dibujó en su rostro.

—Viajar era un lujo demasiado caro para una chica humilde del barrio de Hortaleza.

Paco, el dueño del local, apareció en aquel momento con una amplia sonrisa en los labios y un puñado de frases manidas de manual de hostelería para tomar nota de los postres y de los cafés. Ambos nos deshicimos en elogios por aquella maravilla de la gastronomía levantina de la que acabábamos de disfrutar y de la que no quedaba ni un grano de arroz que pudiera contradecirnos.

—¿Y cómo es Nueva York? ¿Es bonito? —preguntó, como le pide un niño a un adulto que le cuente un cuento antes de dormir.

—Sí. Lo es... Mucho —respondí, sorprendido, repentinamente, por la imagen fugaz de Susan en nuestros paseos durante la puesta de sol a orillas del río Hudson.

—Es extraño —dijo, con la mirada abstraída—. Uno la ha visto en tantas películas que a veces llega incluso a imaginar que ya ha estado allí.

—¿Y por qué no te animas? —se me ocurrió de pronto, ilusionado—. Me encantaría que vinieras a visitarme con Antonio. Yo me encargaría de los pasajes y de vuestra estancia y os haría con mucho gusto de guía.

Rosa me miró llena de ternura y colocó afablemente su mano sobre la mía.

—Ya has hecho bastante por nosotros, Samuel. No tienes por qué hacer nada más. —Rosa retiró la mano, me sonrió y comenzó a degustar su helado de turrón—. Quizás en algún momento —dijo, jugando con la cucharilla dentro de la boca—. Tal vez un día no muy lejano aparezca mi príncipe azul, hinque en el suelo la rodilla y me pregunte: «¿Adónde queréis ir, princesa?». ¡A Nueva York!, responderé yo sin pensarlo, ¡a ver a mi amigo Samuel...! Dicen que soñar es gratis así que... ¿por qué no?

Aquello nos hizo reír a ambos. Era una risa amarga, triste. Soñar, en efecto, era gratis, y aquella mujer de apenas cuarenta años había pagado un precio muy alto por dejar de hacerlo.

32

Rosa comentó que le apetecía dar un paseo a lo largo de la playa. Me quité los zapatos y me remangué los vaqueros, y fuimos caminando junto a la orilla.

Empezamos a hablar de su pasado: me contó que había vivido una mentira durante sus primeros dieciocho años de vida. El día de su decimoctavo cumpleaños su madre le confesó que no era su hija biológica, sino que la habían adoptado cuando la mujer que la trajo al mundo, una amiga muy cercana de la familia, se había visto obligada a darla en adopción debido a un cúmulo de penurias económicas, una familia numerosa sin la figura del padre y una enfermedad degenerativa que amenazaba con llevársela a una edad temprana. Aquella mujer, de la que nunca quiso saber ni preguntar el nombre, había llegado a visitarla en calidad de amiga de la familia en más de una ocasión sin revelarle jamás su identidad, antes de morir con treinta y pocos años. Rosa la recordaba vagamente, como una especie de ángel desdibujado en su frágil memoria infantil, que le traía todo tipo de regalos, dulces y juguetes, y que la llamaba repetidamente «hija mía» con un extraño temblor en la voz, algo que no tenía nada de particular, por otra parte, en el acervo lingüístico de las mujeres de aquella época. Y el mismo día en que le fue revelado el secreto de su identidad fingida comenzó a pintar. Decía que la pintura le permitía llegar allá donde las palabras no alcanzaban y la música no se oía. Se matriculó en la escuela de bellas artes donde se licenció tras cinco años de carrera, con un expediente intachable y destacando en todas las disciplinas. Años después, harta de pintar para otros artistas con más éxito y menos talento y sin conseguir exponer su obra en galería alguna, decidió comenzar un curso de maquillaje y caracterización, animada por su mejor amiga, y a partir de ahí comenzó su carrera en el mundo de la moda y de la publicidad. Cambió sin remordimiento el lienzo en blanco de la creatividad por el rostro vacío de la belleza, y ya nunca miró hacia atrás.

En uno de esos trabajos conoció a Luis, su exmarido. Un chico malo, con aspecto canalla, asistente de producción, al que ella se juró y perjuró que tardaría poco en amaestrar. Tres años después nacería Antonio. Meses más tarde, el chico malo de sonrisa de doble filo y larga melena los abandonó a ambos, cuando se excusó diciendo que se iba «ahí al lado, a por un gramo de coca y un paquete de chucherías para el crío...», y ya no regresó jamás, hasta que, no hacía ni cinco meses, había vuelto a reaparecer de la nada para reclamar la custodia compartida de Antonio.

—¿No echas de menos pintar? —pregunté.

—No mucho, no te creas —respondió sin dramatismo—. La pintura cumplió su función. Me ayudó en un principio en mi necesidad de desentrañar quién era yo en realidad una vez me desvelaron la verdad sobre mi origen. Pasé doce años de mi vida intentando, literalmente, pintarme una identidad nueva que suplantara la que me había sido arrebatada, pero solo la encontré el día en que Toni vino al mundo. Él ha sido mi mejor obra.

—Es un chaval fantástico —añadí sincero—. Y parece que lo has educado bien.

Rosa agradeció mi comentario con una sonrisa tímida y agarrándome del brazo.

—No ha sido fácil, esa es la verdad. Al principio sentía una mezcla de rabia e impotencia. «¿Por qué a mí?», me preguntaba a todas horas, echándome la culpa, revisando los nueve meses de embarazo en mi cabeza para ver si había hecho algo mal. Luego no te queda otra que aceptar las cosas tal como son.

Sacó su toalla de la mochila, la extendió sobre la arena y nos sentamos uno al lado del otro, frente al mar.

—Cuando vino al mundo —añadió—, creía que le estaba haciendo a ese niño un gran favor. Que, de algún modo, estaba sacrificándome voluntariamente en nombre de mi integridad como ser humano y de mi fe. ¡Cómo podía estar tan equivocada! Cómo no fui capaz de intuir siquiera que aquella misma personita acabaría por convertirse en la mayor bendición de mi vida.

—¿Y cómo es el día a día con un niño así? —pregunté, lleno de curiosidad—. Imagino que no tiene que resultar nada fácil.

Rosa abrió la mochila y sacó su cartera. Extrajo de ella una foto de Toni, disfrazado de Superman, esbozando una sonrisa inocente frente a una tarta de cumpleaños.

—Cómo podría explicártelo para que lo entendieras, Samuel —dijo, y me pasó la fotografía—. Es como si tomaras lo mejor que hay en cada uno de nosotros y luego vaciaras toda la porquería que vamos acumulando al hacernos mayores: la malicia, la envidia, los celos, el rencor… Imagina a alguien que se ríe a todas horas por cualquier cosa, que te da un beso cuando le riñes; que te dice «te quiero» a pesar de haberle castigado. Imagina a alguien que estuviera hecho de una inocencia pura, de una alegría infinita y de un amor incondicional…, y luego simplemente añádele un cromosoma más. Esa es la mejor definición que puedo hacer de un niño con síndrome de Down.

Los ojos de Rosa se llenaron de lágrimas y la voz se le quebró por la emoción.

—Algunas veces, en mitad de la noche, cuando me revuelvo inquieta entre las sábanas y no logro encontrarle el sentido a casi nada, he comenzado a rezarle a la Virgen, pidiéndole que me ayude a parecerme más a mi hijo, que me permita aceptar el mundo con la misma sencillez y alegría con que lo hace él.

Estuvimos en silencio durante un buen rato contemplando el mar, perdidos cada uno en nuestra propia ensoñación. Rosa cerró los ojos e inhaló profundamente aquel aire con aroma a salitre que llevaba tantos años deseando respirar.

Eran las seis de la tarde cuando decidimos regresar a Madrid. Rosa había telefoneado a su hermana para ver si había alguna novedad en cuanto a Toni, y ella, a su vez, le había dicho que se quedara tranquila, que todo estaba bien. Ya dentro del coche, avanzando por una arteria principal que atravesaba la ciudad, me dio un vuelco al corazón al divisar un letrero que indicaba un desvío en dirección a Castellón. Le expliqué a Rosa que mi madre era de un pueblecito de esa provincia, y que, a pesar de que me había hablado de él en infinidad de ocasiones, siempre con un poso de nostalgia en su recuerdo, nunca lo había llegado a visitar.

El pueblo de mi madre se encontraba a cien kilómetros de Valencia y a una hora y media de camino. Rosa me animó a que nos desviáramos, puesto que le parecía imperdonable que no conociera el lugar de donde procedían mis ancestros, algo con lo que ella, por razones evidentes, estaba muy sensibilizada.

Tomamos aquel desvío a Castellón y durante el trayecto no pude evitar rememorar fragmentos que habían compartido conmigo, tanto mi madre como mi tía, sobre su infancia y juventud en aquel lugar durante los años oscuros de la posguerra. Aquel pajar de las noches de ronda, la triste historia de mi bisabuela Sinforosa, la descripción detallada de cada lugar, de cada paisaje, de cada rincón… Podía imaginar, mientras gestionaba cada una de las pronunciadas curvas de aquel camino, a mi padre haciendo lo propio en su flamante seiscientos blanco durante aquel verano del sesenta en el que se conocieron, se enamoraron y se prometieron.

Al tomar la última de las curvas pudimos contemplar desde la distancia el pueblo en todo su esplendor. Apenas le calculé un puñado de cientos de casas, todas con sus techados de teja roja y sus paredes de cal blanca. La torre de la iglesia se erigía orgullosa en el centro de aquella postal de lugar olvidado por el tiempo, y alrededor de ella, una mancha blanca y roja que se derramaba en todas las direcciones, rodeada por el verde de las montañas cubiertas de pino y el ocre amarronado de los terrenos de regadío de las huertas adyacentes.

Aparcamos el coche a la entrada del municipio y fuimos callejeando en dirección a la plaza principal, siempre tomando el campanario de la iglesia como referencia. No había demasiada gente a aquella hora de la tarde. La mayoría estaba concentrada en la plaza de la fuente, a la que, en más de una ocasión, había hecho referencia mi madre al hablarme del pueblo. Allí, un nutrido grupo de hombres, septuagenarios en su mayoría, echaban una partida de cartas bajo la sombra majestuosa de un par de álamos enormes, mientras una bandada de chiquillos, con el cerco de esa libertad que tiende a ampliarse cuando uno sale de las grandes urbes durante las vacaciones de verano, correteaban de lado a lado de la plaza, ante la presencia impasible de una fuente de dos chorros, rodeada por un murete circular de piedra marmolada que, según tenía grabado en un flanco de la misma, llevaba dando agua en aquel mismo lugar desde 1912. Bajamos por un empinado y estrecho callejón que confluía en una vía principal. Una calle que bordeaba el pueblo por su costado sur y desde donde se podía contemplar la impresionante estampa de las altas y frondosas montañas que circundaban la comarca del Alto Mijares.

Sentada en una silla de mimbre, frente a la puerta de una casa, apenas a unos metros de distancia de donde nos encontrábamos, una mujer a la que le calculé entre setenta y setenta y cinco años, haciendo ganchillo, con un vestido de luto cubierto por un delantal de cuadros y el pelo blanco recogido en un moño, nos miraba de reojo, con esa mezcla de curiosidad y fastidio que suelen generar los forasteros en aquellos lugares recónditos donde todo lo que resulta desconocido produce un cierto recelo. Consciente de ello, y sin querer importunarla o distraerla de su tarea, me aproximé hacia donde se encontraba.

—Buenas tardes.

—Buenas nos las de Dios —replicó, levantando la mirada de su labor.

—Por casualidad, sabría usted decirme dónde está la casa del difunto señor Ismael Aroza.

—Sí —dijo, con una leve inclinación de cabeza, observándome con desconfianza.

Se hizo un silencio incómodo hasta que volví a preguntar.

—¿Sabría indicarme cuál es, si es tan amable?

—¿Quién lo quiere saber? —dijo, posando la labor.

—Soy un nieto suyo. Me llamo Samuel.

—Que yo sepa, el señor Ismael no tuvo nietos.

—Los tuvo —me apresuré a corregirle—. Por parte de su hija mayor: María.

Los ojos de aquella mujer se abrieron como si acabara de ver un fantasma.

—¿Tú eres hijo de María la Tonadillera? —preguntó con un hilo de voz, tapándose instintivamente la boca con la mano.

—Sí. El pequeño —respondí con la mayor naturalidad.

—¡Virgen del amor hermoso! ¡El hijo de la Tonadillera!

Aquella buena mujer, que no hacía ni dos minutos se había comportado de modo tan arisco ante nuestra presencia, se levantó de su silla, se me abrazó al cuello y me estampó una serie de besos sonoros en ambas mejillas. Una vez se recompuso de su excitación momentánea, nos instó a que pasáramos dentro de la casa, donde, pese a nuestros repetidos intentos de declinar su cortesía, argumentando falta de tiempo y deseo de no importunar, nos vimos obligados a tomar un café con pastas e higos de la comarca.

—Tú madre desapareció un buen día con la tía Sinforosa, que le llenó la cabeza de pájaros con eso de artista, y se marchó a Barcelona a aprender a cantar. Ya no volvió por el pueblo nunca más, excepto aquel verano en que conoció a tu padre que, según creo, estaba por entonces con todo aquello de la central hidroeléctrica.

Conocía aquella historia a la perfección ya que mi madre me la había relatado al detalle durante su estancia en el hospital días antes de morir.

—Yo estaba en el baile con ella y con tu tía Isabel la noche en que se conocieron —prosiguió—. El pobre muchacho, más patoso que otra cosa, se le declaró ahí mismo, nada más conocerla, y a las tres nos dio un ataque de risa que *pa qué*.

—Sí, conozco la historia —dije, uniéndome a su risa.

—Tu tía y yo éramos de la misma edad y habíamos crecido juntas. Éramos vecinas puerta con puerta y de siempre la tuve por mi mejor amiga, hasta que, igual que hiciera la mayor, tu madre, un día también desapareció y ya nunca más supe de ella. Y de eso va a hacer ya cincuenta años.

Un velo de tristeza ensombreció la mirada vidriosa de aquella anciana.

—¿Le gustaría saber de ella?

—¡Claro! —exclamó ilusionada—. ¿Cómo está? ¿Aún vive? ¡Cuéntame!

—¿Por qué no hacemos otra cosa? —dije, sacando mi teléfono móvil—. ¿Por qué no se lo pregunta usted misma?

La expresión de aquella buena mujer se congeló de pronto y tardó unos instantes en reaccionar.

—De… verdad —tartamudeó, impresionada—. ¿De verdad… puedo hablar con ella…? ¿Con… la Isabelín? ¿Ahora…?

Miré el reloj. Eran poco más de las dos de la tarde en Nueva York.

—¡Ahora mismo! —respondí, buscando el contacto de mi tía en el móvil.

Marqué el número y le pasé el teléfono a nuestra anfitriona, que lo miraba llena de dudas, como si no pudiera dar crédito a lo que estaba a punto de suceder. Finalmente, la voz de mi tía debió de hacer su aparición al otro lado del aparato.

—Isabelín, ¿sabes quién soy…? —dijo, con voz trémula—. Soy Pilar, la del herrero…

Avergonzada por su propia emoción que luchaba por no desbordarse, nos pidió permiso para ausentarse un momento.

Pilar regresó minutos más tardes con el móvil en la mano y secándose las lágrimas con un pañuelo. Parecía haber rejuvenecido diez años, y me agradeció sin necesidad de extenderse en palabras aquel gesto que, según ella misma dijo, le había dado la vida. Ambas se habían intercambiado las señas, y habían quedado en retomar el contacto a través de carta. El modo en que siempre ha preferido expresarse el verdadero afecto.

Antes de despedirnos, le pregunté cómo llegar hasta el barranco, uno de los lugares favoritos de mi madre y donde, según ella misma me contó, mi padre le pidió el matrimonio una tarde de final de agosto. Pilar nos hizo un pequeño mapa en una servilleta y nos dio una bolsa con higos de la comarca para el camino. Antes de marcharnos caí en la cuenta de algo.

—Disculpa mi pregunta, Pilar, ¿llevas muchos años viviendo en esta casa?

—Desde el día en que nací.

—Antes has dicho que mi tía era vecina tuya, puerta con puerta…

—Claro —dijo, mostrando un ligero desconcierto—. Por eso me ha extrañado tanto que me preguntaras por la casa de tu abuelo. Debe de tratarse de una casualidad, pero, aunque te parezca mentira, era precisamente esa casa junto a la que os habíais detenido cuando os he visto la primera vez.

33

Descendimos por un camino de tierra rojiza y seca que tirabuzoneaba por la ladera del monte como si un fular de cobre le rodeara el cuello. El camino se detenía a los pies de un cerro a cuyas espaldas se podía oír el rumor tranquilo de un riachuelo que desembocaba en una pequeña bañera natural del tamaño de un hidromasaje doméstico. Lo bordeamos por el flanco derecho sin necesidad de mirar el mapa, de forma instintiva, siguiendo el murmullo fluvial que emergía desde ese costado. La marcha a partir de ese momento se tornó más exigente. Pequeños senderos se abrían paso entre la maleza, atajos fabricados por la mano del hombre que ascendían en paralelo y en sentido contrario al de la corriente, caminos que se cubrían a cada paso por una maraña de tentáculos a base de zarzas, ramas y follaje que nos mordían y arañaban la piel, aunque no lo bastante como para cejar en nuestro empeño de seguir avanzando.

Conforme ascendíamos, la corriente iba incrementando su potencia y su caudal, y las bañeras naturales que le servían de avituallamiento y descanso lo hacían en idéntica proporción. Aquella incursión a las vísceras de la naturaleza más agreste se fue haciendo cada vez más profunda y a cada metro que avanzábamos uno tenía la sensación de que le comenzaban a salir raíces en las plantas de los pies.

Bordeamos un recodo de rocas color teja en el que se sucedían tres bañeras en columna ascendente, como una escalera de musgo, y en cuya superficie el sol dibujaba arabescos en forma de lágrimas de plata. Oímos el estruendo próximo de una gran tromba de agua. Aún no la teníamos a la vista, pero intuí que detrás de la escarpada pared de arenisca que nos impedía avistarla desde nuestra posición solo podía esconderse aquella poza a la que, según me contó mi madre, los habitantes del pueblo habían llamado desde tiempos inmemoriales «el salto de la novia», en alusión a la trágica leyenda, que fue pasando de generación en generación, del suicidio por despecho de una joven de la comarca, y donde ella, joven e ingenua, sin apenas darse tiempo para reflexionar, había aceptado unir su destino al de mi padre.

Por fin, tras avanzar una decena escasa de metros alcanzamos el culmen de la ascensión y nos encontramos de pie, incapaces de articular palabra por una combinación de admiración y esfuerzo, frente a aquella sobrecogedora visión de un lugar que parecía haber sido esculpido a imagen y semejanza del paraíso.

—¡Qué maravilla, Samuel!

—Sí…

—Nunca había visto nada igual.

—Ni yo.

Nos acomodamos en una de las rocas, planas y rojizas, que quedaban frente al caño natural que horadaba la montaña. Imaginé a mis padres en aquel mismo lugar, durante el verano del sesenta, cuando todo lo que les rodeaba era hermoso y todo lo que les sucedía, mágico. Mientras observaba y escuchaba hipnotizado aquel milagro de la naturaleza me sorprendió, con asombrosa nitidez, una imagen de la infancia que creía haber desterrada de mi memoria para siempre, y que me señalaba con martillo de juez y dedo acusador como el único y verdadero culpable de su desunión.

—Nunca le he contado esto a nadie, ¿sabes? —dije de pronto, como si alguien estuviera expresándose a través mí—. Jamás hicimos mención alguna de ello ni salió nunca del núcleo de nuestra familia…

Rosa, tumbada sobre su toalla, se incorporó para prestarme atención, sorprendida por aquellas palabras que parecían llevar el peso de una confesión.

—¿A qué te refieres?

—Mi padre me pegaba a menudo cuando yo era un niño —proseguí como un autómata, hipnotizado por el ruido del agua—. Palizas que con el tiempo fueron convirtiéndose en agresiones brutales. Esa es la razón por la que mi madre decidió sacarme de Madrid y nos marchamos juntos a comenzar una nueva vida, lejos de él, en Nueva York.

—Samuel, no tienes por qué…

—Nunca le he contado a nadie la verdadera razón por la que comenzó a odiarme tanto, y es hora de que lo haga.

Rosa me tomó entonces de la mano y me miró a los ojos con una ternura infinita; a continuación, respiró hondo y cerró los suyos, preparándose para escuchar, en un espacio cercado de quietud interior, lo que me disponía a narrarle. Yo hice lo propio y cerré los míos, y permití que el ruido ensordecedor del agua de aquella cascada enmascarara, en la medida de lo posible, el rumor de la vergüenza, el dolor y el desamparo que sabía que contenía aquel secreto inconfesable, enterrado tiempo atrás en un ataúd de papel, que me disponía a compartir con ella y, quizás, de un modo incomprensible, conmigo mismo…

Lo que estaba a punto de revelarle ocurrió el 11 de marzo de 1975, en la residencia familiar de El Viso donde nos acabábamos de mudar hacía tres meses: una casa grande de dos alturas. En la planta superior se encontraban las habitaciones y el estudio de mi padre; en la inferior se hallaba el salón, la cocina y el recibidor. Una ancha escalera de mármol de veinticinco escalones con una balaustrada de madera comunicaba ambos niveles. Era sábado por la mañana, el día en que mi hermana y yo teníamos la obligación de arreglar la habitación que, en mi caso, como solía decir mi padre, siempre estaba hecha «una leonera». Esa misma mañana había estado jugando un rato con un monopatín que me habían regalado las Navidades previas, recorriendo de punta a punta el largo pasillo de la planta superior. Me sentía extrañamente inquieto a pesar de no tener motivo alguno para estarlo. Me cansé de jugar con él y lo dejé tirado frente al borde de la escalera. Seguidamente, fui al cuarto de mi hermana que estaba haciendo los deberes…

—¿Qué haces?

—¿A ti qué te parece, Samu? Estudiar. Déjame, anda.

—Me aburro.

—Arregla tu cuarto.

—Eso es de chicas.

—No vuelvas a decir eso en tu vida, que todas no somos unas santas como la mamá, niño mimado.

—¿Jugamos a «tú la llevas» un rato?

—Ahora no puedo.

—Eres una empollona. Ningún chico te va a querer. Las empollonas nos dan asco.

—¿A quién le has oído eso, Samu?

—A Limorti, que es el que más entiende de chicas en mi clase.

—Escúchame, Samuel. No hagas caso de lo que digan los otros chicos, ¿me oyes? Tienes que tener tu propia personalidad y aprender a pensar y a decidir por ti mismo.

—¡Pues si quieres que decida por mí mismo empieza por hacerme caso alguna vez!

Había derrotado a Sara con su propio argumento, de modo que aceptó con desgana jugar conmigo durante un rato.

Salió corriendo de la habitación aprovechando un descuido, mientras se reía y gritaba «tú la llevas». Fui tras de ella y le di alcance en el preciso instante en que llegábamos al final del corredor. Antes de que pudiera girar la esquina y escaparse, bajando por la escalera que daba al recibidor, le di un empujón desmedido y lleno de mala idea. Con la inercia fue trastabillando hacia donde se encontraba el monopatín, a menos de un metro de distancia del borde de la escalera. Sara lo pisó y perdió pie, rodando como un pesado fardo escaleras abajo. Una vez allí ya no se movió. Permanecí inmóvil, observándola desde lo alto durante algunos minutos. Todo estaba en silencio y solo lograba escuchar los latidos de mi corazón. Luego me encerré en mi cuarto, me escondí debajo de la cama y empecé a rezar. Cada tres padrenuestros regresaba, tratando de no hacer ruido, para ver si Dios me había escuchado y Sara se había levantado ya. Pero mi hermana seguía inconsciente y boca abajo en el suelo del recibidor. En uno de mis vanos intentos de persuadir con rezos a la divinidad escuché el grito estremecedor de mi madre que me heló la sangre..., y a partir de ese momento dejé de rezar para siempre. Salí de mi habitación, cogí el monopatín y lo rompí en pedazos, asignándole toda la culpa de la desgracia, pero jamás pude hacer lo propio con el recuerdo febril de la rabia y el rencor con que mis brazos habían empujado a Sara precipitando su caída.

Aquellos celos irracionales hacia mi hermana, que no tenían que ver con ninguna de sus virtudes, sino con el hecho de considerarla el único obstáculo insalvable para llegar al corazón de mi padre, debieron de estar presentes en aquel empujón. No conseguí engañarme a mí mismo con vanas excusas por mucho que inventara cientos para tratar de minimizar mi angustia. Era un empujón desmedido que, aunque entonces ni siquiera lo intuyera, tenía la finalidad simbólica de alejarla de él. Pero las constantes palizas e insultos de mi padre a raíz de desvelarse la verdad sobre lo sucedido me hicieron, de un modo enfermizo, más real para él, más vivo; más presente. Y aunque sentía un temor rayano en la neurosis que se desataba con su mera presencia, y aunque lloraba y sufría lo indecible con cada uno de sus golpes y menosprecios, con el tiempo y los hematomas llegué a acostumbrarme a ello, y acepté con sumisión de mártir ser el objeto donde acudía con frecuencia a aplacar su ira, como un sucedáneo cruel de mi íntimo deseo de ganarme su favor. Me conformaba, pese a que jamás llegué a ser consciente de ello, con poder generar una emoción tan real e intensa para él. Hubiera preferido, cientos de veces y una más, seguir sufriendo día tras día su castigo abusivo y desproporcionado, abrasándome la piel con el hierro incandescente de su odio, que quedar absuelto de por vida, soportando para siempre la cruz de su callado desprecio y mi perpetua invisibilidad ante su mirada esquiva.

Ser importante a toda costa, bajo cualquier pretexto, me decía a mí mismo en una suerte de letanía enfermiza, siguiendo un patrón de hechizo o de conjuro. Ser importante, repetía, eso es lo único que de verdad importa… Y aquel mantra habría de convertirse con el tiempo en una suerte de profecía de autocumplimiento. Ser importante para que a uno lo vean, por la razón que sea, que lo quieran o que lo odien, poco importa, pero que lo vean. Con los ojos enrojecidos por las lágrimas del abatimiento y el dolor de los hematomas; por la culpa que se burla jugando al escondite, a oscuras, con la espalda apoyada contra la pared, la cabeza escondida entre las piernas y las manos entrelazadas abrazando las rodillas, balanceándome adelante y atrás en mitad de aquel pasillo de la tragedia y la infamia, como alguien que hubiese perdido el juicio a pesar de su corta edad y tan solo repitiera una y otra vez con un lamento de manicomio: «Ser importante, eso es lo único que vale. Ser importante». Y en aquel castigo de mi padre vendría también la penitencia, y en aquel dolor de hebilla mi salvación y destino. Ser importante, aullaba para disfrazar de valor de hombre los quejidos del daño. Ser importante…, susurraba entonces hasta quedarme dormido por el arrullo monótono de mi propia voz, y el recuerdo inventado de su rostro amable, su caricia afectuosa, y ese beso tan deseado que jamás me llegó a dar.

La montaña y yo, uno frente al otro, nos servíamos de espejo en nuestro desconsuelo. El de ella acompañado de un rugido monstruoso de accidente natural, el mío apenas perceptible entre sollozos ahogados.

Rosa, que me miraba sin decir palabra, con un temblor en los labios, me enjugó entonces unas lágrimas que resbalaban por las mejillas.

—Te perdono.

—¿Cómo dices?

—Te perdono en nombre de tu hermana, y en el de mi hijo, y en el de todos aquellos a los que crees haber hecho daño.

Rosa se puso de pie, me extendió su mano para ayudarme a levantar y señaló hacia la montaña.

—Ahora te toca a ti.

Ante mi mirada de desconcierto Rosa insistió con un leve gesto de cabeza.

—Vamos, Samuel, adelante. Ha llegado el momento de que lo hagas tú también.

Dirigí la vista hacia la montaña y por un momento me pareció que se detenía la cascada y se atenuaba el ruido del agua al caer sobre la poza. Miré en el interior de esta tratando de encontrar en ella mi propio reflejo. Me distinguí a lo lejos, sobre la superficie. Distorsionada la imagen, ensombrecida, como el vago recuerdo de alguien a quien no se ha visto en muchos años o se encuentra muy lejano en la distancia.

—Te perdono, Samuel… —balbucí lleno de dudas, mirándola de soslayo, sin entender muy bien lo que estaba haciendo.

—Más alto —dijo Rosa.

—Te perdono, Samuel…

—¡Grítalo!

Y, entonces, sentí el latigazo de un dolor intenso y visceral que parecía emanar de lo más hondo de mis entrañas:

—¡Te perdono, Samuel! ¡¡Yo te perdono!!

Rosa descendió unos metros hasta donde yo me encontraba, frente a la orilla de la poza. Se acercó muy despacio, se situó frente a mí y me puso las manos sobre los hombros.

—Ya está —dijo—. ¿Has visto lo sencillo que era?

Nos fundimos en un abrazo de abandono, de camaradería castrense tras el fragor de la batalla que tenía sabor a bandera blanca y a regreso a casa, con una respiración lenta y acompasada, sin emitir sonido alguno para no estropear el momento con palabras ni miradas; con su cabeza apoyada sobre mi hombro, como dos sombras recortadas sobre un horizonte de piedra roja, musgo verde y bruma blanca de agua brava.

—¡Mira, Samuel! —exclamó, deshaciendo el abrazo.

Rosa señaló algo a mis espaldas. En una de aquellas rocas, escondida bajo la maleza, había grabada una inscripción que había sido hendida con algún tipo de artilugio punzante. Nos aproximamos hasta ella. Dentro de un corazón atravesado por una flecha, como si se tratara de una de esas tiernas muestras de amor adolescente que se suelen ver en el tronco de algún árbol o en algún libro de texto, se podían leer dos nombres junto a una fecha:

Germán y María, Cirat, 23 de agosto de 1960.

34

Hay algo de noble en el hecho de bajar los brazos, de agachar la cabeza o hincar la rodilla; algo de heroico en reemplazar el miedo a perderlo todo por el valor sereno de aceptar la nada, como una bendición disfrazada de mendigo a la que se termina por reconocer en medio de la multitud, y reunir de ese modo el coraje suficiente para comenzar a andar por la senda menos transitada: la que está más oscura y en la que nos sentimos inevitablemente solos y perdidos. Quizás el verdadero éxito en la vida se reduzca a eso: a descubrir en algún momento de ese largo peregrinar que la única manera de desentrañar el gran misterio de nuestra existencia radica en ir acumulando fracasos, uno tras otro; batallas perdidas, en tocar fondo, en no alcanzar ninguna de las metas que un día postulamos en base a nuestra propia exigencia o los designios de otros, en seguir caminando sin brújula ni zapatos. Hay algo de sabio en el hecho de desprenderse de nuestra individualidad, en la renuencia a acumular etiquetas con el fin de diferenciarnos del resto para incrementar el valor de aquello que tratamos de venderle a cualquiera en la subasta del miedo: una imagen adulterada de nosotros mismos. Hay algo de liberador en la idea de no necesitar encontrar repuestas porque no existen ya las preguntas, ni las dudas, ni la incertidumbre. Hay algo de valiente en el hecho de arrancarle los ojos a la voluntad y emascular al deseo, y reconocer que en realidad nunca fuimos capaces de desentrañar el verdadero propósito del juego; que todo estaba hecho a base de espejos y humo, de mentiras con que llenar ese espacio íntimo llamado consciencia del que nos ausentamos y tiramos la llave hace ya mucho tiempo. Hay algo de divino en el hecho de morir en vida y trascenderla, de enterrarnos como los antiguos egipcios, embalsamados junto a todas nuestras pertenencias e identidades falsas y alejarnos de todo ello sin mirar atrás, sin luto ni duelo, desnudos y sin agua, atravesando el inmenso desierto en la dirección contraria, en busca de aquella lámpara maravillosa que es nuestra verdadera esencia, de cuyo interior decidimos escapar un buen día, ante el temor heredado de saber que, en nuestro estado original, todos compartimos la incómoda y titánica responsabilidad de ser genios.

Fragmentos de conversaciones que había mantenido recientemente se yuxtaponían ahora en mi recuerdo como compartimentos estanco de un mismo paradigma. Marcial hablaba de ocupar el asiento de copiloto; Enrique, de no tener miedo a comenzar de cero. Incluso mi hermana lo llegó a comprender, al poco de su accidente, cuando aseguró un día que no se necesitan piernas cuando uno tiene alas. Compartían, en cada caso, la idea de rendición, de aceptación en la derrota. Quizás el resto del mundo, entre los que me incluía yo, los miraba con lástima, juzgándolos compasivamente como víctimas, como perdedores en el juego de la vida, mientras ellos, ajenos a cualquier juicio, seguían abriendo cada mañana los ojos a un universo de bendiciones con la mirada limpia de la gratitud, aferrándose a la indeleble certeza de haber entendido a tiempo que, para poder encontrarnos a nosotros mismos, tan solo debemos dejar de buscarnos en los demás.

Pero siempre hay un momento exacto, un lugar concreto en el tiempo y el espacio donde ubicar ese súbito despertar de la consciencia: un parque en Wall Street a mediados de julio, un sueño la víspera de Navidad, una nota musical frente a un instrumento... El mío ocurrió de manera espontánea, durante aquel trayecto por el paseo de la Castellana en el coche de Enrique, en dirección a un restaurante en el que había reservado mesa para traspasar, en compañía de Rosa y Enrique, esa línea temporal que, según este, separaba la frontera imaginaria entre «el final de la primera parte del partido y el comienzo de la segunda»: mi cuadragésimo quinto cumpleaños.

Recostado sobre el asiento, con la ventanilla bajada y la mirada perdida, pensaba en que lo único real en aquel momento era la perspectiva inminente de un adiós definitivo a todo lo que conocía hasta entonces: mi carrera, mi matrimonio, mi manera de entender la vida..., y pese a ello, no percibía en mi interior poso alguno de miedo o de recelo, ni siquiera una leve sensación de pérdida, sino la excitación previa de un viaje improvisado a un lugar desconocido.

Eran poco más de las diez de la noche cuando entramos en uno de los restaurantes de moda en la ciudad, que el día anterior me había recomendado Fermín por tratarse «de una celebración tan especial». El *maître* del local nos acompañó hasta nuestra mesa, retirando ceremoniosamente la silla de Rosa en un gesto de caballerosidad trasnochado que ni siquiera recordaba haber visto en los locales de postín de Nueva York. Todo estaba envuelto y sobrecargado de un artificio molesto, zafio, inútil. Una oda a la soberbia y la arrogancia. Observé con una mezcla de curiosidad y lástima al resto de los comensales y para mi sonrojo fui capaz de reconocerme en muchos de ellos: parejas que apenas se miraban ni intercambiaban palabras, que llenaban sin tregua sus bocas para evitar tener que hablar o para refrenar el impulso de gritar. Botellas vacías de vino y licor que se acumulaban en similar proporción a la de los platos sin probar. Miradas que, al igual que la mía, escudriñaban las mesas de alrededor en un vano intento de escapar del tedio deleitándose en el de los demás, reafirmándose en la idea absurda de que la gente con clase no se abandona a la vulgaridad de la risa o el disfrute de una conversación banal; o se rebaja a manifestar que un plato está perfecto o un vino es sublime, ya que suelen comentar con languidez que están acostumbrados a frecuentar lugares donde todo es de mejor calidad. La odiosa vanidad del eterno descontento; la complacencia nauseabunda en la actitud crítica; la creencia estúpida de que la hierba siempre es más verde en el jardín de al lado. Una manifestación irritante de eterna insatisfacción ante la vida que para muchos tiene algo de privilegio de casta, cuando no es más que la proyección lastimosa de su propia incapacidad para disfrutar de ella.

Noté de pronto una ligera incomodidad en Rosa, que vestía unos vaqueros desgastados e iba sin maquillar, ante la mirada reprobatoria de un par de mujeres emperifolladas de su misma edad. Un hecho que, en circunstancias normales, me habría pasado completamente inadvertido, pero que en aquel momento percibía con magnitud telescópica y sensibilidad femenina. La misma con la que parecía haberlo percibido Enrique.

—*Maître*, por favor.

El *maître* se aproximó hasta nuestra mesa en actitud servicial.

—Esto resulta de lo más embarazoso —dijo Enrique, con un cierto tono de resignación en su voz.

—¿De qué se trata, caballero?

—¿Ve aquella mujer de la mesa del fondo? ¿La del vestido rosa palo que está cenando con una amiga?

Los tres miramos en la misma dirección, sobresaltados por aquella inesperada salida de Enrique, sin saber muy bien qué pretendía. La mujer, una de las que había mirado a Rosa con desdén, se vio sorprendida por nuestras miradas furtivas y bajó al punto la suya, tratando de disimular su sonrojo, centrando toda su atención en una de las patas de su langosta.

—Sí. Dígame. ¿Qué ocurre?

—Verá. Esa señora es mi exmujer y la que está con ella es mi cuñada. Estamos pasando por un terrible proceso de divorcio y me está haciendo la vida imposible. Si me ve con mi nueva pareja —dijo, al tiempo que agarraba tímidamente la mano de Rosa— y mi abogado —y me señaló a mí—, me va a intentar sacar las tripas como se las está sacando a esa langosta, que dicho sea de paso tiene una pinta sublime. Para evitar conflictos y escenas de mal gusto, puesto que es toda una experta en el arte de montar el numerito, sería conveniente que abandonáramos su restaurante sin que ella se dé cuenta. Comprendo el inconveniente que supone para ustedes el perder una reserva a última hora, pero hágase usted cargo…

El *maître* compuso una expresión de horror ante la mera posibilidad de que algo alterara la etiqueta habitual de su local.

—Pierda cuidado, caballero. Me hago cargo de la situación. Acompáñenme, por favor.

El *maître* del local nos condujo al interior de la cocina, evitándonos de ese modo el bochornoso espectáculo de atravesar el restaurante en la dirección contraria a la que habíamos entrado hacía apenas unos minutos, y nos franqueó una puerta a través de la cual se accedía al exterior.

—Es una verdadera lástima, se lo aseguro —dijo mientras nos despedía a cada uno con un breve apretón de manos—. No va a encontrar un restaurante mejor en todo Madrid.

—Me consta —apostilló Enrique, con fingido pesar.

—Pero así es la vida —prosiguió el *maître*, dirigiendo una mirada a Rosa llena de intención—. No siempre tiene uno la suerte de salir ganando con los cambios…

Dimos la vuelta a la esquina y comenzamos a reír a carcajadas como tres adolescentes que acabaran de cometer una travesura.

—¿Por qué has hecho eso, Enrique? —le recriminé sin poder dejar de reír—. ¿Sabes lo difícil que es conseguir una reserva en este sitio?

—Me trae sin cuidado, Samuel —respondió, recobrando de nuevo la compostura—. Ese antro no estaba a la altura de tu invitada.

Las miradas de ambos se entrelazaron durante un segundo.

—No hacía falta, Enrique..., pero gracias de todos modos. Ha sido un detalle —dijo Rosa, bajando la mirada.

Regresamos al coche y Enrique le preguntó si había algún lugar en especial donde le apeteciera cenar. Era sábado por la noche y no había riesgo de que las cocinas cerraran temprano. Un cuarto de hora más tarde entrábamos en un mesón asturiano a espaldas de la Gran Vía.

La atmósfera de aquel local era diametralmente opuesta a la del anterior. La gente reía y hablaba en voz alta y el nivel de decibelios nos obligaba a nosotros mismos a alzar la voz para podernos escuchar, y nos contagiamos de inmediato del bullicio y la algarabía general del mismo modo que aquellos otros comensales se habían contagiado del rictus rígido y el manierismo aburrido del orgullo y el engreimiento. Al final, uno siempre acaba contextualizándose con su entorno como un camaleón. Enrique pidió varios entrantes de especialidades asturianas que devoraba con fruición. Yo me dedicaba a degustarlos por encima puesto que apenas tenía apetito. Ambos nos miramos alarmados en el momento en que Rosa pidió una botella de vino tinto. Brindamos de manera despreocupada, sin la menor intención por parte de ninguno de los dos de dar a entender la razón que nos impedía beber, y entrar de ese modo en un tema peliagudo que suele causar fascinación y curiosidad en todos aquellos que no tienen un problema real con la bebida, y que suele monopolizar, a raíz de ser desvelado, cualquier intento posterior de conversación.

Rosa no paraba de hacer preguntas: ¿de qué nos conocíamos? ¿Cuántos años llevábamos sin vernos? ¿Cómo era reencontrarse después de tanto tiempo…? Nosotros respondíamos de esa manera tan masculina y a la vez tan pueril que consiste en evitar a toda costa dejar aflorar nuestros sentimientos, minimizándolos y metiéndonos descarnadamente con el otro: «El día más feliz de mi vida fue el día que lo perdí de vista», decía Enrique. «Me fui de Madrid porque ya no lo aguantaba más», afirmaba yo. Palabras huecas que contradecían cada una de nuestras miradas y gestos de afecto. Palabras que expresaban todo lo contrario a las que de verdad deseábamos pronunciar, y que dos hombres de mediana de edad, por mucho que se quisieran o se hubieran echado de menos, no se podían permitir el lujo de expresar.

Ella, por su parte, evitó ahondar en el tema del accidente de su hijo cuando Enrique le preguntó por él, y se limitó a alzar su copa para brindar por su recuperación.

—¡Por Toni!

—¡Por Toni! —respondimos al unísono.

La velada se tornó en un paso a dos entre Rosa y Enrique en el que se iban tanteando poco a poco, como dos púgiles cobardes sobre un ring de palabras y miradas, desvelando a cuentagotas fragmentos muy íntimos de su pasado: el trágico accidente de automóvil que le condenó a él a la viudedad; el abandono repentino por parte de su marido que la obligó a ella a criar a su hijo sola… Un intercambio de información, lanzada lacónicamente, sin querer darle demasiada importancia, en el que informaban al otro de que estaban solos y que lo habían asumido con la mayor naturalidad, puesto que el miedo a sufrir de nuevo el dolor por la pérdida o el desengaño aún estaba muy presente. Habían aceptado de buen grado la soledad; habían hecho las paces con ella, sin valorar en ningún momento la posibilidad de rehacer sus vidas con nadie más. Sin embargo, las miradas adolescentes y el lenguaje corporal de ambos contradecían el contenido de aquellas palabras huecas que ambos se habían repetido hasta la saciedad en un ejercicio inútil de supervivencia, y pude intuir, desde la distancia de la imparcialidad, un tímido intento por parte de ambos de ir acercándose al otro, como si se tratase de dos animales heridos y llenos de temor que vuelven a aproximarse con la mayor cautela al lugar donde una vez resultaron lastimados.

Enrique se interrumpió a sí mismo para mirar su reloj.

—¡Las doce menos diez, Samuel! —exclamó—. ¡Está a punto de acabar la primera parte del partido!

—¿Pero la final del Mundial no es mañana? —preguntó Rosa, confundida.

Ambos nos echamos a reír ante lo ingenuo de su pregunta.

—Es una metáfora que utiliza Enrique para tratar de explicar la vida, lo creas o no —me apresuré a aclararle.

—Qué obsesión más tonta de los tíos con el fútbol, de verdad —dijo, molesta.

—La vida, al igual que los partidos de fútbol importantes, comienza de verdad a partir de los cuarenta y cinco —sentenció Enrique, sentando cátedra—. Es un hecho contrastado, un axioma irrefutable... ¡Es una verdad como un templo!

—Pues entonces vamos a brindar por ello —replicó Rosa—. ¡Camarero!

Reclamó su atención haciendo una señal con el brazo, mientras Enrique y yo, sin necesidad de palabras, comprendimos que no quedaba más alternativa que desvelar la verdad.

—Escucha, Rosa... —dijo Enrique, bajando la voz y tratando de encontrar las palabras justas—. Yo no puedo beber alcohol.

—¿Por qué? ¿No te dejan tus padres? —preguntó, en un desafortunado intento de mostrarse ocurrente.

—Soy alcohólico —respondió Enrique, y forzó una sonrisa con el fin de atenuar el impacto de sus palabras.

—Yo también —me apresuré a añadir para no desertarlo en su confesión.

Rosa nos miró a ambos muy seria, como valorando, incrédula, la posibilidad de que estuviésemos tomándole el pelo. Seguidamente, dirigió la mirada a la botella de vino casi llena y a las copas de ambos que permanecían intactas. Luego cerró los ojos y se mordió los labios, como reprochándose a sí misma la torpeza, en el preciso instante en que el camarero se aproximó a nuestra mesa.

—Dígame, señora.

—Una botella de licor de manzana sin alcohol y tres copas de champán, por favor.

El camarero, incapaz de ocultar una mueca de extrañeza ante lo bizarro de la petición, anotó mentalmente la comanda y regresó de nuevo a los pocos segundos. Rosa hizo los honores y rellenó, una a una, las tres copas.

—¡Por los hombres valientes! —exclamó, alzando su copa, con la mirada vidriosa.

—¡Por las segundas partes! —añadí yo, mirándolos a ambos y aproximando la mía.

—¡Por mi hermano de sangre! —se unió Enrique, para completar la terna.

El dueño del local nos agasajó con una tarta sobre la que había dos velas de cera con los números cuatro y cinco. Cuando apenas faltaban uno segundos para la medianoche las prendió con un mechero, mientras ellos tres y alguno de los comensales de las mesas más próximas, que se habían unido al festejo, comenzaron a descontar a viva voz los últimos diez segundos, como si se tratara de una celebración de Año Nuevo.

—Diez, nueve, ocho, siete…

—No te olvides de pedir un deseo —se interrumpió Rosa en su cuenta atrás.

Y no se me olvidó. Mientras soplaba aquellas dos velas acudió al pensamiento la imagen de Susan: recuperada, sonriente, llena de vitalidad, y deseé que para ella también fuera el comienzo de una nueva y maravillosa vida. La vida que no pude, o no supe, darle en su momento.

Salimos a la calle bien pasadas las dos de la mañana, una vez agotado el repertorio de canciones populares y regionales que había comenzado con el himno apócrifo de Asturias en la potente voz de Pelayo, el dueño del mesón, y terminó con gritos exacerbados de «¡España, España!» por parte del puñado de noctámbulos que aún permanecían en aquel local a puerta cerrada, enaltecidos por la ingesta de alcohol y la proximidad del acontecimiento deportivo que mayor pasión y sentimiento patriótico logra generar en tres cuartas partes del planeta: la final de un Mundial de fútbol.

Me despedí de ambos ante la insistencia de Enrique por acercarme en su coche, convenciéndole de que me apetecía tomar un poco el aire y bajar la cena dando un paseo hasta el hotel. Él, a su vez, se ofreció a acercar a Rosa hasta su casa, ofrecimiento que ella aceptó encantada.

Llegué al hotel agotado poco antes de las tres de la madrugada. Subí a mi habitación y abrí el ordenador con la intención de escribir un correo a Susan, que había permanecido en mi pensamiento durante buena parte de la velada. Al entrar en mi cuenta, vi aparecer en el buzón aquel nombre ruso que en ocasiones llegaba a olvidar que era el suyo propio: Svetlana Kafelnikova, y que ahora me llegaba con un sentido de reivindicación e independencia, de alianza arrojada lejos y con rabia, como si Svetlana Kafelnikova fuese la versión engrandecida y dignificada de Susan Palacios, a la que ya no podía seguir engañando.

Tantos días esperando su respuesta y ahora que la tenía delante no estaba seguro de querer enfrentarme a ella. La intuición me decía que la petición en firme de divorcio era lo que se encontraba tras aquel correo que no enunciaba asunto alguno, y la experiencia me ha enseñado que en cuestiones sentimentales la actitud pesimista es en la mayoría de los casos la correcta, y pocas veces se ve contradicha por una noticia favorable, cuando percibimos, en forma de nudo en el estómago, que algo no marcha bien. Me consolaba saber que era ella quien había escrito ese correo, y eso, de alguna forma, dejaba entrever que al menos se encontraba restablecida. Abrí una botella de agua mineral con gas del mueble bar, respiré hondo y con una sensación de vacío en el estómago pulsé la tecla *intro*.

Querido Samuel:

Perdona que no te haya escrito en estos días, pero ni tenía ganas ni sabía muy bien qué responder. Quería tenerlo todo muy claro antes de hacerlo y no decirte cosas de las que luego me pudiera arrepentir.

Me encantó tu correo. Lo leí una y otra vez como si fuera una niñata de quince años. ¡No tenía ni idea de que escribieras así! Hay veces que pienso que no sé nada de ti; que todo en ti es un gran misterio.

Acabo de releerlo de nuevo para imaginarte mientras lo escribías. Me cuesta reconocerte en él, la verdad. Cada vez que lo leo me entran ganas de llamarte y de pedirte que vengas a por mí. Pero los dos sabemos que eso sería un grave error. Que esto no funciona así. Que hay algo que está por encima del amor, y es la vida, y yo ya no voy a permitir que juegues con la mía para que vuelva a perder su valor.

Los primeros días estaba llena de rabia contra ti, y contra mí también. Dos personas que se quisieron tanto y que tengan que acabar así. ¡Vaya par de inútiles! Pero ahora solo me queda un vacío en el pecho y una pena muy grande por todo lo bueno que nos quedó por vivir. Por esos hijos que ya no vamos a tener. Qué le vamos a hacer…

Te informo de que he acabado con éxito el programa de desintoxicación. En realidad, de las cuatro semanas me sobraban tres y media, pues tenía muy claro que mi problema con las drogas y el alcohol desaparecería el día que desaparecieras tú. Tú siempre fuiste su única razón de ser. También he aprendido muchas cosas sobre mí. Y, ¿sabes cuál es la principal? Que yo valgo la pena, aunque no lo hayas podido ver hasta ahora.

Lo nuestro estaba muerto hace tiempo, Samuel, y lo manteníamos vivo porque, según el terapeuta del centro: «El alcohol, las drogas y nuestro estilo de vida nos impedía confrontar la verdad y ser honestos y valientes con el otro. Porque habíamos llegado a despreciarnos tanto a nosotros mismos que considerábamos el dolor que nos estábamos infligiendo mutuamente como algo que merecíamos; algo consustancial a la relación…».

Lo apunté en una libreta para no olvidarlo nunca, sobre todo cuando cayera en la tentación de echarte de menos. Ahora lo tienes tú también por si quieres echarle un vistazo de vez en cuando y aprender de tus errores. A mí me costó comprenderlo, no te creas. Al principio solo eran frases bien escritas que escondían un significado horrible. Pero, aunque cueste creerlo, esas frases son una fiel representación de nuestro matrimonio: algo complejo y retorcido, disfrazado de bellas palabras.

Mi padre me ha buscado un apartamento en Soho y ha recogido mis cosas de casa, donde (por consejo del psicólogo) no debería poner un pie nunca más. Imagino que no te será difícil comprender por qué.

Así que te informo que voy a seguir con los planes de divorcio. No ha sido fácil tomar esa decisión, esa es la verdad, pero convendrás conmigo en que es lo mejor para los dos.

Y, sin embargo…

No me quito de la cabeza tu correo. Cada célula de mi cuerpo me dice que estoy completamente loca, que ni se me ocurra, que no vuelva a meter la pata, que no me deje embaucar como una idiota, que tú nunca vas a cambiar, que es un ardid más en tu bolsa de trucos...

Pero hay una pequeña voz que suena dentro de mí. Una voz que estoy empezando a escuchar. Una voz que me dice que confíe, que a lo mejor se ha producido un milagro y esas frases de tu correo son sinceras... Quiero creer que sí, Samuel. Necesito creer que sí. Había algo diferente en ellas, no sé lo que es, pero lo había. Era como si no lo hubieras escrito tú.

Me da pánico volverme a equivocar. Pánico a que me hagas daño de nuevo, pero algo dentro de mí me dice que tengo que descubrir al hombre que ha escrito esa carta. Sea como fuere, y bajo ningún concepto, voy a lanzarme enseguida en tus brazos, como hice cuando te conocí. Vas a tener que ganártelo a pulso, conquistarme de verdad, como conquistaban los galanes de Hollywood a las protagonistas de aquellas películas de amor en blanco y negro.

Tal vez algún día, cuando hayamos salido un tiempo juntos y «te conozca mejor», cuando las palabras y las promesas dejen paso a los actos, y estos sean los de un verdadero amigo, dejaré intencionadamente un poco de helado en la comisura de los labios para que los rebañes con un beso. Hasta que eso ocurra, si es que llega a ocurrir..., Dios dirá.

Esta semana recibirás noticias de mis abogados para comenzar con el proceso de divorcio.

Feliz cumpleaños, Samuel.

Susan

Tras leerlo un par de veces me dispuse a responderle:

Querida Susan:

Tu restablecimiento y mejoría y la noticia de que abandonas con éxito el centro de desintoxicación son el mejor regalo de cumpleaños que podías hacerme. No sabes lo feliz que me hace saber que estás bien y vuelves a casa, esté donde esté.

Estoy de acuerdo contigo en lo relativo al divorcio. Aquello estaba muerto desde hace tiempo.

Pero me alegro de que estés dispuesta a darme la oportunidad de comenzar de cero. De conocerme del mismo modo que estoy empezando a conocerme yo. Solo el tiempo nos dará o quitará la razón.

Mañana por la tarde regreso a Nueva York. Yo también he hecho aquí todo lo que tenía que hacer.

Hasta muy pronto, señorita Kafelnikova...

Entré en la página de Iberia y compré un boleto a Nueva York para el día siguiente. Esta vez nada en el mundo podría evitar que subiera a aquel avión: una chica me esperaba al otro lado del océano Atlántico. Una chica con la que estaba a punto de comenzar un largo y maravilloso noviazgo.

Un noviazgo de película de amor en blanco y negro.

35

Aquel, tal como había profetizado el bueno de Enrique con su analogía, se habría de convertir en el primer día del resto de mi vida.

«Finita la tragedia» fue mi primer pensamiento aquel 11 de julio, tan pronto abrí los ojos en la cama del hotel. Y ciertamente lo sentía así, como si por fin hubiese llegado el momento de echarle el telón a un drama que llevaba representándose demasiado tiempo. Dueño de una extraña certidumbre, la de que había llegado la hora de acabar con más de tres décadas de insensatez y de rencor enquistado, con la sensación de que en el fondo era mi responsabilidad liberarnos a ambos del yugo que nos obligaba a los dos a perpetuarnos en el resentimiento, me dirigí al teléfono de la habitación y marqué el número de la residencia familiar de El Viso.

La voz de su asistenta apareció al otro lado de la línea.

—¿Sí?

—¿Está el señor en casa?

—Sí, ¿qué desea?

—Déjele saber que en una hora estaré allí. Me urge hablar con él.

—Perdone. Puedo saber quién le llama.

—Dígale que soy Samuel, el hermano de su hija Sara.

Dudé un instante de pulsar el timbre de la puerta, y cuando por fin lo hice el sonido de la campana parecía llevar consigo todo el peso de mi súplica.

La asistenta abrió la puerta con la mirada vidriosa de alguien a quien se le acaba de poner al corriente de un secreto de telenovela. Se quedó contemplándome con una expresión lánguida de mujer que no llegará jamás a comprender la estupidez y el orgullo de algunos hombres.

—El señor le espera en la cocina —dijo, franqueándome el paso—. Le acompaño.

—Conozco la casa perfectamente —repliqué, atravesando el umbral—. No se preocupe.

Atravesé los escasos metros que separaban la entrada principal de la cocina evitando fijar la mirada en ningún sitio, aislándome voluntariamente del entorno. La casa olía igual que hacía treinta y tantos años, con esa fragancia tan reconocible de los lugares donde hemos permanecido por un tiempo y que solo llegamos a distinguir más adelante, una vez nos hemos ausentado de ellos.

Llevaba traje oscuro y corbata, y el cabello bien peinado, lo cual le dotaba de un cierto aire aristocrático. Costaba entender qué hacía un anciano, un domingo por la mañana, en su propia casa, vestido y arreglado de manera tan impecable, pero así era mi padre, tal y como yo lo recordaba, esclavo hasta las últimas consecuencias de la imagen que deseaba proyectar.

—Pensaba que te habías marchado poco después del funeral —dijo, rompiendo el silencio incómodo.

—Algo surgió y decidí quedarme —atajé.

Mi padre me miró desconcertado y debió de entender, por mi actitud firme, que aquello no se trataba de una mera visita de cortesía.

—Bien —dijo al cabo de unos segundos, atusándose el cabello—. Será mejor que vayamos a mi despacho.

Lo dejé pasar por mi lado y salí tras él en dirección a su despacho, que se encontraba en la segunda planta. Al divisar las escaleras desde la distancia noté un golpe en las sienes y sufrí un ligero vahído, al recordar la imagen del cuerpo inerte de mi hermana Sara la mañana de su accidente, lo cual me obligó a detenerme, impresionado.

Mi padre, que había comenzado a ascender el primer tramo de escalera, pareció darse cuenta de la situación; se detuvo y volvió la cabeza.

—Podemos ir al salón, si lo prefieres.

—No —me apresuré a decirle, saliendo del trance—. Estoy bien.

Accedimos al interior de su despacho. En las paredes, forradas de madera, había algunas obras pictóricas que no reconocí y un retrato al óleo de mi hermana Sara con veinte o veinticinco años. Nunca la había visto a esa edad, pero intuí en su belleza serena, en su presencia de espíritu capturada magistralmente por el artista, que había sido feliz a pesar de todo.

—Se convirtió en una mujer muy hermosa —dije, sin poder apartar la mirada de sus ojos verdes.

—Lo fue —murmuró mi padre, desviando la suya en la otra dirección.

—Se parecía a mamá.

—Para serte sincero, hace mucho tiempo que olvidé cómo era el rostro de tu madre.

Nos miramos sin decir nada. Mi padre movía las manos de manera nerviosa y cambiaba constantemente de postura en su silla de arquitecto.

—¿A qué has venido exactamente, Samuel?

—Hoy es mi cumpleaños.

—Felicidades —atajó, seco, sin rastro de emoción en la voz.

Sin embargo, lo mecánico de aquella respuesta me hizo valorar la posibilidad de que lo recordara a la perfección. Me di cuenta entonces de que tal vez había pasado la mitad de su existencia rememorando obsesivamente efemérides como aquella. Fechas importantes que tenían relación con la familia que le fue arrebatada de un día para otro, como si cada cumpleaños, cada Navidad, cada acontecimiento relevante, le hubiera condenado a vivir permanentemente con la mirada puesta en el calendario, agrupándolas todas bajo un perpetuo «1 de noviembre» en el que acudir al cementerio de la nostalgia con una corona de espinas para sus muertos.

—Por esa razón, hoy he venido aquí con la intención de hacerme un regalo —proseguí, decidido—. Un regalo que debería haber recibido de ti hace más de treinta años. Un regalo que solo me puedes hacer tú.

—¿Y qué regalo es ese, si puede saberse? —preguntó con desdén.

—Quiero escuchar de tu boca que fue un accidente —respondí, con firmeza—. Quiero escucharte decir que me has perdonado.

—No tengo tiempo para estas sandeces ahora. He quedado a comer en el RACE con unos amigos antes de la final y se me...

—¡Esto es una final, papá, maldita sea! —grité, sobrepasado por una repentina descarga de ira—. ¡Este es el único final que importa! ¿No te das cuenta?

—Agradecería que no me levantaras la voz en mi propia casa —dijo, tratando de guardar la calma.

—¡Me importa una mierda lo que quieras o lo que no! Ya no puedes intimidarme con tus amenazas; ya no puedes hacerme daño con tus palizas.

—No soy yo el que tiene la potestad de perdonarte, Samuel.

Los ojos se me inundaron de lágrimas, a pesar de que me había jurado que mantendría mis emociones bajo control en todo momento. Pero no eran mis lágrimas, engendradas de zarpazos en el alma, las que brotaban del interior de mi pecho: eran las de ese niño frente a aquella escalera de infausto recuerdo, o agazapado dentro de un armario, temblando ante la proximidad de su presencia y la amenaza de su correa de cuero. Eran las de aquel muchacho taciturno, invisible, que le escuchaba llorar en secreto algunas noches tras la puerta de aquel mismo despacho, y lo acompañaba con su propio llanto desde el otro lado, como si fuera el lamento punteado de una guitarra flamenca sobre acordes de desesperación no compartida; el llanto desgarrador de la impotencia, la culpa y la vergüenza; el llanto de un niño que se condenó a sí mismo desde el preciso instante en el que escuchó interpretar por vez primera la partitura del dolor más profundo, a través de las lágrimas de su padre que él había originado.

—¡Tenía diez años, papá! —balbucí, entre sollozos—. ¡Diez años, por el amor de Dios! ¡Era solo un niño! No sabes la de veces que deseé haber sido yo el que rodara por esas escaleras.

—Pero fue ella a quien le sucedió —interrumpió, impávido—, y eso no lo podremos cambiar nunca.

—No, papá, eso no lo podremos cambiar nunca, es cierto —repuse, secándome los ojos con la manga de la camisa—. Pero al menos podemos concederle su deseo póstumo y dejar todo esto atrás de una vez por todas. Solo son dos palabras, maldita sea.

—Me temo que no puedo hacerlo, Samuel. Ese perdón que me pides solo te lo puede conceder Dios, o la voz de tu conciencia, si es que alguna vez la has escuchado.

—Dios nunca me castigó por ello, padre, ahora lo sé. Me castigué a mí mismo en nombre suyo, eso es todo. Solo faltas tú.

Mi padre dio un puñetazo sobre la mesa y se levantó de la silla, arqueando la espalda como un gato acorralado y apoyándose sobre el escritorio en actitud desafiante.

—¿Y a quién voy a reclamarle yo, eh? —exclamó alzando la voz, con la cara enrojecida y los ojos fuera de las órbitas—. ¿Eso no te has parado a pensarlo? ¿Quién me pide perdón a mí por haber sido abandonado por mi familia, dejándome viudo, sin serlo, y al cuidado de una hija impedida de por vida? No tienes ni idea de lo que es tener que ir por ahí con la cabeza gacha, aguantando las miradas de lástima o de socarronería y los cuchicheos de amigos y compañeros de trabajo. Te olvidas de que cuando os marchasteis tu madre y tú aquí acabábamos de salir del régimen de un tal Franco y las cosas eran y se veían de manera muy diferente. «Abandonado por su familia, qué horror», «¿Qué habrá hecho?», «Pobre hombre», «Tiene que ser algo muy grave para que una madre abandone de ese modo a su hija…», y así, un día tras otro, a cada comentario más venenoso y más dañino. Los amigos más próximos se atrevían, en ocasiones, a preguntarme por lo ocurrido, ¿pero qué podía responderles, Samuel? Yo callaba, me encogía de hombros, murmuraba que no lo entendía y bajaba avergonzado la mirada. Y cada mano en el hombro, cada palabra de consuelo, me atravesaba el corazón como un puñal de resentimiento y asco. ¿Qué sabes tú del infierno en el que se convirtió mi vida a partir de entonces? ¿Qué sabe nadie?

Se derrumbó de nuevo sobre la silla, temblando, con la mirada perdida, como hacia adentro, exhausto por el esfuerzo, tal vez no por el que acababa de hacer físicamente sino por el de tener que revisitar contra su voluntad aquella parte de su pasado a la que, equivocadamente, creía haber derrotado con el paso del tiempo.

—Mamá me sacó de aquí porque no le quedó otro remedio —dije, pasando de la ira a la lástima al ser testigo de su abatimiento—, para que no me hicieras más daño y te condenaras al mismo tiempo. Nunca se perdonó el haber abandonado a Sara. Estoy seguro de que esa idea le perturbaba tanto a todas horas que se le terminó por enquistar en el cerebro.

—Nunca te pegué para castigarte o para hacerte daño, hijo, esa es la verdad. —La voz trémula de mi padre era ahora apenas un murmullo inaudible de moribundo; sus ojos, dos cuencas vacías, dos agujeros negros.

—¿Por qué lo hacías, entonces?

—Lo hice para endurecerte —dijo, alzando la mirada con enorme esfuerzo—. Lo hice para salvarte.

Sentí el impulso de golpearle con la misma violencia con la que solía golpearme él. Sentí el impulso de lanzarme entre sus brazos, ocultando para siempre mi rostro en su pecho. Sea como fuere, necesitaba de manera visceral su proximidad y contacto.

—Pues lograste con creces tu objetivo, padre —dije, sin mover un músculo—, porque te odiaba como no he vuelto a odiar a nadie, con la misma intensidad con la que te quería y te admiraba. He podido comprobar que ambos sentimientos no solo pueden convivir juntos, sino que a veces se complementan. Lo opuesto al amor no es el odio, como dicen, es el miedo, y el único que he tenido siempre es que ambos sentimientos se extinguieran un buen día y me olvidara de ti. Pero no ha sido así, papá, ya lo ves: me fui de Madrid queriéndote, me mantuve lejos queriéndote y he regresado queriéndote.

—Qué importancia tiene nada de eso ahora, Samuel —dijo, con un hilo de voz y la mirada ausente—. En esta familia solo tú sigues con vida.

Volví a mirar el cuadro de mi hermana. Cerré los ojos, y estas fueron las palabras que ella inspiró en mí:

—Te perdono, papá.

—No, no hagas eso.

—Te perdono por haber sido el único responsable de que esta familia se rompiera para siempre...

—No sigas, Samuel.

—Te perdono por todas las palizas, todos los golpes, todos los insultos y menosprecios, que me han dejado heridas que no cicatrizarán jamás...

—¡Ya basta, maldita sea!

—Te perdono por no haber querido a mamá como merecía, como necesitaba, por robarle su sueño de cantar.

—Por favor, hijo...

—Te perdono por todo lo que tú no te has querido o te has podido perdonar. Te perdono a pesar de tu orgullo y tu soberbia; de tu actitud rígida ante la vida, tan rígida como los cimientos de esos edificios donde en el fondo siempre has estado escondido. Te perdono por no ser capaz de hacer lo mismo conmigo, con tu propio hijo. Estás perdonado, Germán.

Una sensación de alivio recorrió todo mi cuerpo y noté que me flaqueaban las piernas. Abrí los ojos y miré a mi padre, cada vez más hundido en aquella silla que de pronto parecía un potro de tortura. Tenía los ojos llenos de lágrimas, gimoteaba de manera inaudible y le temblaban los labios y las manos como si estuviera muerto de frío. Estuve a punto de derrumbarme al verlo, pero me invadió la certeza de que era lo último que debía hacer.

—Es tu última oportunidad, papá. Luego me iré y no me volverás a ver nunca más.

Mi padre alzó el rostro hacia mí; los ojos, poseídos de una extraña dulzura que jamás le conocí, brillando a través de un tapiz de lágrimas en los míos. Una mirada de anciano, que en aquel momento lo parecía aún más, y que, no obstante, se podría confundir con la de un niño.

—¿Y bien? —le insté a hablar.

Mi padre movió los labios en un intento de concederme aquello que había venido a reclamarle, aquello que había esperado escuchar de su boca durante toda mi vida, la expresión de sus ojos no mentía. A continuación, pronunció sus últimas palabras con un hilo de voz trémula, doliente:

—Que tengas buen viaje, Samuel. Cierra la puerta al salir, haz el favor.

—Hasta siempre, papá...

Salí del despacho cerrando la puerta por fuera, como él me pidió. Apoyado un instante de espaldas sobre ella le escuché llorar, como tantas otras veces había hecho en el pasado, siempre a puerta cerrada, siempre en secreto. Pero ahora no lloraba por la tragedia de su hija, como antaño. Eran las lágrimas de impotencia, de rabia y desolación de alguien que nunca en su vida pudo escapar de la prisión que le impedía reconocer que estaba equivocado; de alguien que jamás encontró dentro de sí la humildad necesaria para pedir perdón, ni el valor suficiente para perdonar.

36

Regresé al hotel dando un paseo con la intención de serenarme. Me sentía en cierto modo liberado, a pesar de no haber recibido por parte de mi padre aquello que había ido a buscar. Pero qué importancia tenía ahora mi vieja obsesión por escuchar de su boca aquellas dos palabras. Eran solo eso: palabras, un puñado de letras formando una idea que de pronto carecía de importancia o de sentido al haber comprendido, aún turbado por aquella imagen suya de anciano derrotado, que el verdadero perdón, el que no se pide ni concede, solo puede llegar a darse cuando uno llega a comprender visceralmente que por principio de cuentas jamás hubo nada que perdonar.

Disponía de varias horas antes de que saliera mi vuelo y decidí despedirme de Enrique. Hice la maleta y baje a recepción para hacer el *check out*. Fermín, tras el mostrador, con ínfulas de cancerbero, le explicaba a un cliente que no le podía dar una habitación si no había hecho la reserva previamente. Aquello me hizo sonreír. Algunas cosas no habían cambiado desde el día en que llegué a Madrid.

—¿Nos deja, señor Palacios?

—Sí. Es hora de volver.

Tecleó algo en el ordenador y extrajo unos folios de la impresora.

—Aquí tiene su factura. El uso del ordenador corre por cuenta del hotel.

—Gracias, Fermín —dije, mientras la firmaba.

—¿Volverá usted pronto a visitarnos, señor Palacios?

—Quién sabe…

Fermín miró de un lado al otro y se acercó como si tuviera intención de hacerme una confidencia.

—Para usted siempre habrá una *suite* disponible. Sin necesidad de reserva. De eso me encargo yo.

E hizo uno de esos guiños largos y desafortunados que ya eran tan parte de él como aquel mostrador.

—Ha sido un placer, Fermín —dije, estrechándole la mano.

—El placer y el honor han sido míos —repuso, estrechándome la suya.

Cuando estaba a punto de la salir por la puerta, volvió a reclamar mi atención.

—¡Samuel!

—¿Sí? —dije, volviéndome.

—¡Suerte!

Enrique y yo decidimos quedar a comer en un restaurante cerca de nuestro antiguo colegio que llevaba abierto desde hacía más de cincuenta años, y que no había cambiado desde entonces de dueño ni de mobiliario. Fue como viajar en la máquina del tiempo de regreso a principios de los setenta.

—Creo que tengo resaca —dijo, bebiéndose un vaso de agua de un trago.

—Pero si anoche no probaste una gota de alcohol.

—Eso es lo más inquietante.

—Gracias por la noche de ayer. Ha sido el mejor cumpleaños de mi vida.

Enrique hizo una mueca de desagrado.

—No me vale. Me dijiste lo mismo cuando cumpliste doce.

—Y no se lo he vuelto a decir a nadie desde entonces.

Enrique se quedó callado, comprendiendo.

—¿Y cómo es que te han entrado las prisas? —me recriminó—. ¿No podías esperar a ver la final del Mundial con tu mejor amigo?

—Anoche recibí un correo de Susan. Mañana sale de la clínica. Quiero estar allí cuando eso ocurra.

—Yo al final he quedado a ver el partido con Rosa —dijo, removiéndose incómodo en la silla y con un amago de sonrisa boba en los labios—. Luego la acompañaré al Gregorio Marañón; quiere que conozca a su hijo.

—Enrique…

—¿Sabes que es del Atleti, como nosotros?

—Enrique…

—Solo por eso ya me cae bien el chaval…

—¿Dónde está tu alianza? —pregunté, sonriendo.

Enrique se miró la mano y se acarició el dedo anular. Permaneció unos instantes ensimismado, ocultando una mueca de dolor y observando la calle a través de la ventana. A continuación, volvió su mirada brillante hacia mí.

—Anoche tuve un sueño, ¿sabes? Parecido a aquel que tuve hace años por Navidad.

—Cuenta —le animé a explicarse.

—Volví a soñar con Noelia y con Patricia. ¡Era como si estuvieran allí mismo, te lo juro; así era de real!

—¿Y…?

—Las dos me sonreían —dijo, mientras una gruesa lágrima le resbalaba lentamente por la mejilla—. Sonreían igual que en aquella foto que tengo sobre la estantería del salón. Me decían adiós y me mandaban besos. Luego se dieron la vuelta y se alejaron cogidas de la mano hasta desaparecer…

—Entiendo —dije, extendiéndole una servilleta de papel.

—Supe entonces que era ella, diciéndome que había llegado la hora de dejarlas marchar…

El camarero nos trajo la comanda de un menú que ese día se llamaba «todos con la roja», y que consistía en paella de marisco, huevos con chorizo y flan, en homenaje a los colores de la bandera.

Comimos sin que ninguno de los dos pareciera tener prisa o apetito, hablando (supongo que contaminados por el contexto que proporcionaba aquel lugar) de viejas anécdotas y antiguos compañeros de clase.

—¿Volverás algún día? —dijo, apurando su café.

—No lo sé.

—¿Empezarás a escribir?

—Qué remedio.

Pagué la cuenta y nos levantamos para salir. Ya fuera del restaurante nos dimos un abrazo que quemaba por dentro.

—¿Sabes una cosa, Samuel? —dijo, al deshacerlo.

—¿Qué?

—No me preguntes por qué, pero me recuerdas mucho a aquel hombre de hojalata en *El mago de Oz*, aquel que un buen día decidió salir en busca de su corazón.

Se miró la palma de la mano derecha, donde aún podía distinguirse con claridad la cicatriz del profundo corte que nos provocamos el uno al otro el día antes de mi partida a Nueva York. Acarició su contorno suavemente, al tiempo que dejaba escapar una sonrisa llena de amargura.

—La infancia es más larga que la vida, ¿no crees?

—Bastante más —apostillé.

—Anda, vete ya —dijo, propinándome un puñetazo en el hombro—. No puedes perder ese avión.

Detuve un taxi y metí mi equipaje en el maletero. Sentado en el asiento de atrás volví a mirarlo a través de la ventana por última vez, antes de que su estampa se diluyese en la distancia.

—Cuídate mucho, hermano… —me pareció leer en sus labios.

Estaba perdido en mis tribulaciones cuando el taxista, un hombre calvo, algo mayor que yo, trató de entablar conversación.

—¿Va de viaje o regresa a casa?

—Regreso.

—¿Qué le ha traído por aquí?

—El entierro de una hermana.

—Vaya, le acompaño en el sentimiento —dijo, empleando un tono compasivo—. Es muy duro perder a un familiar, créame que lo sé. Uno nunca termina por recuperarse de eso; de la pérdida de alguien que ha estado tan presente en nuestras vidas y a quien se ha querido tanto.

Aquellas palabras me sacudieron por dentro, y percibí en ellas una clara señal de que aún me quedaba algo por hacer, tal vez lo más importante. Miré mi reloj; todavía faltaban cuatro horas para que saliera el vuelo y no lo pensé.

—¡Lléveme al cementerio de la Almudena, por favor, y espéreme a la entrada!

—¡Enseguida!

Aparcó el vehículo a las puertas del cementerio y apagó el taxímetro. Ante mi insistencia de que no lo hiciera me respondió que me cobraría la carrera hasta el aeropuerto, pero que con el dolor ajeno él se negaba a hacer caja.

Recorrí el camposanto, orientándome como pude. Apenas minutos más tarde me encontraba de nuevo frente a la tumba de mi hermana Sara.

De pie, inmóvil frente aquella lápida que daba testimonio de lo breve de su existencia, me invadió una reconfortante sensación de paz. Cerré los ojos, y una cascada de imágenes de aquellos años, que había borrado de mi memoria en un ejercicio de supervivencia, volvieron a aparecer diáfanas, con su eterna sonrisa como protagonista, aquella sonrisa que no se le borró jamás, ni siquiera cuando le sobrevino la desgracia. Imágenes del día de su comunión, o abriendo los regalos de Navidad, o en la cama de mi padre los sábados por la mañana, cuando teníamos permiso para remolonear un rato junto a él... Imágenes de aquel ser tan especial que recuperaba justo ahora que acababa de marcharse para siempre. La última de las imágenes fue de nuevo aquella otra en la que Sara yacía inmóvil junto a la escalera, mientras yo la observaba desde lo alto con la respiración entrecortada y el corazón en un puño. En esta ocasión, sin embargo, Sara se puso de pie en un salto, se sacudió el pantalón y con una sonrisa en los labios destinada a restablecer mi sosiego, dijo: «No ha sido nada, Samu, estoy bien...», y continuamos con nuestros juegos y nuestras risas como si tal cosa, desvaneciéndonos para siempre, junto a aquella culpa podrida y enquistada, como dos sombras infantiles que juegan al escondite entre las tumbas de aquel cementerio.

«Hasta siempre, Sara...», susurré, antes de marchar.

Un par de horas más tarde accedía por el túnel de aquel avión de la compañía Iberia y me acomodé en el asiento. Al poco de despegar me sobresaltó el revuelo de un griterío que procedía de la clase turista y que no parecía tener intención de remitir.

—Disculpe, azafata. ¿Sucede algo?

—¿No se ha enterado? —respondió con un inusual brillo en la mirada—. España acaba de ganar el Mundial de Sudáfrica.

Me sorprendí a mí mismo con una carcajada desproporcionada que no reconocí como propia. Imaginé a Enrique dando alaridos y saltos de alegría; o quizá besando a Rosa por primera vez. Apreté el puño con rabia y le propiné un puñetazo al respaldo del asiento de delante, dando un susto de muerte a la anciana que tenía sentada a mi lado.

—¡Bravo, España! —mascullé, apretando los dientes con fuerza.

Epílogo

Han pasado cinco años desde aquel mes de julio de 2010. A veces, como un ejercicio de la memoria, intento proyectarme en el Samuel que aterrizó aquella mañana lluviosa de principios de junio para atender el funeral de su hermana mayor, pero no lo consigo.

Solía comentarse, a modo de leyenda urbana, en los círculos teatrales de la ciudad, que hubo en alguna parte un actor que interpretó el mismo papel, el conde de Montecristo, durante cuarenta años seguidos, hasta que acabó perturbado al desdoblarse por completo en su personaje. Así me siento yo al echar la vista atrás y repasar lo que había deparado mi vida hasta ese momento.

El proceso de divorcio siguió adelante tal como habíamos acordado, y pocos meses después firmábamos los papeles delante de nuestros abogados, que se mostraban desconcertados al vernos lanzar miradas furtivas y sonrisas adolescentes de un lado al otro de la mesa de negociación, como si aquello no fuera del todo con nosotros. Al salir de aquel despacho de la Quinta avenida nos fuimos a comer juntos a un restaurante de comida rápida, con la intención de celebrar que ambos volvíamos a estar libres y podíamos empezar a conocernos. Y eso es exactamente lo que hicimos durante algún tiempo: conocernos. Saber si teníamos hueco en la vida del otro.

Una tarde de mediados de noviembre, en uno de esos paseos a orillas del East River que tanto le gustaban, Susan comentó con ironía que siempre había oído decir que ganar un Tony te podía cambiar la vida, pero que nunca imaginó que lo hiciese de una manera tan drástica. Yo le respondí que en mi caso no fue ganarlo, sino haber estado a punto de perderlo, lo que propició el cambio, y le referí al detalle la historia del accidente de Toni y todo lo que aconteció a raíz de ello. Antes de que terminase la narración se abalanzó sobre mí, me miró con unos ojos líquidos que le temblaban bajo los párpados y nos fundimos en nuestro primer beso. El primero de muchos en ese largo noviazgo de película de amor en blanco y negro.

En cuanto a Rosa y Enrique, los protagonistas de esta historia, todo comenzó aquella tarde en la que España ganó el Mundial. Se cosieron con el hilo de la ternura las heridas abiertas de su pasado, y decidieron arriesgarse a comenzar juntos su viaje. Un viaje que se materializó dos años más tarde en una visita a Nueva York, tal y como había profetizado Rosa medio en broma aquella tarde en la playa de la Malvarrosa. Compartimos los cuatro juntos, por espacio de una semana, una ciudad que unos y otros hubiéramos jurado estar viendo por primera vez.

Rosa me puso al corriente de la evolución de Toni. Al parecer, se había restablecido por completo no habiéndole quedado ninguna lesión, y me comentó que incluso se había aficionado a salir a correr cada tarde con Enrique, que se convirtió en poco tiempo en ese padre cariñoso y protector que ella siempre soñó para él.

Por lo que respecta a mis viejos demonios, no han vuelto a aparecer, y a pesar de que mi intolerancia al alcohol resultó ser crónica, impidiéndome su ingesta de por vida, entendí muy pronto que el alcoholismo es más que un problema con la bebida: es una manera de estar en el mundo, una forma de encarar o no encarar la vida, de aprender a convivir con el dolor... Por ese motivo, Susan y yo hemos estado muy activos en nuestras reuniones semanales de Alcohólicos Anónimos desde entonces, y entre los dos hemos apadrinado a decenas de nuevos miembros, sirviéndoles de apoyo y guía, y ayudándoles a pasar a través del programa de «los doce pasos». Y, aun a riesgo de sonar vanidoso, me temo que cuando consiguen hacerlo yo me siento tan dichoso como ellos.

En aquella suerte de meditación a pie en que se convirtió el primer año de mi regreso a Manhattan empecé a garabatear en el cuaderno que me había regalado Enrique y donde anotaba cualquier pensamiento, cualquier idea, sin tratar de hacer literatura o poesía. A veces volcaba aquellas notas en el portátil tratando de ordenarlas, de darles un cierto sentido y coherencia, pero apenas lograba sacar nada de provecho.

Todo cambió una tarde de otoño en casa de mi tía Isabel. Me comentó que había recibido carta de su amiga Pilar, aquella mujer a la que había conocido en la visita al pueblo de mi madre. Me dijo que el hecho de retomar el contacto con ella le había hecho plantearse volver de nuevo a su pueblo para pasar allí alguna temporada. Luego extrajo del sobre que le remitió su amiga una vieja fotografía en color sepia en la que había cuatro mujeres junto a un lavadero. Tres eran muy jóvenes, apenas llegaban a la veintena (no me fue difícil reconocer a mi madre entre ellas), las otras dos eran mi tía Isabel y su amiga Pilar. La cuarta era una anciana de rostro endurecido, enjuto, lleno de arrugas, con una expresión adusta y grave. Le pregunté por ella y mi tía respondió que se trataba de mi bisabuela Sinforosa. «La vida de esa mujer sí da para una novela», comentó de manera casual...; y esa misma frase fue la llave que abrió las puertas a la creatividad.

Empecé a trabajar en un relato que, poco después, ya tenía vocación de novela. Era la historia de una muchacha española nacida en las postrimerías del siglo XIX, sin medios económicos, que abandona su pueblo para irse a París a trabajar, limpiando pisos de sol a sol, con el fin de costearse las clases de canto y perseguir su sueño de convertirse algún día en soprano de primer nivel, llegando con el tiempo a ser una de las más respetadas de su generación. La historia principal de lucha y superación se solapaba con otra de amor y espionaje, en el que la protagonista, una mujer bellísima y muy deseada por aquel entonces, amante fugaz de altos cargos militares en ambos bandos durante la Primera Guerra Mundial, tenía una aportación decisiva en el desarrollo de la contienda.

Decidí titular la novela con el nombre de su protagonista, Sinforosa Santolaria, en honor a mi bisabuela. El pequeño homenaje a una mujer que había visto truncado sus sueños una y otra vez, como si hubiese sido una víctima colateral de aquellas guerras, de la mala suerte y de las circunstancias de su tiempo. Escribí, tras aquel personaje de ficción, la vida que imaginaba que le hubiera gustado vivir por lo poco que sabía de ella: los teatros, el éxito, los viajes, las intrigas, las pasiones…, una vida inventada que, de ahí en adelante, habría de llevar aparejado su nombre para siempre. Un guiño literario a cargo de su bisnieto en un ejercicio póstumo de justicia poética.

Susan y yo volvimos a vivir juntos dos años después de nuestro divorcio, e inmediatamente comenzó un tratamiento de fertilidad. No resultó fácil puesto que su organismo, debido a tantos años de abuso continuado de alcohol y de drogas, estaba bastante deteriorado. Eso, unido al hecho de que acababa de cumplir los cuarenta, hacía disminuir las posibilidades de éxito. De todos modos, ella no perdía la esperanza y se mostraba confiada en que tarde o temprano sucedería…

Y sucedió.

Dos años después, Susan dio a luz a una preciosa niña que pesó tres kilos al nacer y a la que decidimos poner por nombre Sara.

Durante todo este tiempo seguí escribiéndole cartas a mi padre. Cartas en las que le contaba cómo iba todo, en las que le hablaba de los cambios que habían acontecido en mi vida. Trataba de no mencionar el pasado, ni de referirme a ese desencuentro en su casa el día de mi partida. Eran comunicaciones amables, sencillas, desprovistas de rencor o de drama, con las que solo pretendía mantener con vida aquel vínculo que permaneció enterrado durante más de tres décadas. Nunca respondió a ninguna de ellas, aunque, a decir verdad, tampoco esperé que lo hiciera. Solo quería que supiera que yo había enterrado el hacha de guerra y que seguía teniéndolo siempre muy presente. En aquellas cartas, en las que apenas le hablaba de nada relevante, había siempre un mensaje tácito y no escrito con el que le dejaba saber de alguna forma que para mí todo estaba bien, y que mi mano estaba tendida para cuando él quisiera estrecharla.

Poco después del nacimiento de Sara le envié otra carta junto a una foto de la pequeña, recién nacida. Su respuesta no se hizo esperar:

> Querido hijo:
>
> Es una niña preciosa y se parece mucho a su tía. Creo que estaría muy orgullosa si supiera que habéis decidido ponerle su nombre.
>
> No sé qué más decir, excepto que me has hecho muy feliz con tu carta y que me haría mucha ilusión conocer a mi nieta algún día, si a Susan y a ti os parece bien…

Y a Susan y a mí nos lo pareció, y no tardamos en regresar con Sara a Madrid.

Y en aquellas palabras suyas comencé a percibir un tímido intento por estrecharme esa mano que yo le había tendido con mis cartas.

Decía el genial Mark Twain, en una de las reflexiones más hermosas y acertadas que jamás se hayan escrito, que el perdón es la fragancia que la violeta derrama sobre el talón que la acaba de pisar.

A mí, el suyo, nunca me lo llegó a conceder, pero en cambio sí pude sentir en sus sinceras muestras de afecto hacia mi hija toda la fuerza de una declaración de amor.

Ese amor que, en el fondo, siempre esperé recibir de él…

Agradecimientos

A Antonio Gómez Rufo, por enseñarme el oficio de escritor. Por tus sabios consejos y tu infinita generosidad, en todas aquellas tardes ayudándome a pulir el manuscrito definitivo. Si yo soy el padre de esta novela tú eres, sin duda, su padrino.

A Palmira Márquez, mi agente literaria de Dos Passos, gracias por ser la primera en apostar ciegamente por la novela. Tú has sido el verdadero motor para llevar a buen puerto su publicación.

A Carmen Fernández de Blas, directora editorial de La Esfera de los Libros, por el entusiasmo sincero que siempre has demostrado por la novela y por tu confianza en mí, a pesar de ser un autor novel.

A Berenice Galaz, mi editora, por un trabajo impecable en la edición y por ver cosas que ni siquiera yo, tras cientos de horas dedicadas a su lectura, fui capaz de ver.

A mi hermana Marta, mi primera lectora, por tu apoyo, tus lágrimas sobre el texto y por ser cómplice y coautora del título final.

A los primeros lectores del manuscrito: Carlos Reig, Vicen Miralles, Sara Herrero, Sergio Villanueva, Rafa Lucero y Gloria Martín. Vuestra aportación y crítica constructiva han resultado fundamentales para su culminación.

A mis padres, por haber estado siempre ahí; por no fallarme nunca.

Y, finalmente, a aquella profesora del Colegio Maristas de Valencia, su nombre perdido en el recuerdo…, que calificó mi examen de redacción de séptimo curso con las siglas S/C.

ESTE LIBRO SE TERMINÓ DE IMPRIMIR

EN EL MES DE AGOSTO

DE 2018